NAVALHAS
PENDENTES

Paulo Rosenbaum

NAVALHAS PENDENTES

MINOTAURO

NAVALHAS PENDENTES
© Almedina, 2023
AUTOR: Paulo Rosenbaum

DIRETOR DA ALMEDINA BRASIL: Rodrigo Mentz
EDITOR: Deonísio da Silva
ASSISTENTES EDITORIAIS: Mary Ellen Camarinho Terroni
Michele Roberta Rosa e Silva
ASSISTENTE DE PRODUÇÃO: Letícia Gabriella Batista
ESTAGIÁRIA DE PRODUÇÃO: Laura Roberti

REVISÃO: Daboit Textos
CONCEPÇÃO GRÁFICA: Eduardo Faria/Officio

ISBN: 9786556279879

Outubro, 2023

Dados Internacionais de Catalogação na Publicação (CIP)
(Câmara Brasileira do Livro, SP, Brasil)

Rosenbaum, Paulo
Navalhas pendentes / Paulo Rosenbaum. --
São Paulo : Almedina, 2023.
ISBN 978-65-5627-987-9
1. Ficção brasileira I. Título.

23-172888   CDD-B869.3

Índices para catálogo sistemático:

1. . Ficção : Literatura brasileira B869.3
Eliane de Freitas Leite - Bibliotecária - CRB 8/8415

Este livro segue as regras do novo Acordo Ortográfico da Língua Portuguesa (1990).

Todos os direitos reservados. Nenhuma parte deste livro, protegido por *copyright*, pode ser reproduzida, armazenada ou transmitida de alguma forma ou por algum meio, seja eletrônico ou mecânico, inclusive fotocópia, gravação ou qualquer sistema de armazenagem de informações, sem a permissão expressa e por escrito da editora.

EDITORA: Almedina Brasil
Rua José Maria Lisboa, 860, Conj.131 e 132, Jardim Paulista
01423-001 São Paulo | Brasil

www.almedina.com.br

Meus agradecimentos a Silvia, esposa e conselheira querida; minhas filhas, Marina e Hanna, pelo apoio e ajuda com os originais, Iael, pelas sugestões e críticas, as contundentes e as doces; meus pais, Maurício *mencht e tzadik* Z"L:, e a pintora Nilda Raw, sempre presentes.

Para minha irmã Safira.

Ao Serginho, meu irmão, *Z"L*;

a Lyslei Nascimento, amiga e, na melhor tradição de Jorge Luis Borges, uma das melhores leitoras que conheço;

a Eduardo Salomão, amigo e conselheiro, com quem dividi as dúvidas sobre como atravessar as turbulências até chegar ao formato final deste romance;

a Berta Waldman, mestra e mentora, Tom Camargo e Saul Kirschbaum, pela leitura e pela interlocução;

ao amigo de todas as horas, Rogério Pires;

a Dalit Lahav Durst, amiga e interlocutora, que (trans)verteu este romance para o hebraico;

a Isaac Michaan, pelo apoio no romance *Céu subterrâneo;*

a Adin Steinsaltz, *Z"L*, pelas palavras inaugurais que deram origem a esta ficção.

A verdadeira perplexidade aparecerá
quando futuros arqueólogos escavarem
as profecias autorrealizadas
Inscrição em um muro de Paris.

MAIO DE 1968

That is why this new Brave New World
is the same as the old one.

ALDOUS HUXLEY

É errado dizer que a noção de "texto" repete
a noção de "literatura": a literatura representa
o mundo finito, o texto mostra o
infinito da linguagem.

ROLAND BARTHES

O que já foi voltará a ser, e o que foi feito será
repetido, e nada há de novo sob o sol.

SALOMÃO

מה שהיה היה וזמה שנעשה יחזור על עצמו ואין שום דבר חדש מתחת לשמש
(שלמה)

PARA ERETZ ISRAEL

AOS QUE TOMBARAM
POR CAUSAS JUSTAS

SUMÁRIO

I.   Incidente 15

II.   Origens 43

III. Filamentos 63

IV. Karel 89

V.   A lâmina de Kafka 153

VI. Um fim canino 175

VII. Complô e fuga 189

VIII. Fusão 229

IX. Emissária 247

X.   Refúgios nômades 277

XI. Casablanca 307

XII. Hole 10.000 351

XIII. O extremo sul 383

POSFÁCIO

XIV. O segredo 395

"A Editora Filamentos faz parte do maior conglomerado editorial do mundo. Desde que foi absorvida pela gigante emergente KGF Forster©, viu suas vendas de livros dispararem. Um de seus colaboradores, Homero Arp Montefiore, ficou intrigado com a indústria de best-sellers da editora, especialmente aqueles assinados por um misterioso escritor chamado Karel F. A curiosidade sobre a verdadeira identidade desse autor tornou-se uma obsessão, levando-o a uma investigação particular sobre a vida do enigmático romancista. As perturbadoras descobertas reveladas por essa investigação tornaram-se cada vez mais perigosas e, após determinado ponto, colocaram sua vida em risco extremo. Acusado de crimes que talvez não tenha cometido, ele se torna um fugitivo empenhado em tentar comprovar sua inocência. Se alguma chance houver de isso acontecer, será descobrir a real identidade de Karel F. e expor a conspiração que subjaz a sua literatura."

POR BERTA WALDMAN

I
Incidente

I | INCIDENTE

1

A porta avermelhada abriu-se com assombrosa violência. As folhas secas se arrastaram sob a rajada de vento gélido das montanhas e espalharam lembranças pela casa. As memórias voltaram de uma vez e, com elas, as minhas cismas. Naquela madrugada havia adormecido folheando uma velha coletânea de artigos científicos intitulada "O mero respirar". Foi lá que descobri a existência de um estado mental peculiar e que, na ausência de uma outra classificação, estava sendo chamado provisoriamente de "chave dupla onírica". Um cidadão belga, ourives de Antuérpia, sonhou que fora atacado por aranhas e amanheceu gravemente enfermo, intoxicado e com falência renal aguda. Os exames laboratoriais indicavam envenenamento. Intrigados, os médicos reviraram o paciente numa intensa investigação clínica. Analisado o sangue, isolou-se o veneno responsável pelo quadro de sintomas: a estrutura química era de uma peçonha pouco plausível, pois provinha da aranha marrom, *Loxosceles reclusa*, também conhecida como "aranha violino", só existente na região sul da América do Norte até o México. Finalmente, nenhum vestígio de picada ou da presença da aranha foi encontrado. O que os pesquisadores se perguntavam era se o organismo teria a capacidade de sintetizar e replicar moléculas de uma proteína necrosante. A ciência ainda não consegue explicar o fenômeno.

Naquele domingo pela manhã, acordei seis horas após o último registro consciente. O colchão e todas as coisas de casa, estantes, carteira e cartões de crédito estavam espalhados, as roupas reviradas, desordem total. O que o invasor ou o criminoso buscava?

Sangue. Notei sangue. E o rastro terminava em mim. Roupas, da calça à cueca, da camisa às meias, da perna à cabeça, todas com manchas de cor vermelho-vivo. Fui esfaqueado e não sinto a mínima dor? Dizem que é assim mesmo.

Apalpei meu rosto até alcançar os cabelos que brotavam da região temporal. Puxei meus fios grisalhos empastelados como se tivesse aplicado um fixador. Até as sobrancelhas finas, normalmente ruivas e claras, estavam escurecidas por uma substância pegajosa. Só a ponta da barba parecia intacta. Fui me despindo, jogando as vestimentas manchadas pelo corredor e me dirigindo ao banheiro. Como o velho clínico amigo da família costumava dizer: sangue assusta!

Sem ter a menor ideia do que havia acontecido, queria me livrar logo das pequenas crostas que já haviam endurecido pelo corpo. Afirmo por experiência própria: o sangue é uma gosma altamente aderente. As plaquetas fazem mesmo o papel de cola. Saí do banheiro e voltei a sala e examinei as pequenas manchas, uma ou outra já coagulada, e as pegadas de sapato. Eu estava só de meias. De volta ao quarto, comparei a sola das botas com as marcas. E elas coincidiam com o mesmo desenho concêntrico da sola de borracha.

E quanto ao sangue? Isso é sangue, me perguntei? Cada vez que percorria a trilha, o rastro se mostrava irregular. Esfreguei os olhos e imaginei outras hipóteses. Diante de uma hemorragia, a negação é inútil: o sangue era meu.

— Céus, no que me meti? Exclamei alto.

I | INCIDENTE

Voltei para revisar os estragos em meu corpo. Percorri a casa, revirei os armários. Teria sido ontem? Quem me pediu carona estaria envolvido? Haveria mais de uma pessoa no apartamento? O que aquela bendita lâmina fazia lá, jogada no chão?

Com a situação parcialmente mapeada, fui então checar as particularidades. Alguém deixou uma cerveja na pia e sumiu. Pensei vê-la perto do espelho, mas olhava novamente e não via ninguém. Se uma característica do enlouquecimento é perder a capacidade de discernir a realidade da ficção, esse era o caso.

Circulei pela casa nu, e mesmo sem provar da Árvore do Conhecimento, busquei algo para me cobrir com a sensação de estar sendo observado. Voltei correndo para o banheiro, entrei no chuveiro para esfregar e retirar o sangue com a escova para unhas.

Com alguma violência, removi as crostas até esfolar a pele sem conseguir limpar tudo. Um filete tortuoso de líquido ainda descia percorrendo meu pulso esquerdo. Demorei dois minutos para achar de onde brotava aquela mina de plasma. A nascente vinha de um pequeno talho no pescoço. Mas, e se o sangue fosse proveniente de um grande vaso ou de um aneurisma da aorta? Alguém só notaria na autopsia, durante minha dissecção. O corte de menos de dois milímetros estava em vias de cicatrizar. Com a respiração anormal, eu continuava esfregando a pele com vaselina líquida, o que só fez aumentar a mancha carmim na toalha branca. O ridículo excita a criatividade? – me perguntei. Ele a cria, respondi imediatamente.

Voltei para a sala com a tolha amarrada na cintura, quando vi passagens aéreas em cima da mesa. Se eu as havia comprado, não tive certeza.

Com uma vertigem que nascia na cabeça, inspecionei o papel e, mesmo sem óculos, leio o tíquete: um voo especial, fretado, sem escalas, para Viña del Mar. Por mais que me concentrasse, não me lembrava de ter recebido o bilhete, muito menos de ter agendado aquela viagem. Foi você? – me perguntei. Não fui eu – respondi.

Ainda me enxugava, com ardor na pele, quando vi um reflexo reluzente na pia da cozinha. Raramente abria aquele canivete e, ao suspendê-lo, uma gota de sangue, ainda vivo, pingou em alguns livros que eu havia deixado sobre a mesa da copa. A gota espalhando-se, manchou um volume que estava jogado perto da pia, quase despedaçado, sem as capas.

Eu o ergui. Pensei em devolvê-lo ao seu lugar na estante, de onde jamais deveria ter saído. Mas o abandonei ali mesmo. É proibido alterar a cena de um crime.

Navalhas pendentes sempre me ameaçaram, mas não me lembrava de ter largado, no balcão de mármore preto, aquele canivete aberto, equilibrado. Aquilo tinha um nome e estava descrito nos livros de psicopatologia: "consciência objetal". Segundo os autores isso ocorre "quando a mera consciência da presença de um objeto afeta sensorialmente uma pessoa."

Em outras ocasiões, eu já havia perguntado ao meu psicanalista se ele recomendava alguma terapêutica ou medicação. Ele foi direto:

— Tenha menos coisas.

I | INCIDENTE

Ficou claro, para mim, que eu estava, mais uma vez, dominado por aquele objeto. Surgia em mim uma espécie de consciência inata, prévia, da essência da natureza de cada matéria específica, a qual, nesse caso, virou uma navalha oportunista.

Foi aí, exatamente, que o enredo veio à tona de uma vez. Chegou como uma consciência súbita, acompanhada de um barulho áspero dentro da cabeça. O som me lembrou o do chapisco, quando o pedreiro joga a massa e raspa o concreto ao arrematar o cimento. Identifiquei como uma aura, apesar de fazer anos que minha disritmia cerebral não me incomodava. O cenário tinha todos os elementos de uma farsa: era um teatro, e fora encomendado para me incriminar.

2

Mais uma vez voltei a atenção ao meu corpo. Já limpara o sangue grudado e, sob o desespero, ainda embrulhado em toalhas, liguei para um conhecido. Precisava de um advogado com conexões policiais. O ex-marido de uma das melhores amigas da minha ex-esposa. Haroldo Fonseca me dera seu cartão numa festa e recordei da péssima impressão de que ele me causou. O grotesco é marcante, impressiona bem mais do que a beleza ou a elegância.

— Haroldo?

— Quem deseja?

— Homero, e me desculpe o horário. Não sei se você lembra... – engoli palavras como fazia quando alguém tinha alguma ascendência sobre mim.

— Homer, quem? – sua voz indicava que ele desligaria se não me identificasse rapidamente.

— Montefiore, Homero Arp Montefiore. Lembra-se? O ex-marido da Milena. Faz uns anos, dividimos um chalé no sul de Minas, uma pousada em Camanducaia, Refúgio Ulisses, lembra?

— Refúgio do Ulisses... Ah, aquele chalé? Claro, sim, lembro!

— Exatamente.

— E o tal de Ulisses, o dono, era um grandalhão que não parava de falar. Queria porque queria nos mostrar, no telescópio do pai, as nebulosas que só ele enxergava. Sim, sim, claro! Quanto tempo! Minha ex sempre me pergunta de você. O que você manda, meu gigante?

I | INCIDENTE

Ele se lembrou apenas vagamente de quem eu era, mas marcou bem meu estereótipo...

— Para ser preciso... já faz oito anos.

— Hummm! Deve ser isso mesmo.

— Haroldo, invadiram minha casa. Não sei se foi ladrão ou alguém que me espionava.

— E?

— Eu estava aqui no apartamento com uma moça e ela... - fui interrompido por algum ruído à minha porta. - Um minuto, Haroldo - sussurrei. - Acho que ainda tem alguém por aqui.

Do outro lado da linha, ele não fez nenhum som, mas pude ouvir o gelo trincando numa bebida e música distorcida ao fundo.

Inseguro, fui até a cozinha na ponta dos pés, contornando o sangue no chão. Forçando a maçaneta, comprovei que a porta dos fundos estava apenas encostada. Pulei para trancá-la e recoloquei o ferrolho de proteção.

Haroldo, que estava silencioso na linha, finalmente disse:

— E aí? Tinha mais alguém? Checou a casa toda? Veja de novo. O invasor se apega ao lugar onde rouba e mata.

Gosto de palavras tranquilizadoras.

— Sim - sussurrei de novo. - Mas vou checar.

— Pode ir, eu espero.

Eu o ouvia estalar a língua.

— Já olhei...

— Do que mesmo você estava falando? - Ele respirava alto. - De quem você suspeita, Jonis? Você deve suspeitar de alguém...

Percebi quão inútil seria tentar corrigir meu nome.

— Não, não tenho ideia de quem seja, nem suspeita alguma.

Pensei que, naquele momento, seria desperdício de tempo explicar o que se passava na editora.

— Já ligou para a polícia?

— Não, só para você. Para dizer a verdade, ainda estou meio zonzo.

— E por que não chamou uma viatura? – perguntou Haroldo, arrastando a voz em tom de censura.

— Sei lá, tudo que já ouvi falar sobre esse pessoal, tenho medo.

— Medo de quê?

— De virar suspeito?

— Suspeito de quê?

Na voz, ele demonstrava ter dado início ao trabalho de investigação. Quase pude ouvi-lo se ajeitando no sofá para organizar o interrogatório. Lembrei-me de que ele disse, em Minas, quando fomos à cidade buscar cervejas, que, em mais de 30% dos casos, o denunciante é o culpado, sozinho, ou com algum cúmplice.

— Podem me acusar de qualquer coisa, não? – Olhei meu pulso e pensei no sangue. Não queria falar de um jeito vago demais, seria autoincriminador.

— Sei... – ele foi lacônico.

Sua técnica de interrogação me pressionava a dar informações que, num momento anterior, pensei em omitir.

Ele continuou, após fazer um barulho na boca, que pareceu um bochecho com o álcool, seguido de uma interjeição de alívio.

— Roubaram alguma coisa, digo, coisa de valor?

— Ainda não sei.

— Tinha muito dinheiro? Em espécie? Quanto? Só para ter uma ideia...

Pressenti seu faro e ganância, ele já fazia os cálculos de quanto poderia faturar.

— Não sei, não guardo dinheiro em casa. Deixo tudo no banco. – Quando disse isso, pensei ter ouvido uma tosse que disfarçava um "imbecil" do outro lado da linha...

— Foi furto ou assalto? Você está ferido? – A voz voltou à displicência e as pedras de gelo tornaram a colidir no copo.

— Não sei! Acabou de acontecer.

— No furto, ninguém é ferido e não se vê nada; no assalto, a vítima é rendida, tem violência etc.

— Furto.

A explanação didática, vindo de quem veio, tornou-se humilhante e produziu o efeito desejado. Fraquejei diante da intimidação dele pelo tom de voz e resolvi falar tudo.

— Mas tinha um pouco de sangue...

— Sangue? – A exaltação dele reapareceu. – De quem? Tinha alguém aí com você na hora do crime?

Eu podia ouvir que ele deu um gole desastrado, derrubou a bebida e soltou um palavrão!

— Acho que sangue, mas não me lembro direito...

— Sangue de quem?

— Deve ser meu! – Me senti o criminoso, seria essa a técnica?

— Então, meu caro, vá para o hospital! – Ele voltou àquela voz amorfa do início e parecia se encaminhar para pôr fim à conversação.

— Você não me entendeu! – Emendei, aflito. – Tem um rastro de sangue no chão, na minha roupa, que vai até a cozinha.

— Tem certeza de que é sangue, quem sabe não é tinta? O cara te rasgou? – Haroldo tossiu.

— É sangue, meu canivete estava na pia, aberto. Tem sangue e marcas pela casa toda. Não estou ferido, o sangue não é meu, acho...

Ele murmurou algo e riu longe do bocal.

— É seu ou não é, Fiore? – perguntou-me, impaciente, religando o aparelho eletrônico que fez a música distorcida ressurgir ao fundo.

— Não sei...

— Espere aí, essa história está ficando estranha. – Ele voltou a desligar o som e se serviu de mais uma dose. Eu o ouvia usando o dedo mergulhado para rodar o cubo de gelo.

— Por acaso, você bebeu, se drogou, fumou, cheirou, tomou um pico?

— Bebi algumas cervejas com uma garota aqui em casa, depois, acho, me deu um branco.

— Você acha?

— Apaguei e dormi por horas!

— Faz o seguinte: vá para o hospital e depois faz um B.O. numa delegacia. Durante a semana, me liga no escritório e a gente vê, ok?

Suspirei desanimado. O escritório era na casa dele.

— Agora sou detetive particular, tenho uns aparelhos. – Ele abaixou o tom de voz. – Se seu apartamento tem o certificado de desinfecção viral internacional Gates, posso ir até aí e usar o luminol antes de aparecer o pessoal...

Seguiu-se um silêncio.

— E aí, na calma, podemos conversar pessoalmente.

— E essa bagunça que fizeram aqui? Arrumo? Posso mexer nas coisas?

— Teve prejuízo? Se não, tire umas fotos. Aí pode arrumar tranquilamente. Se estiver com medo, vá para um hotel e se tranque lá.

— Não, você não entendeu, é que...

— O quê? Você fez alguma besteira?

— Não, não, deixe para lá!

Ele não conseguiria entender e eu não estava dando conta de explicar com clareza.

— Você sabe que eu me separei? – Haroldo confessou do nada.

Eu já sabia. Ele já me falara há uns anos quando esbarrei com ele na fila do cinema.

— Não sabia, mas hoje em dia todo mundo está se separando.

— Todo mundo! Um abraço.

— Obrigado, Haroldo. Eu ligo na segunda, mas e se eu...

Ele desligou antes que pudesse me dizer qualquer coisa útil, mas, um segundo antes, pensei ter ouvido um "babaca!". Como era meu costume, engoli em seco a ofensa. Deveria ter reagido. Mais uma vez, fui dominado pela passividade regido pelo medo de represálias. Era este o salário pela minha incursão ao anexo secreto da Filamentos? Eu realmente me senti um grande idiota. Olhei no relógio: 1h43.

3

A história é arbitrária, pois é sempre um narrador quem dita o ritmo do tempo. Minha primeira percepção do mundo não provém de uma lembrança real. Ela foi deduzida por um vago conjunto de indícios. Meu registro mais antigo é, na verdade, um trauma. Aquilo que os neurocientistas chamam de "memória informada". No momento do meu nascimento, eu simplesmente não passava pelo canal de parto. Apenas no último minuto, quando a força da gravidade prevaleceu, mergulhei para nascer de cabeça. Meu pai amparou o crânio, recolhendo-o e sussurrando em meu ouvido: "Homero Montefiore, meu filho". Segundo ele, eu era uma peça avulsa, pesada, em queda livre. Mas, assim que me encarou, cerrou os olhos e fez uma súplica.

Se alguém me visse, poderia suspeitar que é a doença falando por mim. Não se trata disso, e nunca implorei por piedade.

Vivo num labirinto de ideias, como aquelas mensagens de náufragos espalhadas em garrafas, que flutuam em oceanos que nunca conversam. Desde então, minha missão tem sido justificar minha sobrevivência neste mundo. Agora, forçado pelas circunstâncias, relato os acontecimentos que vivenciei.

I | INCIDENTE

4

Na Editora Filamentos, havia um lugar quase inacessível que chamávamos de "anexo secreto". Não era exatamente um anexo, nem completamente secreto, mas o lugar despertava todo tipo de especulação. Desde o início, eu achava que não era o único que desconfiava de coisas espúrias naquele lugar. Aos poucos, descobri que quase todos os funcionários tinham a mesma curiosidade em saber o que aquele lugar escondia.

Eu tentava me convencer de que conhecia os riscos que correria tentando encontrar sozinho as respostas, mas ignorei o mandamento número um da experiência prática: nunca se deve apostar naquilo que te excede.

É evidente que a curiosidade pode ser um instinto arriscado, mas saber o que acontecia naquele misterioso jardim suspenso se tornou um pensamento persistente, uma metáfora, uma obsessão. Vi a oportunidade de decifrar o enigma quando uma notícia chegou à diretoria e as pessoas foram convocadas às pressas.

Abriu-se uma oportunidade e arrisquei a sorte. O lugar era raramente acessível. Recordo-me de ter subido até o último pavimento e encontrado a porta entreaberta. Eu já sabia, atrás da porta dupla, havia uma sala ampla, com divisórias. Entrei e me encolhi bem lá no fundo, próximo à escada da saída de emergência.

Minha visão não era das melhores, mas logo pude identificar uma maleta em cima da mesa e ao seu lado uma máquina retangular fechada que, pela luz branca intensa e intermitente que emitia pelas laterais, presumi que estava ligada em modo pause. Além disso, ela produzia uma espécie de ruído metálico intermitente que parecia coordenar uma rede sem fio de computadores. Havia acúmulo de resmas de papel bem ao lado da engenhoca. A temperatura do ar-condicionado estava insuportavelmente baixa. Lembro--me de ter ficado com mãos e pés dormentes.

Devo ter ficado em pé, imóvel, por quase quarenta minutos. Pessoas foram chegando, três, talvez quatro. A partir daí, passei a ver, a enxergar e a ouvir tudo, em parte, por intermédio dos modernos monitores do novo sistema de segurança. Sabia que as gravações eram desativadas durante as reuniões. Estava além do mero campo visual, era como se eu pressentisse o que aconteceria depois. Primeiro, vi a sombra de alguém, bem alto, abrindo e ligando a estranha caixa com frisos dourados que, com um único toque, se abriu automaticamente e se desdobrou, quando o ruído intermitente cessou. Depois, me inclinei mais e consegui ver que todos estavam diante de uma grande tela tridimensional de altíssima definição. Supus que estavam iniciando uma reunião importante.

Não conseguiria identificar os componentes da caixa com precisão, mas, de alguma forma, o conteúdo da máquina esquisita, acondicionada num invólucro de madeira, estava agora sendo exibido na tela. O objeto aberto mostrava polias e engrenagens. Parecia um instrumento ultrapassado, propositalmente anacrônico, como as roldanas que fazem funcionar um relógio movido a corda. Definitivamente, aquilo não parecia um computador comum. Ao lado, havia quatro ou cinco pilhas de papel destinadas, talvez, à encadernação.

Eram originais, trabalhos inéditos de um autor, aquilo que na tradição editorial inglesa chamam de manuscripts ou proposals? Ou seriam provas impressas? Material publicitário ou bonecas de livros? Não era possível saber. Somente especular.

Três pessoas participavam da conversa. Primeiro, reconheci a voz de Cleo Gentil, a esposa do presidente da editora. A outra voz era de Jean Prada, o editor-executivo. A terceira voz era de Giaccomo Gentil, ou GG, o presidente, que pouco se manifestou. Diana Caminhoá, minha chefe, também estava lá. Eu pude ouvi-la trocando ou mexendo em uma das impressoras, a maior delas, a qual parecia estar em sincronia com as demais. Todos, sentados, preparavam-se para participar de uma videoconferência, pensei. Com o insuportável barulho do ar-condicionado ligado e das impressoras que começaram a imprimir em altíssima velocidade, não compreendia o que falavam, mas pude ouvir uma ou outra palavra.

De repente, o som ficou distante e iniciou-se uma discussão. As impressoras, então, cessaram e pude discernir melhor o que se dizia. Era a voz de Jean, e ele se manifestava de forma áspera, pouco comum a seu temperamento, não calmo, mas convictamente estoico:

— Cleo, exato, não se trata de arrependimento.

Não ouvi o que disseram, mas alguém pareceu tê-lo contestado.

— É claro que concordei com a ideia! Vocês me falam de inspiração, mas isso, minha cara, é uma outra coisa e todo mundo aqui sabe o nome. Vocês extrapolaram, não foi nada disso que combinamos... ninguém havia mencionado que faríamos isso. Pelo que entendi, vocês sugaram a ideia do... checheno.

— Russo, agora ele tem passaporte russo.

— Russo, checheno, lunático, tanto faz!

— Um pouquinho tarde para objeções, não acha? - completou, irônica, uma voz afetada, que não identifiquei de quem era.

— Diana, quem inventou esta reunião? Inapropriada e totalmente desnecessária. E desligue já esse troço. As câmeras estão gravando?

Reconheci a voz de Giaccomo, sujeito de tronco largo e bigode ralo. Foi ele quem pressionou o dedo na máquina estranha e, assim que o fez, ela se recolheu em camadas, fazendo, com cada uma delas, um ruído serrilhado, que lembrava um antigo brinquedo de carrinho de fricção e, imediatamente, quando a coisa se recolheu por completo, a tela da reunião foi simultaneamente desligada.

— De qualquer modo, não quero mais fazer parte e, agora, são vocês dois que precisam definir o que querem. - Jean parecia resoluto em sua decisão e sempre demostrava isso alisando o bigode.

Prada arrastou a cadeira para trás e, ao se levantar abruptamente, agarrou uma pasta sanfonada preta de cima da mesa e girou o corpo parecendo buscar a porta da sala. Eu estava a uns 6 ou 7 metros de distância e me retraí ainda mais atrás da porta.

I | INCIDENTE

Me senti em perigo notando que estava mais exposto do que imaginava. Era urgente sair dali. Já me preparava para escapar, quando ouvi um barulho forte, seguido de um baque seco. Parecia um soco. Um golpe certeiro. Depois, um grito curto, agudo e parcialmente reprimido. Cleo estava exasperada, recolheu a bolsa da mesa e abaixou-se para juntar os papéis espalhados pelo chão. Diana fazia gestos estranhos, repetitivos, como o dos tiques ou aqueles comuns na histeria.

O som da tela foi novamente acionado. Giaccomo Gentil sussurrou algo e pude ouvir alguém do outro lado começar a falar aos gritos, em alemão, depois, expressões que me lembraram algum idioma eslavo, poderia ser russo...

Malditos, pensei alto. Apavorado, retrocedi lentamente, mas devo ter feito algum ruído e parecia que todos se voltaram para olhar em minha direção. Recuei e me encolhi ao mínimo para me enfiar novamente atrás da porta. Para minha sorte, não estavam olhando em minha direção, mas para o relógio acima da porta. E, naquele exato instante, ele emitiu um finíssimo sinal de sino, indicando que eram 12 horas. Eles então se distraíram com o som do celular de Giaccomo, uma inconfundível marcha com gaita de fole escocesa, e todos abandonaram a sala rapidamente. Esperei alguns minutos e disparei em direção à escada, buscando o piso inferior. A porta trancou-se logo atrás de mim.

Pude, então, ir em direção à garagem. Escapei ileso, pensei. Corri tanto que perdi o fôlego, até cair no asfalto. Com os joelhos esfolados, tentei me levantar, mas apaguei.

5

Era um dia abafado e úmido de fevereiro quando recebi o telefonema. Olhei no relógio, 12h43. A ligação vinha de um número não identificado. A pessoa que fazia a ligação me chamou pelo nome com irritante intimidade:

— Homero M.?

Tremi. Larguei o gim tônica que estava bebendo na mesa, deixei o gelo cair da boca e me ergui da cadeira. Como conseguiram meu número? Fiquei surpreso porque a ligação estava sendo feita para um celular pré-pago, que comprei sem precisar me identificar. O número que me chamava não estava na lista dos meus antigos contatos. Fiquei mudo, a voz insistiu:

— Montefiore?

— Quem fala?

— Homero Arp Montefiore? – a voz insistiu.

Eu ouvia respiração pesada e ruídos ao fundo, como se estivessem falando de dentro de um carro em movimento.

— Quem é? Com quem falo? – perguntei.

— Não importa. Hault. Silêncio e ouça!

Fiquei parado, dissimulando, tentando relaxar o pescoço para abrir a cortina pela milésima vez. Enquanto terminava de ouvir a ameaça, olhei pela janela para ver a curta faixa de mar que recuava em dispersão. A voz era firme, carregada com sotaque de algum país de língua dura.

— Sabemos onde você se escondeu – e citou alguns dados pessoais em detalhes como número de identidade, endereço completo, CPF, minha agência bancária e o nome da minha mãe. – Estamos monitorando seus passos, atenção, uma palavra, basta uma e você vai se dar mal – concluiu, simulando convicção.

Pude ouvir uma respiração desagradável e imaginei que o dono da voz tinha um hálito pútrido que, aposto, vinha de um pulmão miserável. Deduzi que o locutor estava lendo a mensagem, provavelmente usando um abafador para modificar a voz. Com a serenidade dos que sabiam que ficariam impunes, ele desligou o telefone. Vou me dar mal? Pensei. De fato, minha vida já se arrastava pela campanha de difamação que enfrentei dentro e fora do processo judicial cheio de armadilhas e que, na prática, arruinou minha vida. Desde as acusações pelos crimes que ninguém conseguiu provar que cometi, em minha rotina só a falta de horizonte era uma constância. As ameaças só podiam ter uma origem: gente vinculada aos novos sócios da Filamentos e minhas desconfianças em relação ao processo de fusão da editora. Eu continuava a me perguntar se ainda seria possível convencer alguém de que minha culpa, se houvesse alguma, era circunstancial.

Aquele telefonema serviu para reavivar toda a paranoia. E o segredo persistia. Como operavam para criar todos aqueles livros de sucesso com resultados comerciais impressionantes? Quem era Karel F., o principal autor da editora, que, pelo menos desde que comecei a trabalhar lá, nunca apareceu ou foi visto em carne e osso? Pelo menos cinco dos vinte livros mais populares do mercado editorial nos últimos dez anos foram publicados pela Filamentos. Era mais do que justo especular como isso seria possível. Sorte? É sempre uma possibilidade.

A editora havia faturado boa parte dos prêmios de crítica existentes e dois de seus autores foram indicados aos principais prêmios literários na Europa nos últimos anos. Além disso, foi um estrondoso sucesso comercial.

Qual seria a razão para, num período tão curto, obter um sucesso tão desproporcional? Lembrei-me da frase de Jean Prada, num dos lançamentos de livros que, como funcionários, éramos persuadidos a comparecer.

— Olhando assim, ninguém imagina.

Ele espremia os olhos enquanto bebia a tequila, com sal endurecido, que grudava no bigode e transbordava pela fenda dos lábios.

— Imagina o quê, Jean?

— Para apreciar o sucesso, continuou depois de um soluço, é preciso ignorar tudo que o precedeu. Encare como uma constatação rabugenta de um veterano do mercado. - Concluiu, me olhando de lado e chupando o dedo cheio de sal, enquanto sorria e cumprimentava algum conhecido ao fundo do salão da livraria.

— O livro precisa tocar o coração, antes, bem antes de qualquer afinidade intelectual. Entende? - Jean cochilou o lugar comum na minha orelha.

— Meio clichê, não acha?

— E tudo isso, - modulou me ignorando enquanto apontava para o público – é imediatamente descartado assim que o livro chega à lista dos mais vendidos. Ouça o que eu te digo. Você vai ver... - Continuava, enquanto virava a última gota da Gran Patron servida por um garçom completamente bêbado.

I | INCIDENTE

— Lá onde? – Eu me irritava quando ele fazia suspense com insinuações vagas.

Ele não respondeu e entornou o resto da dose.

6

Não comecei as atividades na editora avaliando originais e dando meu parecer se deveriam ou não ser publicados. Minha carreira na Filamentos começou na área da revisão.

Como minha graduação foi desprezível sabia que precisava de cursos complementares. Foi quando descobri o curso de editoração lato sensu, que fiz logo depois de me formar em Letras. A carga horária era razoável e a única exigência para obter o certificado era a entrega de uma monografia. Estudávamos como manusear um texto, sua definição e aspectos formais: pré-textos, textos e pós-textos. Sinais gráficos para revisão de textos e provas. Preparação e revisão e, enfim, um panorama do que seria o campo de trabalho de um editor. Insatisfeito e vendo como o mercado era restrito nessa área, resolvi cursar outro curso de tecnologia e informação.

Quem diria, dali veio toda malícia que me faltava nas áreas de Humanas. Aprendi a decifrar a linguagem dos computadores e, modéstia à parte, transitei muito bem pelas máquinas, programação e cálculos. Eu acompanhava com facilidade todas as revoluções que foram acontecendo nas matemáticas aplicadas às redes de computadores. Não era do que eu gostava, mas de alguma forma, acabei me tornando, onde trabalhei, uma referência informal quando surgia algum assunto que desafiava os técnicos.

Mas o fato é que, na editoração, não tive as aulas práticas que tanto buscava. Tentei estágio em outras editoras, das pequenas às grandes. Foi quando recebi a dica de um ex-colega da faculdade de que a Filamentos procurava uma pessoa para "fazer de tudo". Resolvi arriscar e enviei para lá um currículo paupérrimo de uma só folha. Fui contratado por um salário irrisório e, nos primeiros meses, fiquei rabiscando textos para corrigir erros gramaticais básicos, como os de concordância, de ortografia, e fazer ajustes semânticos. Às vezes, carregava caixas do almoxarifado, entregava as correspondências e, mais raramente, servia cafezinho para os membros da diretoria. A verdade é que mal compreendia qual era a minha função exata, mas sabia que a indefinição fazia parte da estratégia.

Fui tomado por uma coragem inédita em uma sexta-feira pela manhã. Entrei na sala dos editores para deixar as correspondências e reparei na pilha de originais na mesa de Jean Prada. Ele estava sentado à mesa com prováveis manuscritos à frente. Aproveitei e bisbilhotei as primeiras páginas da encadernação que estava à vista e comprovei que eram novas propostas de livros. Ele era responsável pela área de ficção internacional, além de definir a linha editorial da Filamentos. Aproximei-me, olhei para a pilha e perguntei:

— Posso ler? – E apontei para os papéis empilhados.

Ele parou, tirou os óculos e, empurrando a cadeira se afastou da mesa para me inspecionar. Então, colocou a mão em cima da pilha de papéis e, sem olhar nos meus olhos, perguntou:

— O que você andou lendo?

— De tudo – e acrescentei – meu pai colecionava livros, tinha uma biblioteca eclética.

— Ah, sim? – E bocejou de desinteresse.

— O forte eram os dicionários. Meu pai era um...

— Jornalista? – Ele se antecipou, depreciativo.

— Não, ele era comerciante, mas também um filólogo autodidata.

Ele enfim parou e, tirando sua boina e afastando os óculos do rosto, pareceu ter, finalmente, me enxergado. Esfregou os olhos para descansar, espreguiçou-se, e indagou suspendendo as lentes:

— Diga dois autores de quem você gosta. Hesitei com medo de citar os autores errados.

— Gosto de muitos, mas, se forem só dois, fico com James Joyce e Machado de Assis. Na poesia, sou mais eclético e leio de tudo, de Rimbaud a Sthepen Crane, já dos atuais... eu me lembro do Yehuda Amichai.

Ele murmurou algo para me interromper:

— Há quanto tempo você trabalha aqui?

— Dois anos. Até pouco tempo, eu ficava no andar de baixo, depois fui transferido para cá.

— Então, você quer ser um revisor? Interessante – e colocou uma das hastes roídas dos óculos na boca. – Vamos fazer o seguinte: vou te dar dois textos e, na segunda de manhã, você me devolve, combinado?

— Ótimo. Muito obrigado!

Surpreso pela chance inesperada, seria pura intuição se eu desse algum palpite correto sobre aqueles manuscritos. Ele, gentilmente, não sem um murmúrio depreciativo, complementou, afastando o queixo:

I | INCIDENTE

— Pegue estes aqui... – e separou dois textos encadernados em espiral, que estavam bem à sua frente ao lado do topo da torre de papéis.

Era um teste para um possível upgrade? Ele se preparou para anotar e perguntou:

— Qual é mesmo o seu nome?

— Homero.

Ele ficou esperando...

— Homero Arp Montefiore – completei.

Deve ter ficado intrigado, mas eu já estava acostumado com isso, já que, para a maioria, a pronúncia e a grafia do meu nome eram difíceis de entender.

Já fui chamado de úmero, confundido com personagem de desenho animado ou com um dos irmãos Marx. Apesar do nome incomum, deveria ser grato, porque meus pais queriam que meu nome fosse Stefan Zweig. Nunca perguntei por que raios meu pai homenageou o escritor que veio se aborrecer nos trópicos e depois se matar em Petrópolis. O que será que eu fiz para merecer o nome de um autor austríaco morto em circunstâncias estranhas?

Não é raro que a admiração de pais pelos ídolos resulte em uma vida repleta de bullyings para os filhos e prova que os primeiros traumas são gerados pelos genitores. Sempre soube que pagávamos o preço pelas idiossincrasias dos outros e, talvez por isso mesmo, o motivo da maioria dos exílios ocorra à revelia do exilado.

Jean então foi adiante e, empunhando uma Montblanc com haste dourada e suas iniciais sulcadas, rabiscou uma abreviatura qualquer na planilha. Olhou-me acima dos

41

óculos, provavelmente ainda cogitando se valia a pena me entregar as cópias de originais. Pediu que eu me aproximasse e recebi o hálito incendiário da Absolut.

— É que gostei da ousadia. Valorizo os impetuosos que agem pelo peito. Só não comente com ninguém e não esqueça – acrescentou, esticando o dedo ameaçadoramente simpático para concluir – segunda-feira você me diz o que achou. Bom trabalho para você.

Calmamente, ele recolocou os óculos de aros escuros e voltou à mesa, retomando, encurvado, seu trabalho. Lembro-me de ter devorado o primeiro manuscrito em um dia. Ele se chamava Fascículos. Era uma coletânea de contos, alguns extensos, outros muito curtos. Os textos vinham assinados por Karel F.

II
Origens

II | ORIGENS

1

Quando meus pais me levaram ao neuropediatra, a possibilidade de existir um tumor na minha cabeça foi imediatamente descartada, ainda assim, o médico levantou as sobrancelhas. Eles tentavam minimizar o problema para me proteger do diagnóstico, mas todos sabiam que uma anomalia visível nunca pode ser banalizada. Aos dezesseis, já havia atingido a altura que tenho. Apesar de alto e muito magro, nunca quis ser atleta ou me dedicar a qualquer esporte. Tinha um rosto quase perfeito num corpo enorme e cheio de elastina, aquela proteína que nos dá flexibilidade. Os esportes não condiziam com meu temperamento introspectivo. Acabei me conformando com minha altura, que tinha poucas vantagens, além do desconforto da frouxidão dos ligamentos.

Sempre me esquivei de espelhos. Era sempre impactante deparar com o contraste entre um rosto quase perfeito, era o que diziam, e o corpo gigante que o sustentava. O médico definiu de forma bem clara: "são pessoas que têm uma simetria facial única, mostram poucos sinais aparentes de envelhecimento e são considerados – vocês podem estranhar o termo – patologicamente belos; infelizmente, eles também apresentam um tronco e extremidades grandes e são ligeiramente assimétricos."

— Uma espécie de gigante, doutor?

— Quase isso. Concordou balançando a mão.

Lembrando-me deste histórico e distraído, esqueci-me de fechar os olhos enquanto escovava os dentes. Minha imagem transbordava de felicidade com o "patologicamente belo", sem contar o lisonjeiro "ligeiramente assimétricos". Notei que estava bem mais magro, o osso malar saliente e ficava claro: meu estado nutritivo estava próximo de um colapso.

Alguém como eu que, desde cedo, recebeu um prognóstico de possuir 50% a mais de chances de morrer precocemente, tinha mesmo a obrigação de saber mais sobre as próprias probabilidades, dada a quantidade de consultas e prospectos médicos que, desde a adolescência, fui obrigado a ler.

Possivelmente, meu hábito defensivo para evitar bullyings e buscar a solidão exacerbava todos os distúrbios. Deveríamos ter consultado outros médicos? Pediatras especializados talvez?

Mesmo sob o estado de penúria econômica, meu pai me levou aos melhores especialistas da grande São Paulo e Rio de Janeiro, com a vaga esperança de extrair deles a confissão de um erro de diagnóstico. Mas o veredicto era unânime e sempre o mesmo: uma sentença de morte antecipada sem data marcada.

— Será muita sorte se ele chegar à idade adulta – foi o que o pediatra sussurrou na indiscreta concha acústica da minha mãe, enquanto eu me vestia depois do exame físico. Hoje fica claro, sei que a equidade e a justiça passam longe da biologia. E, mesmo assim, eis-me aqui, vivo. Ultrapassei todas as previsões. A saúde é de fato um enigma, como escreveu o filósofo da hermenêutica, que, na juventude, foi um soldado do Terceiro Reich. Com o tempo e a negação, passei a ter a ilusão de que viveria como outra pessoa qualquer. Mas, quando novos sintomas apareciam, pensava em visitar outros experts. Minha penúltima ideia foi, quem sabe, um neuropsiquiatra?

Apesar de alguma estabilidade, noto que algumas características têm se acentuado. Minha ossatura está mais alongada. Minha altura, 1,98 m, sob o peso dos anos e de uma progressiva retração da coluna cervical, foi rebaixada a 1,85 m. Mesmo assim, eu ainda preferia carros mais espaçosos. Some-se a isso minha condição de ligamentos frouxos, dedos desproporcionalmente longos e olhos verdes boiando numa esclerótica azulada. Não será difícil compreender o porquê de o meu corpo exigir mais proteção e minha presença ser, imediatamente, acusada nos ambientes. Para mim, passar despercebido nunca foi uma escolha. Minha imaginação sempre ficava mais acesa à noite. Lembrei que meus pais também perguntaram para um outro clínico: "Isso de Homero ficar acordado à noite e cheio de ideias faz parte da doença?" Ninguém sabia a resposta, mas o médico arriscou:

— Isso é uma característica dele, personalidade romântica, melancolia não é doença. Pelo menos ainda...

Gostei desse médico, mas nunca mais o vimos.

Por causa dos sintomas da minha doença, tive de me contentar com uma carreira da qual meu pai não teria se orgulhado. Ele me imaginava diplomata e escritor. É verdade que eu gostava de escrever e fui elogiado, na escola, por algumas redações. Uma delas, escrita quando cursava o Ensino Médio, ganhou um concurso na escola e foi motivo de comemoração. Era um texto de não mais do que vinte linhas. Meu pai emoldurou a redação, mas ela se perdeu quando mudamos de casa pela primeira vez. Eu só me lembrava do título:

"O que imagino quando escurece?".

Confesso que uma vez, sozinho, quando tinha uns dezoito anos, meio embriagado, em busca da sua aprovação, acendi uma vela para invocar seu espírito. Eu mesmo estranhei, mas precisava de uma última palavra dele. Pelo que eu esperava? Que ele aparecesse ali, na cadeira que reservei para ele? Que trouxesse uma seleção de palavras com um dicionário em punho como costumava fazer quando estava vivo?

Nossa digressão sobre as pessoas que perdemos é sempre retrospectiva, e só a distância temporal dos fatos traumáticos pode criar algum discernimento. Não era o caso.

Aos dezessete anos, precisei morar sozinho numa pensão para poder terminar os estudos antes de ingressar na universidade. Mudei da região e fui viver numa metrópole e seus conglomerados urbanos. Na minha cidade natal, moravam 7 mil habitantes e me desloquei para um lugar onde, na época, viviam mais de 7 milhões de pessoas. E bem no centro da cidade.

É difícil avaliar o impacto que isso representa. Ao desembarcar na cidade grande, vi mais gente nas primeiras horas de rodoviária do que em toda a minha vida. Alguém já mediu a confusão causada por tantas novidades simultâneas? Ninguém pesquisou. Por isso, sempre fui um crítico da maioria dos temas que a investigação científica prioriza. As pesquisas que realmente importam raramente são feitas.

Entrei na escola na qual meu primo rico, André Stern, estudava. Era a escola da moda, frequentada pelos filhos da elite paulistana. O menos rico vivia numa enorme casa com duas piscinas no Jardim América. Meus pais conseguiram uma bolsa de estudos, provavelmente baseada na minha condição patológica.

Precisei me acostumar ao consumo de drogas. Naquela época, sob o clima da anistia política, quase não havia restrições a elas. Estava muito deslocado na escola experimental, uma decadente versão tropical de Summerhill. Já havia lido comentários sobre a instituição original inglesa cuja filosofia fora inspirada nos ensinamentos de Wilhelm Reich e Homer Lane. Lá se preconizava a liberdade absoluta junto ao desenvolvimento do altruísmo. Onde eu estudava se aplicavam princípios de um outro Reich. Sobrevivi ao Ensino Médio, nos seus três anos intermináveis, completamente isolado. Sem nenhum pedigree intelectual ou atestado de ex-exilado. O que me restava era a convivência com o pessoal apelidado de "residual", isto é, a turma dos outsiders, aqueles sem grife política ou ideológica.

O sofrimento naquele ambiente não era somente pela discriminação extra em razão dos meus defeitos. As sequelas psicológicas pesavam bem mais. Eu vivia oscilando entre o ímpeto passional e a falta de presença de espírito. Se havia alguma unanimidade sobre mim, era que eu tinha um rosto estranhamente perfeito, atraente mesmo, num corpo de jogador de basquete desengonçado e, a despeito de tudo isso, exibia uma inteligência rápida e criativa. De novo, uma frase do pediatra vinha em meu auxílio:

— A boa notícia é que costumam ter algum grau de genialidade.

Um gênio anômalo, era com o que eu precisava me conformar.

Minha família, os Montefiore, parecia mais um clã do que um grupo sanguíneo comum, composto de uma ampla miscigenação étnica. Mas nunca pudemos conhecer nossa tradição familiar. Algum segredo inconfessável fazia com que meu pai se desviasse sempre do assunto. Na verdade, ele parecia se esforçar para impedir que soubéssemos de onde viemos. Até hoje não sei se isso nos protegeu ou atrapalhou, mas garanto que ele foi hábil ao jogar pistas e detalhes superficiais, ou seja, bem-sucedido em nos ocultar o histórico das gerações anteriores.

— Não, não, para quê? O que isso mudaria em suas vidas?

Vocês enlouqueceriam se eu contasse toda a história – ele teimava.

— Taty, era como o chamávamos, não pode ser tão terrível assim –, eu insistia.

— Conhecer toda a trajetória ancestral? Vocês não sobreviveriam. – E ele terminava sorrindo, orgulhoso com sua dissimulação.

— Pai, a biografia da família é parte da nossa cultura, por que não teríamos direito à história, é um pedaço da herança, não? – Eu persistia.

Quando pressionado, ele saía da sala alegando urgência, geralmente para buscar algum volume perdido em sua biblioteca, como se não soubesse que todos os livros se encontram vam perdidos.

— Os genes. Eles são tudo que a memória deve passar às próximas gerações. Esse é o único legado que interessa, só ele merece ser lembrado. O restante encontramos nos livros – respondeu uma vez.

— No que você acredita, pai?

— No carbono.

Eu me lembrava de vê-lo, todos os dias, olhando fixamente para a minha enorme cabeça, pensando, imagino, no que deveria ter feito para merecer um filho assim.

Meu avô materno, Henrik Wolff, era um ex-ferroviário da Fepasa. A Ferrovias Paulistas S. A. foi criada em 1971 e ele se transformou em um líder sindical, acreditando poder lutar por um Brasil que desse prioridade para o transporte de pessoas e de bens por essas linhas. Essa luta malogrou. A indústria automobilística alemã o matou com os Volkswagens para as massas, com outras marcas de veículos populares atravessando seus tão venerados trilhos.

Mesmo com a bolsa de estudos que ganhei, minha mãe pagava uma fábula pelas mensalidades daquele covil cheio de esnobes que orgulhosamente chamavam de escola. Mas eu nunca pedi para sair. Demorei anos para me livrar do convívio diário com gente que ostentava sua supremacia aristocrática e a pompa de pertencerem ao "Partidão". Foi mais ou menos nessa época que, usando minha natural facilidade com números, tentei trabalhar num escritório de contabilidade.

2

Talvez fosse tomado como anacrônico, mas me assumi como alguém que detesta o que a língua alemã apelidou de zeitgeist, o espírito do tempo.

No início dos anos 1970, o Brasil era governado por militares e, mesmo com o apoio de Washington, nossa diplomacia parecia ser independente. Era um detalhe, mas a ilusão da emancipação geopolítica animava até os socialistas do agreste. Meu pai logo viu que não teria a oportunidade de me ver ingressando no Itamarati. O venerável instituto do Barão do Rio Branco, o Itamarati, ou "pedras claras" em tupi-guarani, tinha lá seus padrões quando se tratava da baixa burguesia sem estirpe ou que não fosse herdeira de uma linhagem diplomática.

Éramos uma família viciada em livros. Meu pai era um adorador da etimologia e sua biblioteca privilegiava os dicionários. Ele havia herdado uma parte do acervo do meu avô, Hermann Morell Montefiore, que nem cheguei a conhecer.

Meu avô, assim, era um imigrante ilegal que chegou da Moldávia, desembarcando no porto do Rio de Janeiro, em 1891. Por um erro de registro, seu nome foi grafado como Ermano Morelli. A partir da tradição oral da família, tínhamos razões para acreditar que seu ancestral, Friedrich August, fora amigo de Goethe, mas nunca conseguimos comprovação disso. Hermann era um sujeito que não conseguia se fixar em lugar algum. Além de nômade, vivia mancando e tinha o mau humor característico dos portadores de uma doença chamada "gota".

II | ORIGENS

Deixou o Rio de Janeiro e foi viver um período como agricultor no Rio Grande do Sul, quando adquiriu terras perto da fronteira com o Uruguai, onde passou a ter um segundo lar. Anos depois, acabou vendendo parte das suas propriedades e foi tentar a sorte na região amazônica, chegou a ser piloto comercial, e ali permaneceu por quase duas décadas. Apenas quando migrou para o interior do sudeste, com dois filhos, é que finalmente ele se estabeleceu num sítio, em Monteiro Lobato, aos pés da serra da Mantiqueira, no interior de São Paulo, onde nasci.

Chamava nossa atenção a resistência do meu pai em falar sobre suas experiências e o caráter nômade de seus ancestrais. Quando pressionávamos, ele adotava um tom enfático:

— Esqueçam a ascendência, concentrem-se na descendência. Árvores genealógicas podem ser sombrias – resumia taxativo.

Cheguei a contar uma centena de dicionários nas estantes que ocupavam todas as paredes da sala. Anos depois, revendo anotações da biblioteca de meu pai, a única herança que me coube, contabilizei 239 volumes.

Nas noites de sexta-feira, não ouvíamos rádio ou TV. Costumávamos nos reunir para uma brincadeira curiosa. Ao acaso, escolhíamos palavras. Ele ficava no sofá, reclinado e com o tomo aberto recitava o significado de cada vocábulo do dicionário da vez: populares, de sinônimos, históricos, de rimas, biográficos, de símbolos, prosódicos, de antônimos, de datas, analógico e os seus preferidos, os etimológicos. Eram brincadeiras estranhas para crianças, mas nenhum de nós reclamava. Minha mãe acomodava-se numa cadeira de balanço feita de palha, enquanto lia um de seus livros de clássicos da Eaton Press, famosa pela produção de volumes encadernados com revestimento de couro e capa com títulos estampados em ouro 22 quilates. Em geral, eram clássicos da literatura mundial. Às vezes, apenas tricotava na sala com o sorriso de quem dominava quase todos os temas. Meu pai propunha que fôssemos de livro em livro tentar achar uma frase, pinçar um nome histórico, encontrar um conceito nunca visto. Ele modulava a voz para imprimir um tom dramático ao desafio.

Quem teve um pai que usava os dicionários como brinquedos? As horas eram passadas tentando saber mais sobre palavras sorteadas e, sem perceber, nós embarcávamos na brincadeira. Minha irmã desistia rápido das charadas e adormecia logo no início.

Seu nome era Benjamin Montefiore, mas para nós era apenas Taty. A familiaridade com cada um de seus volumes era espantosa. A última lembrança que tenho de meu pai vivo foi de algo ocorrido duas semanas antes de sua morte.

No fim de tarde, ele me convocou para a biblioteca. Metódico, ele que tinha uma pequena coleção de ampulhetas, fazia tudo regido pelo tempo. Naquele dia, a brincadeira era encontrar os diferentes significados para "nascer do sol". No dicionário analógico, chamou a atenção a meia-lua: "luz coada através dos vidros da claraboia" e então veio a citação, "de noite, à candeia, a burra parece donzela". Depois fomos à palavra "aurora" e, dessa vez, foi "primoponendo" que nos chamou a atenção.

Sentei-me atento num pufe com figuras geométricas bem na sua frente. Sua face, magra, fina e alongada, num corpo menos alto e mais curvado que o meu, me lembrava um desenho estilizado. Naquela noite, eu o vi, pela penúltima vez, escolher frases e palavras para nossa brincadeira.

— Ouçam – dessa vez do dicionário de citações – uma frase escrita nos muros de Guernica durante a Guerra Civil Espanhola: "Se todos fossem felizes, nada disso teria acontecido!"

Papai sempre falou dessa frase e confirmou que, se um dia escrevesse um romance, a usaria como subtítulo.

— Podem ouvir e ler todas as explicações, mas gravem isso, absolutamente tudo depende das idiossincrasias de cada um. Tudo. Não existe nada, absolutamente nada, que não seja comandado por elas. Serve para a literatura, para a filosofia, para o pipoqueiro assim como para o piloto de aviões. Ele abriu aleatoriamente as páginas de outro livro curioso, o Dicionário de psicologia médica. O livro, cujo título completo em inglês acabei decorando, Dictionary of Psychological Medicine: Symptoms, Treatment and Pathology of Insanity and the Law of Lunacy in Great Britain, do médico e neurologista britânico Hack Tuke, fora editado em Londres em 1892.

A parte mais intrigante era mesmo o subtítulo: Lei dos lunáticos. Eu me perguntava por que meu pai tinha tantos livros de medicina em sua biblioteca. Mas aquele chamava a atenção porque tinha entre seus colaboradores o famoso neurologista-chefe do Hospital Salpêtrière, Jean-Martin Charcot, que inspirara o jovem Sigmund Freud em seus estudos e aulas práticas sobre histeria. O outro autor era o médico não menos célebre, o neurologista, Gilles de la Tourette, que deu nome a uma doença mental sindrômica, além do psiquiatra Paul Eugen Bleuler, criador de um termo que resistiu ao tempo, "ambivalência".

A palavra "drapetomania", por exemplo, é notável. Seu significado: "mania de fugir, patológico desejo de evasão". O conceito veio de um médico psiquiatra norte-americano sulista da Virgínia que, no século XIX, cunhou a expressão para rotular escravos que, "inexplicavelmente" insistiam em buscar a liberdade. Ajuda a compreender o lema que já vigorava na bandeira do estado de New Hampshire: "Ser livre ou morrer". Era mais uma daquelas "palavras mortas" que nem constavam na maioria dos dicionários, mesmo nos mais antigos. O termo só foi abolido pela medicina psiquiátrica na metade do século XX. Hoje só é encontrada em dicionários médicos considerados obsoletos. Mas, eu pensava, e o obsoleto que nem chegou a ser compreendido?

Nesse ponto, naquela noite, ele rompeu as próprias regras e prosseguiu até, mais ou menos, uma dezena de palavras. Andou em direção à janela, e se voltou para nos olhar. Naquele instante notei uma expressão inédita em seus olhos. Suas enormes sobrancelhas ruivas refletiam a luz que entrava na sala. Ele apoiou os óculos na cabeça e enxugou a transpiração de sua interminável testa com um lenço. Fez tudo com muito mais lentidão do que o habitual e com um olhar de quem já viveu do que o suficiente. Nunca tive contato com suicidas, mas seria a expressão que eu imaginaria se tivesse topado com algum.

II | ORIGENS

— Está tudo bem, Taty? – Arrisquei tentando arrastá-lo de volta à nossa pesquisa de palavras.

Ele teria se lembrado de algo terrível? Viu um livro perturbador? Ali, mais uma vez me faltou presença de espírito. E, mais uma vez, a oportunidade perdeu-se na poeira do nunca mais. O "nunca mais" que está sempre à espreita de se repetir.

Ele estava quase colocando o livro de lado quando se levantou e puxou da estante outro volume. Não era um dicionário, nem mesmo um livro. Pelo formato, achei que era um caderno com anotações manuscritas em uma língua desconhecida e, para meu espanto, ele passou a traduzir lendo, em voz alto, um trecho. Quantas línguas meu pai sabia? Ele lia, traduzindo o diálogo entre um professor e um aluno que contestava suas ideias:

— O que você nos ensina é apenas uma repetição, é quase um slogan dos que venceram e venderam suas versões de história para os derrotados. Todos os povos escravizados foram acusados e processados criminalmente por desejar sua própria liberdade. Cito para o senhor apenas um exemplo: as leis raciais promulgadas em Nuremberg! O legal pode não passar de um álibi para que o poder possa arbitrar alegando uma insanidade hermenêutica qualquer.

— Senhor, como é mesmo seu nome?

— Jonas, Jonas Leuppi.

— Pois bem, Dr. Leuppi. Este aqui é um curso de pós-graduação e a aula é de Direito processual. Sua contestação teria alguma validade se não viesse com toda a carga da militância típica de um diretório acadêmico. Sugiro que estude o tema com afinco e revisite um pouco os livros de história, quem sabe você não nos trará elementos mais consistentes na próxima aula?

— Permita-me também sugerir que o professor estude o significado e as implicações de uma palavra que provavelmente o doutor desconhece: drapetomania.

Meu pai recolocou o caderno na estante, mudou de óculos, guardou o lenço no bolso da calça e puxou outro exemplar. Seria aquela uma anotação dele na sua breve experiência como estudante do curso de Direito que nunca terminou? Dessa vez, era o famoso Dicionário etimológico da língua portuguesa, de Antenor Nascentes. O exemplar tinha uma bela encadernação em pleno marroquim, com nervuras grossas, detalhe que ele sempre solicitava ao encadernador, na época em que ainda tínhamos recursos financeiros. E então o abriu para logo, usando seus dedos longos, fechá-lo com alguma violência. Ainda ouço o barulho de quando ele reuniu com força as duas metades abertas do volume sob a fresta da janela. Lembro-me de os resíduos de pó levitando contra o sol que os fazia brilhar. A luz das partículas em suspensão formavam um turbilhão sob uma paisagem geométrica. Primeiro sentou-se, depois levantou-se devagar e, com a mão apoiada sobre a região lombar, dirigindo-se a mim, despediu-se:

— Filho, podemos continuar amanhã?

A oportunidade é mesmo um clarão irreversível. Nunca mais encontrei aquele caderno e nunca mais pude perguntar. Tinha pena do meu pai. Não que ele fosse uma figura fraca, pelo contrário. Ele centralizava todas as decisões importantes da família. Mas eu me colocava em seu lugar. Sua erudição inata não o salvou. Inteligente e sensível, depois que perdeu o emprego, tornara-se um mascate urbano vendendo Enciclopédia britânica – recusava-se a espalhar Larrousses – de porta em porta, para uma população que recém-adquirira a capacidade de ler.

Nas horas de folga, era comum que ele visitasse casas e ensinasse famílias inteiras, ex-analfabetos egressos do Movimento Brasileiro de Alfabetização, a manusearem os exemplares que ele mesmo doava. Era vergonhoso ainda haver quase 50% de analfabetos no país. Até os mais conservadores perceberam que aquilo era insustentável, um dos motivos, senão o principal, da nossa crônica ingovernabilidade.

Nem conseguia imaginar todos os sacrifícios que ele fazia para nos sustentar. Sempre penso que poderia ter aproveitado mais de sua presença, de sua saga intuitiva, de seu humor autodepreciativo, especialmente de seu sarcasmo. Uma pessoa gentil e tão reservada cuja melancolia não transparecia com facilidade. Ele simplesmente nos preservava para não nos afundar em suas crises. Orgulhoso, escolhia submergir como um capitão derrotado junto ao seu submarino ultrapassado. Ele era a boia, nossa única chance de flutuar naquele universo entupido de gravidades superficiais e questões irrelevantes. Em sua lápide, imaginei o único epitáfio digno: "Você nos ensinou quase tudo, menos o principal: como sobreviver sem você."

Boias também são arrastadas pela correnteza e podem sumir rapidamente num mundo sem sentido. Ele era capaz de sacrificar seu instinto para nos dar a possibilidade de preservar os nossos.

Naquela noite, uma daquelas palavras o perturbou muito. Mas qual delas? Durante um bom tempo, tentei refazer o trajeto de seus dedos para saber para qual página e para qual verbete ele havia apontado no grande dicionário, antes do insight final.

Um dia, por um pequeno detalhe, achei uma candidata. Era a palavra "capricho", que provinha do vocábulo italiano capriccio, derivado de capra, cabra. E ali mesmo estava o significado: "A cabra é um animal que tem o andar caprichoso, que dá saltos ao acaso".

3

Finalmente, estabilizei-me no cargo de avaliador de originais, uma espécie de editor júnior. Foi numa noite insone, como tantas da minha infância, que percebi que os acontecimentos na empresa estavam muito distantes da normalidade. Era difícil falar sobre normalidade quando uma parte significativa do mundo teve de ficar em estado de animação suspensa por crises ininterruptas, pandemias, guerra e depressão econômica. Mas não há nada maior do que o desejo de seguir adiante, nem que para isso tenhamos de viver em negação.

Giaccomo e sua esposa Cleo sempre comandaram a Filamentos. Começaram com uma editora modesta, mas com certo faro editorial e olho clínico para autores que agradavam determinados públicos-alvo e nichos de leitores. Foram crescendo e, nos anos 2000, já eram uma das boas casas publicadoras do país, com um razoável número de títulos em catálogos. Foi a ambição e o espírito de jogador que levaram Giaccomo a expandir seus negócios. Ele comprava editoras menores concorrentes e como um ludopata ia gerando um endividamento cada vez mais impagável.

Ele acumulou credores e precisou de um sócio para fazer um aporte de capital na empresa. Giaccomo, espertamente, antecipou-se à queda do governo de baixa popularidade – era o terceiro que caía – porque teve consciência de que era uma questão de tempo para que a Filamentos também fosse arrastada à rede de falências que se seguiu a inúmeras manipulações políticas. Explorando a fama que conquistou com a generosa captação de recursos, ele vagou pela Europa em busca de novas parcerias. Quando ouviu um não definitivo dos dois principais grupos editoriais britânicos, soube da prospecção que uma empresa poderosa e suas holdings editoriais estavam fazendo em busca de novos sócios.

III
Filamentos

III | FILAMENTOS

1

O nome da editora foi criado a partir de uma coincidência, no dia do eclipse total do Sol em 21 de novembro de 1986, por Giaccomo e Cleo Gentil. Ele paulista, ela de uma família de intelectuais cariocas. Eram jovens namorados e partidários iniciantes de um anacrônico movimento hippie sul-americano. Naquele momento, viajavam pelo deserto do Atacama. Ainda era possível um turismo econômico, com menos de 100 dólares de orçamento para a estada em acampamentos improvisados.

O Atacama, com seus mil quilômetros de extensão, os deslumbrou. Mas a atração principal era mesmo um lugar único: o Vale da Lua. No mais árido, alto e seco deserto do mundo não caía uma só gota de chuva há pelo menos quatrocentos anos.

Estavam lá na floração de um cacto típico da região, o Mammillaria prolifera, que soltava filamentos brancos no ar, "ele os gesta e os expele como se estivesse grávido" – explicou-lhes o guia, recorrendo à mímica.

Quando passaram a observar o Sol para ver o eclipse, usando os negativos de filmes de máquina fotográfica, Alexandro Fargo, o guia nascido no arquipélago de Chiloé, contou:

— Podem observar – prosseguiu depois de breve pausa – reparem em torno da coroa solar, lá estão as espículas, as praias brilhantes e os filamentos.

Eles se entreolharam e souberam que um dia fundariam uma editora com aquele nome. Essa história completa estava num folder recente bilíngue – feito para apresentar a Filamentos aos novos sócios estrangeiros – que contava detalhes do surgimento da empresa.

A meu ver, a Filamentos podia ter história, mas era um péssimo nome. Se um dia eu viesse a ser consultado, teria escolhido "Praias Brilhantes".

III | FILAMENTOS

2

Na verdade, trago esses fatos que ocorreram bem antes que eu entrasse na companhia. Quando Gentil fundou a editora, empregou toda a família. Contava-se que criou a empresa aplicando um golpe em outra editora. O pai veio com o tio e ambos se encostaram na tesouraria.

Na pequena sede do Bom Retiro, os autores assinavam documentos em que passavam à firma os direitos autorais definitivos de suas obras. Esse tipo de cessão existe, não é ilegal nem configura um golpe e é uma prática muito comum quando se trata de livros didáticos. Isso ocorre quando uma editora especializada encomenda um livro para atender aos editais e licitações de compras públicas.

Se houvesse algum problema burocrático, a editora precisaria, para que o livro continuasse a ser editado pela Filamentos, de um documento reserva de renúncia dos direitos autorais. Conta-se que os executivos da época pressionavam os autores usando relatórios da assessoria jurídica. A descoberta da brecha generalizou-se e naturalizaram a regra.

Se essa era uma praxe no mercado de algumas companhias editoriais, a Filamentos aperfeiçoou o método de dificultar o acerto de honorários dos escritores.

Comentava-se que um dia chamaram Massao Lee – na época, veterano autor da casa. Corpulento e oriental, tinha o tronco de Oswald de Andrade e a cabeça oblonga de Carlos Drummond de Andrade; pelas fotos era possível notar que ele era só um pouco mais baixo do que eu.

NAVALHAS PENDENTES

Ali, na pequena casa da rua Ribeiro de Lima, fizeram-no assinar documentos em que transferiam à editora os direitos autorais definitivos de suas obras. Fora coagido a isso? Se pretendesse continuar a ser editado pela Filamentos, seria necessário esse documento de renúncia.

No mercado, havia uma casta de editores que escolhia desonrar os honorários dos autores: ocultavam-se cópias vendidas sem cálculo de direitos, fazia-se contrafação, tiragens extras demonstrativas, exemplares para divulgação. E, invariavelmente, atrasavam o pagamento dos fornecedores. O status de escritor no Brasil é uma honraria que a editora concede para quem escreve. Direitos autorais são para poucos.

Para a obtenção de sucesso editorial, seria preciso construir consensos de crítica e abrangentes networks. Depois de anos sem protestar, Lee esperneou e acabou recebendo um cala-boca mensal. Resignado, foi diagnosticado com um enfisema pulmonar galopante. Há pouco tempo, já idoso, sofreu um acidente doméstico e, depois do traumatismo craniano, morreu pobre e endividado.

III | FILAMENTOS

3

As bandeiras da editora eram símbolos elitistas. Quase toda a diretoria da Filamentos teve formação em instituições famosas. Eles gostavam de chamar de "universidades de ponta". Diana C. quase alcançou a titularidade num concurso de cartas marcadas em Ciências Sociais numa importante faculdade pública. Era famosa por aulas concorridas, recheadas de iconografia e recursos visuais. A cada oportunidade, em quase toda reunião, tínhamos de ouvir: "Estamos numa universidade que está entre as melhores no ranking mundial". Ela tinha um segundo mestrado em Antropologia em ensino a distância, por Harvard. Jean Prada, formado em Comunicação, tinha um mestrado em Artes Plásticas por Yale. Giaccomo Gentil dizia, auto-depreciativamente, que era o único membro sem pós-graduação entre os editores, isto é, ele tinha uma graduação em Direito numa universidade periférica, sem jamais ter conseguido passar no exame e obter o registro na Ordem dos Advogados do Brasil.

Sua esposa, Cleo Osrico Gentil, era, de fato, a menos titulada, apenas com uma graduação em Veterinária por uma faculdade qualquer cursada no interior do Estado do Rio de Janeiro.

Alguns cobravam de mim uma formação mais sofisticada:

— E sua pós-graduação, Homero?

— Eu estou bem na minha posição.

— Qual é sua posição? – Diana me desafiava sorrindo.

— Você não enxerga? Bem aqui, no pedestal da invisibilidade – devolvi.

— Mas ainda não se transformou em um fantasma, não é? – Diana C. encerrou com uma risada engasgada.

III | FILAMENTOS

4

Os primeiros textos que recebi na nova função de avaliador chegaram até minha mesa no dia 12 de setembro, mas até hoje me pergunto se havia um propósito prévio quando Jean Prada permitiu meu acesso aos originais de um autor chamado Karel F. Um simples revisor recebe do nada originais do principal autor da casa? O mistério só começava: Karel tinha cada vez menos prestígio interno na razão inversa da venda, cada vez maior, de seus livros. Diana C. parecia assimilar, a contragosto, o sucesso do autor.

Na época, os pacotes de tarefas ainda eram distribuídos diretamente por Giaccomo e Cleo. Naquele dia frio, enquanto limpava minha mesa, observava Giaccomo e sua maravilhosa esposa quase sem conseguir levantar a cabeça. Mas o que esses dois entendem de literatura?

Rabisquei num papel de rascunho alguns tópicos, critérios mínimos para ser considerado um editor: ter experiência de como funciona o ritmo da escrita e o fluxo de consciência, possuir noções básicas de sintaxe e, o mais importante, saber avaliar o poder de deslocamento e a capacidade da percepção imaginária do autor. Nenhum dos dois tinha nenhuma dessas expertises. Picotei a folha e joguei no lixo.

Giaccomo começou na profissão como assistente de um outro editor. E, ao sair furtivamente para fundar a própria empresa, roubou know-how, autores, fornecedores e clientes.

Fazia parte do jogo, exceto que fez tudo no mais absoluto sigilo, antes de apunhalar o ex-patrão, quando já estava com uma estrutura rival pronta. O velho editor, levado à bancarrota, acabou morrendo alguns meses depois num acidente banal de trânsito.

Ele exigia nada menos do que produção serial de best-sellers, como gostava de alardear nas reuniões das quintas à tarde, que obrigava todos a frequentar. GG convocava, indiscriminadamente, dos trabalhadores da gráfica aos revisores, dos editores-executivos aos faxineiros.

Sempre abria a sessão com discursos de grande originalidade:

— O grande público não quer Shakespeare, não aprecia poesia e abomina aqueles calhamaços, ninguém mais perde tempo com livros grandes. – E encenava uma mímica, indicando um tamanho exagerado de volumes, bem como a dificuldade que os leitores tinham para colocá-los em suas estantes.

— A maioria de nós – prosseguia – prefere se distrair na praia, folhear um romance leve nos terminais de aeroportos ou leitura caseira para esquecer os problemas. Só autores difíceis, experimentais, gostam de coisas muito elaboradas.

— Foco, nosso foco é o público-alvo.

Certa vez, Nietzsche declarou sua aversão pelos leitores que só buscavam passatempo, mas quem pode condenar quem escolhe ficar alienado do mundo por algumas horas? Giaccomo, que já declarara que nunca leu obras filosóficas, prosseguia:

— Nunca existiu uma única obra-prima. Notem que, em todos os lugares e épocas, quem as criou foram os agentes com seu poder de divulgação. Gente como nós, gente como eu e vocês.

O clímax chegava com o discurso das parcerias forjadas, quando ele encerrava os encontros com a mesma sentença:

— Somente publicando literatura que alguns já chamaram de duvidosa – nesse trecho, ele sempre olhava para Diana K. – poderemos, no futuro, editar romances experimentais sólidos e, com sorte, descobrir novos Rosas, Limas e Machados. Essa é, senhores, a missão da Filamentos. Nesse momento, Giaccomo costumava encerrar, sorria e puxava os aplausos que se dispersavam no silêncio.

Eu registrava os tópicos no meu bloco de notas grifando em amarelo "romances experimentais sólidos" e "com muita sorte".

5

Ele sempre repetia que era bom no que fazia, só que ninguém sabia, exatamente, o que ele fazia. Enquanto o ambiente ficava cada vez mais comprometido, eu me entregava ao trabalho. Tinha vontade de trazer a ficção contemporânea para um debate. Era disso que, acho, gostavam nas minhas análises. Aos poucos, minhas relações sociais se ampliaram. Passei a fazer parte de grupos de jornalistas e de escritores frustrados que se reuniam regularmente em bares e livrarias.

Sentava-me nas mesas onde discussões presunçosas, às vezes agradáveis e, frequentemente, autodepreciativas se alternavam. Fiquei amigo, à revelia dos chefes, e, depois, contra a vontade deles, de alguns dos autores da casa. Depois fui convidado para escrever uma coluna de literatura em um jornal especializado em mercado editorial.

A despeito da promiscuidade em vigor, eu buscava manter alguma discrição e levava a sério o sigilo dos pareceres. Quando os originais eram rejeitados, sempre a partir de um questionário ridículo, eu me mantinha fiel aos colegas da editora mantendo seus nomes protegidos. Em muitas ocasiões, era pressionado pelos escritores que queriam descobrir quem os estava avaliando.

A esquiva me fez perder alguns desses amigos, uma das palavras com um dos sentidos mais estritos já concebida. As palavras podem trair, as acepções divergirem, mas, no fim, quem dava a última palavra era Giaccomo Gentil. Sob seu par de óculos espessos, ele apresentava o raríssimo

III | FILAMENTOS

fenômeno de "pupila em fenda". Eu tentava não fazer julgamentos, mas não havia como não pensar se aquilo não denunciava nossa ascendência reptiliana comum. Ovalada e vertical, ele usava a condição genética para inibir os interlocutores. Sem dificuldades, ele removia os óculos escuros para intimidar as pessoas. Não se sabia se ele falava com você, com os quadros que forravam a parede ou se estava à espreita, preparando alguma investida colateral.

Giaccomo também tinha a pretensão de ser colecionador de arte. Com o poder econômico em ascensão, ele poderia ser proprietário de Mondrians a Rembrandts, mas se contentava com pinturas terciárias de imitadores locais. Usando o título de mecenas, ele financiava jovens artistas, o que lhe garantia algum prestígio nas colunas sociais. Giaccomo e Cleo passaram a frequentar leilões e arrematavam obras de valor duvidoso de artistas contemporâneos. Art dealers apenas os suportavam e, para desgosto dos marchands, não era incomum Giaccomo arrepender-se de obras recém-adquiridas e tentar devolvê-las. Assim como todo neófito com complexo de superioridade ele fazia longas explanações, rasas, tentando imitar seus professores particulares de história da arte. Frequentemente, tentava empurrar a amigos desavisados obras arrematadas afoitamente.

A segunda sede da Filamentos ficava junto ao armazém da editora, na rua dos Italianos, no Bom Retiro. Lá, o alagamento era certo entre os meses de fevereiro e março. Eu sempre preferi trabalhar nos meses frios.

NAVALHAS PENDENTES

Naquela manhã, espreguicei-me, completei a xícara de café até a boca e me ajeitei à mesa para me preparar para a leitura. Antes de abrir as páginas impressas rompi o lacre e li o nome do autor no envelope.

Como assalariado, minha função era decidir o que o público ia ou não ler. Tentava me convencer de algo que nunca foi, filosoficamente auto evidente: ainda confiava no poder do instinto.

A editora crescia rapidamente. Havia muitos títulos, e já contávamos com quatro best-sellers. Giaccomo tinha, realmente, uma sorte incrível e sempre a apresentava como se os eventos favoráveis acontecessem por mérito e virtuosismo seus. Mas e se a sorte for uma condição passiva, involuntária? O que afinal determina que alguém se posicione no lugar e na hora certos?

III | FILAMENTOS

6

Cleo era a esposa de GG e, apesar desse infortúnio, sempre a tomei como a pessoa mais confiável e séria da empresa, gostava dela. Na verdade, minha queda pela mulher estava ficando perigosamente evidente. Ela tinha características pessoais quase opostas às do chefe. Mais simpática, pernas excepcionalmente longas, mãos macias e maravilhosas. Sua presença deixava rastros por onde desfilava. Pernas, pernas, pernas. Elas riscavam o trajeto com brutal desprezo pelos expectadores. Cleo O. misturava interesse no trabalho e dava atenção individual aos funcionários. Sua erudição era tão natural quanto o seu discreto narcisismo.

E, sem nenhum esforço, ela nos irrigava com suas provocações. Não era charme, não era sedução, ela emanava uma atmosfera benévola, talvez misericordiosa. Não me ocorre outra palavra a não ser jactância.

— Homero, querido, antes do almoço você poderia passar na minha sala? – Então ela operava um discreto deslizar de mãos sobre meu ombro.

— Jean, e a produção dos folders para Frankfurt? Diana me disse que deveríamos ter enviado as provas na semana passada. – E ela inclinava o queixo, retirava sua boina para acariciar o topo da cabeça meio calva dele, e, no fim, beijá-la. No caso de Cleo, o uso instrumental da sensualidade resultava num controle absoluto sobre o público masculino, estratégia eficiente para aumentar a produtividade.

Jean, que agora era, além de chefe, relatou, discreto como um bom gentleman, pelo menos um encontro com ela, fora da editora. Quando o pressionaram para extrair a descrição de sua tarde de Marco Antônio, foi dissuasivo.

— Nada demais. Discutimos detalhes da capa e sobrecapa do último livro.

Ninguém acreditou nessa história da capa e sobrecapa.

Às vezes, Cleo chegava até a minha mesa. Sem falar nada examinava uma ou outra espiral que estava na pilha de originais para avaliação. O que ela procurava? Entender meus critérios de julgamento? Bisbilhotar em busca de informações pessoais?

Sei também que ela costumava perguntar sobre o que eu selecionava.

— O que Homero achou deste aqui?

Só soube desses e de outros detalhes porque Diana C. costumava me contar. Em repartições públicas e privadas, não há esse luxo de sigilo. No ambiente corporativo, falar em off é o mesmo que publicar nas redes sociais. Discrição semelhante só nos processos que seguem em "segredo de justiça". E, nos anos iniciais, nem todos tinham um computador decente.

Com o tempo, fui ficando realmente bom no ofício e tornou-se cada vez mais fácil fazer os pareceres e escrever as impressões sobre os originais. Dei sorte também. Duas das minhas recomendações fizeram sucesso e, depois, uma delas explodiu em vendas.

Era o salário justo para minha inclinação obsessiva. Esmiuçava incoerências do texto e, em oposição aos meus

III | FILAMENTOS

colegas, fazia questão de desprezar estilos e erros ortográficos de digitação para me concentrar na originalidade e na fluidez da trama.

O escritor precisa dirigir sua atenção absoluta para o enredo, as linhas, as estruturas das frases. Por isso mesmo, não deveria perder tempo com detalhes que qualquer revisor mediano solucionaria adiante.

Também considerava que não fazia sentido que o escritor suprimisse sua imaginação em prol de exaustivas pesquisas históricas apenas para adaptar sua obra à verossimilhança. Acostumei-me a ser um contraponto na Filamentos. Fui bem criticado por defender estas posições, mas a oposição só aumentava minhas convicções.

Pesquisas encomendadas para acadêmicos estavam sendo, cada vez mais, usadas na literatura. Mas um romance não deve ser paradidático ou esmerar-se para ser fiel aos dados científicos estritos. Nenhuma história precisa ser excessivamente plausível por um motivo óbvio, ainda que escamoteado pelos críticos: também falta essa condição de plausibilidade à realidade. Estava ciente de que seria expulso a pontapés se explicitasse isso.

— Deixe que criem em paz!

Eu discutia com os meus colegas de sala, os assistentes editoriais. Tentava, depois, ser vago, mas eu me já me acostumara, era a voz dissonante.

A empresa começou com um editor-geral e alguns assistentes. Alguns anos depois, dobrou o número de funcionários para doze, em seguida, quinze. Em seguida, já contávamos com 27 pessoas entre revisores, assistentes de

NAVALHAS PENDENTES

edição e editores. Alguns trabalhavam meio período e uns poucos em sistema de home office. Naquele ano de grande expansão, mudamos do galpão do Bom Retiro para os Jardins e, de lá, migramos para uma luxuosa sede no Itaim-Bibi. O galpão virou depósito. Em mais dois anos, uma filial no Rio, uma em Porto Alegre e outra em Belo Horizonte. A filial de Recife nunca ficou pronta.

Jean Prada dividia seu poder de editor-executivo com Diana C. Reservado, suspeito que ele sempre foi uma espécie de olheiro de Cleo Gentil. Durante anos, tivemos embates intelectuais estimulantes sobre a cultura e a situação do país. Sobre a estrutura da empresa, falávamos pouco e havia um incômodo sempre que tentávamos. Um dos tópicos mais recorrentes era sobre minha exigência de ler os originais impressos em papel. Depois de muita persuasão, ganhei o direito de avaliar os livros com canetas nas folhas e não com marcações eletrônicas e, naquela altura, eu era o único na empresa que exigia cópias impressas para avaliar um manuscrito.

Depois que migramos para a nova sede, o tamanho das nossas salas não mudou muito, mas já não tínhamos de enfrentar enchentes, nem trazer marmitas. Era evidente que Giaccomo enriquecera rapidamente. Conseguiu contratos com estatais e subsídios vultosos dos ministérios da Educação e da Cultura garantiram um enorme mercado direto tanto com eles próprios quanto com a Biblioteca Nacional e outros órgãos governamentais. Eu e meus colegas especulávamos:

III | FILAMENTOS

— Você conhece o Giaccomo, é o progressista que faz de tudo para cultivar amigos no partido. Fala o que seus amigos da redação gostam de ouvir e agora faz doações generosas aos dirigentes e às suas campanhas eleitorais. Ele ainda não conseguiu um contato nas empreiteiras, mas isso é só uma questão de tempo. Entre as editoras brasileiras, a Filamentos é, hoje, seguramente, a que tem o trânsito mais fluido com o poder, uma presença internacional obrigatória.

— No jantar, você se lembrará. Não é, Homero? – Ele não disse que fazia tudo pela causa?

— Sem dúvida, a causa pessoal. E ríamos nervosamente.

Eu não via coerência nessas insinuações. O volume de recursos que GG conseguia foi sedimentando uma certeza: o dinheiro vinha de múltiplas fontes. Ninguém monta um império daquele tamanho com uma única fonte de financiamento.

7

Bem no início, estava há poucos meses estável no novo cargo, já ganhei uma promoção com mesa nova e uma pequena estante só minha. Ainda ficava localizada perto da janela vazada. No primeiro dia no novo espaço, comecei a deslocar os originais, um a um, para destravar a pilha. Naquela época, eram uma dezena de manuscritos por avaliador e tínhamos que ler um a cada duas, três semanas, no máximo.

Os primeiros originais que recebi ainda eram impressos em máquinas matriciais. Tínhamos de elaborar um parecer crítico e preencher uma planilha supostamente complexa. Eram questionários ridículos elaborados por Cleo e Giaccomo com suporte da equipe técnica da editora.

Se os autores soubessem quem os lia e qual a metodologia utilizada para avaliar seus romances, por um mínimo de dignidade, talvez jamais os enviassem. O trabalho, que tomava meses, anos e até décadas daqueles que ousavam escrever, era distribuído a pessoas como eu, seguidoras de manuais.

Depois do período apelidado de redemocratização, os leitores brasileiros foram aumentando, com um crescente número de pessoas assaltadas pela ideia de que tinham algum talento literário. As pilhas de originais cresciam de forma assustadora e a maioria dos recusados iam direto para alguma lixeira metálica retangular que estava localizada, antes da grande reforma, numa sala reservada do subsolo. A logística só mudou muito tempo depois, quando fizeram a reforma que se seguiu à fusão da Filamentos com a poderosa casa editorial holandesa.

III | FILAMENTOS

8

Chamo o meu ambiente de trabalho de redação, mas não era o local típico dos velhos jornais impressos nos quais só estagiei um semestre durante a faculdade. Nos primeiros anos de Filamentos, como funcionário faz-tudo, numa rotina protocolar, mas sem nenhuma atividade ou cronograma fixos, sempre sem saber muito bem qual era minha função.

Para crescer profissionalmente, percebi que minhas chances estavam em comprovar minhas habilidades para o alto escalão da editora. Eu já me candidatara para o cargo de parecerista, mesmo antes do pedido que fiz a Jean, mas Giaccomo não me atendeu.

Em um dos meus raríssimos lampejos de presença de espírito criei uma oportunidade.

Só a partir dali, ampliei meu espaço e, um ano depois, ganhei primeiro a mesinha de plástico num canto. Depois, mais um progresso. Avancei para uma mesa maior, forrada de fórmica laranja com um cacto murcho e deformado num vaso de plástico branco minúsculo. Segundo me informaram, o arranjo decorativo de cada lugar fora planejado para dar um toque personalizado ao ambiente. Fui ajeitado num canto inóspito mais uma vez ao lado de uma janela com o vidro trincado. O novo diretor de RH, fui informado, desenvolvia uma campanha para humanizar o ambiente. De fato, ao lado daquela janela com estilhaços colados e do cacto anômalo eu nunca me senti em um lugar tão hospitaleiro.

A sede da editora não era um lugar enorme. Só depois da reforma, concebida por Augusto Guild, famoso arquiteto carioca, amigo do cirurgião plástico de Diana, o local se transformou. Tornou-se uma concepção falsamente moderna, com "arte funcional e design decorativo". Os ambientes passaram a contar com materiais recicláveis e tudo foi planejado para que as salas fossem devassáveis. "No mundo corporativo, a privacidade é um modelo ultrapassado", afirmou Guild. Câmeras foram instaladas em todos os lugares.

A copa, um lugar dos menos esperados para reuniões formais, era onde todos nós nos refugiávamos, quando queríamos um lugar fora do alcance das lentes. Pelo menos, era o que achávamos. Ficava no segundo piso, junto aos editores, mas, enquanto eles tinham computadores modernos, eu e meus pares tínhamos máquinas usadas, com teclados gastos.

A rotina era pesada e se tornava alucinante especialmente durante os fechamentos, quando as feiras literárias se aproximavam e os livros preparados precisavam ser despachados para a gráfica.

A equipe ficou mais cuidadosa com os prazos após Giaccomo demitir, pessoalmente, de forma sumária, alguns funcionários quando veio de surpresa inspecionar a sala. Ele nos rodeava, quase felinamente, e usava a haste de ouro da armação dos óculos para coçar as laterais da ameaça de calvície. Depois, subia as escadas balançando a cabeça como se tivesse tido um insight negativo e desapontador sobre um de nós.

III | FILAMENTOS

Diana ficava isolada no mezanino e, de onde eu ficava, podia observá-la por uma fresta. Ela também fazia questão de exibir suas 74 meias pretas de seda, uma diferente a cada dia. O contraste com a presença apaziguadora de Cleo era quase absoluto.

Marly Augustini, a musculosa assistente de Diana, ficava no outro andar. Os demais editores e a diretoria estavam instalados em uma grande sala com divisórias de vidro e uma copeira que se encarregava de abastecer as mesas com café extra forte. Durante todos os meus anos de casa, só visitei a grande sala em três ocasiões.

Já como avaliador, eu chegava, sentava-me, organizava minha mesa e tentava ficar surdo às intrigas.

9

Mais uma sexta-feira, o dia escolhido para usar o carro e ir ao trabalho. Havia conseguido comprar um Alfa Romeo branco, automático, era um modelo com direção hidráulica e ar-condicionado. Sair às sextas, antes do pôr-do-sol, era uma das poucas exigências que fiz quando negociei outro contrato de trabalho com a editora; afinal, já trabalhava na Filamentos há mais de uma década.

Havia trabalhado direto à minha mesa, talvez um pouco mais tenso do que o habitual, quando intuí que meu destino estava às vésperas de uma transformação. A intuição é tão generalizante e precisa quanto previsões astrológicas. Apesar de ter experimentado flashes clarividentes, nunca confiei em presságios.

Como de costume, precisamente às 16 horas, duas antes do fim do expediente, corri, carregando duas pastas de originais para avaliar que deveriam estar, como sempre, na mesa de Jean Prada na segunda-feira pela manhã.

Comecei a ter sintomas que meu médico diagnosticou um distúrbio da moda, na falta de outra classificação me encaixou na Síndrome de Burnout, um transtorno ligado ao trabalho que, logo atrás do diagnóstico de depressão, bateu o recorde dos motivos de pedido de afastamento. Sentia que minha memória vagava em flashbacks cada vez mais frequentes. Lacuna de minutos transformavam-se em períodos inteiros, dias, semanas. Naquela altura, eu já sabia, estava desenvolvendo mais uma ramificação da doença, aquela que me fazia confundir etapas cronológicas.

III | FILAMENTOS

Não voltaria mais para uma psicanálise ortodoxa. Se aprendi algo nas terapias, foi perceber que poderia perfeitamente dispensar o que já chamei de "consciência tampão" dos psicoterapeutas. Durante uma das minhas sessões de psicanálise, criei uma síntese que me acompanha até hoje: em vez do alheio, dou preferência ao engano próprio.

Sei que eles se arrepiam com expressões que possam aferir resultados clínicos, mas esperar por resultados positivos em um tratamento fundamentalista é depender muito mais do humor e das características idiossincrásicas do terapeuta. E isso não consigo mais aceitar.

Demorei, mas aprendi que o que precisava não estava disponível no mercado de cuidados psíquicos. Tentava compensar a angústia com a busca desesperada de relacionamentos amorosos. Depois de dezenas de paixões instantâneas, assumi que buscar qualquer reparação para o meu estado era ineficiente. Estava diante de outro paradoxo, considerando minhas qualidades estéticas não convencionais: como eu conseguia atrair tanto as mulheres?

Talvez, por que, apesar de um corpo desproporcional, não exatamente um Quasímodo, o corcunda de Victor Hugo, minha cara apresentava aquela jovial simetria, que nunca envelhecia? Era isso que deixava as mulheres intrigadas? Ou era meu tamanho desproporcional que as imantava? Ou era pena? E, ao me enganar com as hipóteses, passei a ter confiança no meu poder de sedução. Era uma explicação, ridícula, mas funcionava.

IV
Karel

IV | KAREL

1

As estações do ano foram ficando cada vez mais malucas. Era um atípico dia frio de verão. Ventava e a chuva oblíqua molhou o estofado da minha cadeira. Enquanto eu enxugava a mesa com uma flanela, uma rajada de vento derrubou o relógio de parede, trincando o vidro. Nossa única faxineira, uma senhora gentil e ligeiramente corcunda, recolheu os cacos, mas o tempo parou exatamente às 15h18. O relógio, que voltou a ser pendurado, nunca mais foi reparado.

Comecei a ter cada vez mais intimidade com os textos daquele autor que assinava Karel F. A intensificação do contato com aqueles textos aconteceu quase um ano depois de Jean me dar a oportunidade de mudar de cargo. Foi quando cometi a imprudência de expor minha curiosidade:

— Diana, podemos conversar sobre Karel F.?

Ela, que observava tudo, erguendo as unhas brilhantes de seus dedos longos, ignorou as trovoadas e a pergunta. Eu insisti:

— Diana – voltei a sentar – é que estou elaborando um parecer para um novo livro dele...

Ao mencionar outra vez o pseudônimo do autor, recebi um olhar de esguelha e despertei sua má vontade.

— É? E o que está achando?

— Já fiz o relatório. Quer ler?

— Não. Resuma.

— Vou ler meu resumo. "Prosa vigorosa, com ritmo jornalístico, concisão e enredo muito bom. Ele de fato

NAVALHAS PENDENTES

consegue envolver o leitor numa espécie de bolha fina, permeável. Nessa admirável porosidade, é como se tivéssemos que avançar pelas páginas e aceitar tudo, mesmo o inverossímil, e querer mais. O autor consegue criar horizontes substitutos contínuos. Há um talento, que chamaria de nuclear, o qual mistura o leitor com suas idiossincrasias e, sem que se possa notar, elas parecem ser incorporadas na leitura. O autor cria uma peculiar forma de contaminação que metabolizamos e, conforme avançamos no texto, nos aprofundamos na história".

Diana suspirou, ajeitou as pastas contra os seios e continuou seu caminho sem responder. Como a maioria, eu viria a saber depois, que todo o time da editora tinha ressalvas àquele autor.

2

Durante todos os anos de resíduo editorial que fui obrigado a analisar, aprendi a identificar pelo menos alguns temas literários que vendiam mais: reducionismos de abordagens complexas, odes e apologias ao cotidiano e exaltação dos prazeres corporais.

Não recrimino o público por suas escolhas, mas, por mais benévola que seja a interpretação, a duvidosa qualidade literária era rotineira. E aparentemente desejável. Vinte e cinco milhões de leitores não podem estar errados, era o que afirmava o crítico da mais bem avaliada revista de literatura do país ao defender uma obra de sucesso que sugeria táticas de sedução para homens de meia-idade.

Sob uma crise ética permanente e a falta de críticos independentes, o que mais se poderia esperar? Num país com poucos leitores, nichos e redações com clubes fechados, sempre soube que a única forma de dar visibilidade para uma ficção eram os prêmios. O mistério permanecia: o que realmente persuadia os júris examinadores.

As escolhas traziam sucesso e asseguravam a sobrevivência das grandes editoras. Quem não quer acertar o público-alvo na mosca?

Mesmo influenciado pelos agentes de poucas editoras poderosas que monopolizam as mídias, hoje, essa ascendência está um pouco diluída com a decadência da mídia especializada e a sua progressiva substituição pelas mídias sociais para alavancar as vendas. Todo leitor, antes de tudo um consumidor, ficará cada vez mais rigoroso quando decidir adicionar um livro à sua cesta.

Pude lembrar do que o meu pai dizia dentro da biblioteca de casa:

— Os escritores compreenderam a famosa orientação de Aristóteles?

"Do que trata a poesia? Do homem em ação."

— Como os escritores talentosos podem ser identificados? – E ele mesmo respondia:

--Grande poder de generalização, originam personagens densos que vivem através do inconsciente do autor. Aqueles que não têm vida interior e imitadores sem poder de persuasão ficcional serão esquecidos!

E quem se preocupa com Aristóteles? Os gigantes abocanharam quase todo o mercado e o oligopólio é pouco amigável quando se trata dos laboratórios do imaginário.

Há uma forma de nos livrarmos de escritores subsidiados e de editores com estafa intelectual? Autores emancipados das ideologias partidárias? Editoras mais ousadas? Novas formas de literatura podem surgir? Se acontecer, será uma geração espontânea na literatura, à revelia do mercado editorial.

IV | KAREL

3

A Filamentos não parava de crescer, assim como os seus conflitos internos. Na função de editor, eu tinha trânsito na diretoria e com os editores executivos, com os novos contratados e o staff intermediário. A exceção era Marly. As relações pioraram após uma série de pareceres que redigi. Foi a partir daí que também entrei em rota de colisão com Diana, talvez agravada pela proximidade que havia entre elas.

De alguma forma, toquei em alguma suscetibilidade de Diana, que passou a se irritar com todas as minhas observações. Ela depreciava os meus relatórios e, com o respaldo de seus assistentes, ironizava todas as análises dos originais que eu fazia, omitindo o meu nome. Como escreveu Freud ao analisar a deterioração galopante de sua relação com Jung: "primeiro surgem os problemas pessoais, depois é que as objeções teóricas aparecem".

A hostilidade velada entre nós era crescente. Diana e depois Jean passaram a ficar mais formais e mudaram até a forma de me cumprimentar. Nesse clima, achei que seria preciso sondar se minha demissão estava em pauta. Resolvi arriscar e conversar com Diana e, chegando à sua mesa, fui direto:

— Parece que meu trabalho não está mais sendo apreciado. Algum problema?

Ela mordeu o lábio inferior e, e com a ponta da língua continuou a escavar a lateral de suas unhas bordô. Insisti:

— Podemos conversar?

— Homero – ela respondeu sorrindo – agora não.

— Eu posso exigir – brinquei.

— Não vai dar... – Ela sorriu para si mesma e terminou a frase pondo ênfase no "dar".

— Fiz alguma coisa que te desagradou? – Enfatizei o "te".

— Não, nada posso fazer por ti. – Ela afirmou, enquanto puxava o zíper para evidenciar o decote.

Ia desistir e voltar para minha mesa quando ela acrescentou:

— Mas, se você insistir, Homero, eles irão além, vão destruir sua reputação.

Abri os braços para tentar, com o gesto, demonstrar que não havia entendido nada. Ela prosseguiu:

— Ser diplomático não é só aprender a tolerar a mentira. É preciso apreciá-la. Lembra-se de quantas vezes eu te disse para não provocar Giaccomo? E você me ouviu?

— Então, eles já se decidiram?

— Saiu do meu controle. – E abanou as mãos para o lado indicando que não sabia.

— E se você falasse com Cleo?

Tinha esperança em uma reversão, mas a decisão parecia tomada.

— Cleo, eu? Ora, com ela você teria uma penetração maior.

Diana C. levantou-se emburrada para alcançar outra bebida no armário e indicou que a seguisse. A fórmica preta do armário da copa expunha estampas de dragões dourados exalando fumaça laranja. À nossa disposição, havia apenas café e chá. Mas havia compartimentos secretos. Na parte de trás da prateleira, ela sabia como vasculhar à procura

IV | KAREL

dos destilados potentes. Ela então usou suas chaves e retirou do armário um Buchanan's, safra 1966. Era óbvio que era da reserva pessoal da chefia. Serviu-se, então, e entornou duas doses seguidas. Ignorei a provocação e insisti:

— E se você mesma falasse com eles todos numa reunião? - Eu insistia sabendo que ela não se exporia. Não diante de Giaccomo ou de Jean.

Após quatro doses, ela me encarou de lado e minha pulsação subiu.

— Diana, quem sabe usar suas habilidades especiais?

Ela inclinou a cabeça, soltou os grampos, deixou o cabelo cair macio sobre os ombros e perguntou irônica:

— Gastar meu charme?

— Não é isso que as mulheres esbanjam? - Provoquei.

— E eu ficaria bem na linha de tiro? Daqui em diante, quem quiser te defender, querido, vai ter de pagar o preço. - Diana fez uma pausa - e hoje, amor, você não está valendo o sacrifício.

Já estava saindo para voltar à minha mesa, quando ela se voltou e, incisiva, girou o corpo agressivamente em minha direção.

— Desta vez, você abusou. E sabe o quê? - Ela apoiou a mão na mesa e me encarou. - Um sujeito do seu tamanho, mesmo com essa carinha de guri, ainda não percebeu? A ingenuidade está destruindo tua inteligência. E você já deve ter percebido que aqui, amigo, erros vulgares não são perdoados.

— Conte-me mais sobre erros vulgares! Segui na esquiva, e ela insistiu:

— Você imaginou que a tua inteligência te salvaria. Isso é um jogo, entendeu? É só a porra de um jogo!

— Viciado.

— Veja se aprende alguma coisa fora dos livros. Na diplomacia e no mundo corporativo, só existem três mandamentos: um: não dizer o que se pensa; dois: nunca deixar claro ou explicitar quais são os problemas; três: nem nós precisamos acreditar nas mentiras que contamos uns para os outros. Ponha isto na sua cabeça: ninguém quer ouvir tua opinião! Ela terminou com um pouco de espuma branca no canto da boca.

— Nem a de ninguém, suponho.

Senti o meu rosto mudar de cor sob o fluxo de sangue que escorreu do meu nariz. Busquei algo para estancar o sangue.

— Nosso papo foi demais para ti? – E, generosamente depreciativa, me estendeu o lenço de papel. Era irritante quando ela forçava o sotaque gaúcho que, há anos, já perdera para o paulista.

— Você, a diretoria e os acionistas me pagam para fazer avaliações. E até ontem apreciavam meus pareceres. Avaliações justas de originais de literatura ao modo de peer reviewers. Não era esse o slogan?

— Céus... – Ela balançou a cabeça. – Você ainda não entendeu?

Tomei coragem e disse:

— Olhe em volta, e diga: quem são essas pessoas? Jornalistas frustrados, ex-publicitários decadentes, roteiristas desempregados?

IV | KAREL

— E daí? Tudo tem a ver com sua fixação em Karel e a culpa é toda sua, disse, apontando o dedo para o centro da minha testa.

Quando terminamos, era possível perceber que Diana tremia.

Meu envolvimento com Diana foi intenso e curto, as sequelas estavam aparecendo agora. Lembrei-me da nossa última conversa no apartamento que usávamos para os encontros.

— Homero, e se não conseguirmos ser exclusivos?

Fiquei imóvel. No fundo, eu sabia que ela já estava em um outro relacionamento. Minha natureza conciliadora imediatamente refletiu meu patrimônio genético, mas entrou em choque com um XY magnânimo e irascível. A náusea subiu do estômago até desaguar na minha boca.

—Diana, sou avesso a haréns e tenho alergia às multidões.

Ela sorriu sem jeito, confiante em seu anúncio do referencial poligâmico, continuou:

Depois daquela noite, nossa relação mudou completamente.

Aquela conversa na copa selou nosso desenlace e o que poderia ser visto como o fim. O meu fim.

4

Alguns manuscritos obtinham pareceres favoráveis em prazo recorde, enquanto outros, encaminhados por Diana C., demoravam anos para receber resposta do enigma chamado de P.O., pareceristas ocultos. Eram os avaliadores especiais, externos, nomes só conhecidos por Giaccomo e Jean. Essa famosa lista ficava guardada com Cleo.

Marly trabalhava na Filamentos há menos tempo que eu, era um tipo exótico, apresentava traços da Europa oriental, musculosa e forte, com olhos eslavos simétricos e um rosto esférico, quase redondo. Jovem, comparada à média dos funcionários da editora. Tinha uma formação requintada, mas distante de ter a erudição que imaginava. Coincidentemente ou não, resolveu modificar radicalmente a aparência quando se tornou mais próxima de Diana.

Adotou uma identidade ligeiramente andrógina e exibia a musculatura dos braços e das pernas com roupas extravagantes. Notava-se que tinha alguns tiques. Percutia tudo que visse pela frente. Os batuques ritualísticos eram usados ao redigir comunicados cáusticos. Sua estratégia de compenetração mental era uma tática de guerra que perturbava as pessoas à sua volta.

Ao mesmo tempo, ela era a pessoa mais informada que eu já conhecera. Conhecia absolutamente tudo do submundo das celebridades literárias e enorme talento inato para o dissenso, além do prazer em provocar intrigas.

Sua tática para humilhar funcionários era eficaz, e talvez por essa habilidade natural foi escolhida para redigir as

IV | KAREL

cartas de recusa para os autores. Para além do sarcasmo, ela descarregava ressentimentos sobre o texto que era eficiente para desencorajar autores postulantes. Desconfiávamos que as comunicações mais destrutivas eram encomendadas e feitas a duas mãos. Uma delas, suspeitava-se, foi considerada pela mídia a responsável por ter induzido o suicídio de um dos poetas mais importantes da geração dos anos 1990.

O fim de uma destas cartas apareceu na imprensa: "[...] desse modo, caro senhor, suas linhas camufladas de estrofes não apresentam nem uma coisa, nem outra, por isso, nem mesmo o mais condescendente dos nossos pareceristas gostaria de se arriscar enviando-lhe, por exemplo, uma avaliação sincera. Seria grata notícia e, de fato, um verdadeiro favor às letras, caso sua dedicação ao jornalismo fosse plena, de modo que o senhor não arriscasse vosso tempo e reputação nem expusesse as nossas a um desnecessário embaraço e aborrecimento. Atenciosamente,".

As missivas redigidas por Marly estavam respaldadas pelos diretores da Filamentos. Nunca fora formalmente repreendida. Sua imunidade só acabou quando uma das cartas vazou para a primeira página do jornal e reativou o escândalo provocado pela morte de Caio Cracco Veras. O jovem autor se enforcara no dia do seu aniversário e, junto ao corpo, o fim de seu bilhete chamou a atenção dos jornalistas: "[...] e aos editores que sabem como manter os autores bem estimulados quando o assunto é o fim".

Termos como "cacófatos iletrados", "hiatos de inteligência intercalados com nulidades", "redação imune à

NAVALHAS PENDENTES

compreensão", "ilhas de obscuridades em órbita de buracos negros", "estilo epistolar pantagruélico" e "charme lacunar permanente" foram considerados exagerados e exemplos de expressões a ser evitadas nas futuras cartas de recusa. Marly, apesar de ser a protegida de Diana, foi temporariamente afastada do cargo de chefe do marketing e do comitê de redação da editora. Durante um breve período, eu a substituí nessa função.

Por que, eu me perguntava, uma editora desloca um subeditor com a função especifica de desencorajar autores? Descobri a provável resposta a essa e a outras questões muito tempo depois. Evidentemente, quando já eram inúteis.

Alguns dias após o incidente, Giaccomo anunciou:

— Nunca mais teremos esse tipo de problemas. Esses autores que tanto nos aborrecem estão com os dias contados.

Lembrei-me da história de um funcionário que havia migrado para uma empresa concorrente há menos de um ano. A história foi contada por Diana C. logo que entrei na editora. Em férias, ele fazia um voo panorâmico de helicóptero no Havaí e resolveu dar o passo decisivo ao soltar seu cinto de segurança quando sobrevoava o vulcão Kilauea.

— Algum indício de tendência suicida? – Perguntei.

— Homero, ele era assim como todos nós.

— Normal?

— Não, suicida.

Tudo vira moda. Naquele mesmo ano, chamou a atenção da imprensa uma curiosa epidemia mundial de suicídios de escritores cujos manuscritos haviam sido recusados. Uma matéria no NYT, que saiu na edição especial de

IV | KAREL

verão, confirmava esses curiosos dados epidemiológicos: "Um número expressivo de autores norte-americanos tirou a própria vida depois que tiveram suas propostas de livros recusadas por cartas-padrão." Provavelmente, bem menos hostis do que as redigidas por Marly. O padrão suicida obedecia a um ritual, tendo, inclusive, gerado um estilo de moda. O autor recebia a carta de recusa e, algum tempo depois, horas ou dias, vestia uma camisa lisa, cinza, e usava a árvore de algum parque público para se enforcar. Foi quase uma centena de casos em menos de um ano. O neuropsiquiatra espanhol Dr. Lúcio Dallas-Ponte, entrevistado pelo The Guardian, explicava o mimetismo ou, como ele classificou, o efeito-cópia. Segundo ele, havia um determinado padrão que podia ser observado nas epidemias de suicídio.

Para ele, escritores são particularmente sensíveis às frustrações, muito provavelmente por alguma disfunção química no metabolismo da serotonina. O doutor conduzia um estudo clínico multicêntrico para testar essa hipótese.

Quando Dallas-Ponte foi perguntado se concordava com o escritor Albert Camus quando afirmava que "o suicídio era o problema filosófico mais importante", senão o único, o neuro-alienista rebateu: "O ato suicida não é um problema filosófico, é causado por um distúrbio bioquímico que ocasiona uma dificuldade de adaptação incurável."

E acrescentou: "Estamos muito próximos de comprovar que se trata de um distúrbio puramente neuroquímico, mais especificamente no sistema dos neurotransmissores dopamina e serotonina." E continuou o depoimento: "Além disso, os escritores produzem de forma compulsiva textos e livros exatamente por serem portadores dessa instabilidade, uma tempestade neuroquímica, a única raiz dessa anomalia. Em minhas pesquisas sobre criatividade, que deram origem à minha tese de livre-docência, desenvolvi a teoria da "nostalgia amnésica".

O jornalista não aceitou calado as generalizações do neuropsiquiatra e insistiu perguntando se essa postura não seria reducionista e determinista.

— Meu caro – respondeu-lhe o médico – dar vazão às idiossincrasias é uma forma de doença. A média é calma, a média homogeniza, a média é uma tradução do que hoje consideramos saúde mental. Já causei polêmica com esta frase, mas vou repeti-la: a mediocridade é curativa. Os exotismos e a originalidade são modalidades de perturbações mentais. – E Dallas continuou: – Se escrevem, é justamente para tentar aplacar essa disfunção. Na gênese da inspiração, que é uma fantasia, pois a rigor ela não existe do ponto de vista neurológico, está a tentativa de superar algum tipo de estresse pós-traumático. Ainda nos faltam elementos para classificá-la como uma entidade nosológica, mas a insistência em escrever ficção e poesia nos parece uma atividade que está ficando cada dia mais obsoleta. Isso só reforça a tese de que se trata de uma disfunção. Pode soar como exagero, mas com todos os outros recursos tecnológicos de vídeo e cinematográficos existentes, quem ainda considera escrever uma atividade necessária?

Ele terminou a entrevista com a frase que seria a manchete da semana seguinte na seção "Ciência Hoje" da Time

Magazine: "O que já sabemos hoje: escrever pode ser indício de uma moléstia sem cura." Ao terminar de ler o artigo pensei: o que devo ter feito algo para merecer viver em uma época com experts tão ilustrados?

5

Minha última conversa com Diana me remeteu a uma outra, a primeira em que falamos diretamente sobre o problema das minhas avaliações dos livros de Karel. Mais uma vez estavam reunidos na copa e, entre uma e outra dose de Buchanan's, Diana conversava com Marly quando Jean tirou uma folha de papel do bolso e passou a ler em voz alta enquanto divertia-se elevando a mão aos céus: "Ouvi-o usar a linguagem capaz de fazer o ouvinte entrar em si mesmo".

Eu me aproximei para tentar me entrosar na pequena roda:

— É essa a habilidade de Karel – disse Diana para a roda sem me olhar.

Fascículos foi o primeiro livro dele que avaliei oficialmente. O que se sabia era que Karel tinha uma personalidade enigmática, reclusa, considerada caprichosa e, segundo a mitologia da editora, uma das pessoas mais difíceis que já haviam editado conosco. Eu, por exemplo, nunca tive contato direto com ele. Mesmo assim, o escritor já era folclórico e sua imagem caricata estava bem estabelecida. O coitado amealhou uma má reputação, para mim injustificável. Ao mesmo tempo, foi a venda de seus livros que garantiu a sobrevida da editora nos anos de crise.

Eu sabia que não estava só. Jean, com uma longeva experiência como parecerista e editor chefe, reputava sua prosa como a mais original surgida da nova safra de escritores. Mas por que ele agora se calava?

IV | KAREL

Desde que fiz uma leitura diagonal da obra de Karel, particularmente dos contos, detectei uma prosa poética realmente única. Algumas incongruências, talvez, no perfil dos personagens ou no modo como ele usava a linguagem livre, indireta. Fui ignorado, mas em mais de um parecer, apontei para essa incômoda dissonância.

Pessimismo análogo ao de autores como Philip Roth, seus romances vinham sempre temperados com cinismo. Pelo menos, um fenômeno contraintuitivo inegável persistia: seus leitores ficavam cada vez mais fiéis. Karel virara um must contracultural. Seu sucesso poderia ser atribuído aos elementos de drama psicológico que ele dosava bem e que se igualavam aos melhores da literatura internacional.

Sua escrita contemplava aspectos universais e foi com prazer que me diverti com as acusações de um dos seus críticos quando escreveu em sua coluna semanal que Karel "subestimava os assuntos brasileiros".

Numa entrevista concedida para o Los Angeles Times, Karel respondeu por carta aos críticos nativos, "assuntos nacionais são os meus temas. Vilarejos são microcosmos, é ali que faço meus experimentos. Agora, se você quer ler sobre assuntos brasileiros impessoais, que tal consultar os anuários do IBGE?" Karel, escritor enciclopédico, escavava estruturas arquetípicas, penetrava nas tribos dos sem tribos, entre aqueles que não se limitavam a se identificar com Carnaval, festas populares e outros consensos das juntas de freguesia. A impressão é que "tinha a habilidade de um escritor que incorporava muitos", "um verdadeiro polítipo" como escreveu um crítico da República Tcheca que comemorou o "evento Karel" em meio a um ambiente de desesperança na cultura da pós-modernidade tardia. Para o crítico, "personagens outsiders, mas não párias, mergulhados em situações paradoxais, heróis acidentais extraviados dentro da realidade, o desprezo por todas as modas, ideologias e culturas militantes", eram as interessantes marcas do escritor brasileiro.

Os temas de Karel viravam assunto nos clubes de leitura e foram comentados em círculos sociais cada vez mais amplos. Tornou-se, à revelia, um representante da contracorrente e, abertamente em oposição às ideologias e à gestão partidária intimidadora, ele conseguiu furar o cerco da imprensa. Ser tolerado e até mesmo apreciado pela vigilância das patrulhas era um fenômeno novo.

Sempre desconfiei do clima de mistério excessivo que envolvia a personalidade de Karel. Poderia muito bem ser mais um golpe publicitário de "escritor recluso", avesso à exposição e de temperamento secreto, era a tática de abrilhantar a presença com ausências estratégicas.

Formalmente desaconselhado, passei a tentar trocar e-mails ainda durante a época da preparação de textos. Ele raramente respondia e, quando se dignava, era sempre por comunicação eletrônica. As respostas eram lacônicas, frequentemente vagas, na maioria das vezes, desdenhosas.

Nos textos, mostrava-se hostil, depois arrependido e, finalmente, aberto, bem-humorado e, às vezes, com doses de solidariedade. Seria Karel um borderline, um bipolar? Dizem ser comum em roteiristas e dramaturgos. Era razoável supor, já que o escritor vive graças ao fracionamento da

IV | KAREL

personalidade. A hipótese é que dessa divisão que eles extraem seus deslocamentos e dali que eles conseguem se estranhar e, ao modo de um Geist, de um espírito, habitar como um fantasma sob a pele dos outros.

Em dois episódios, ele respondeu a meus e-mails de um servidor que ninguém conhecia, sempre de um IP impossível de localizar. Pedi ajuda para um ex-colega de curso que se dizia um hacker. Ele havia se especializado em Álvares de Azevedo, mas vangloriava-se mesmo por ser funcionário na empresa do Bill Gates e de trafegar bem na dark web. Fiz um pequeno acerto e ele alegou que mapeou meio mundo inutilmente. Um dia ligou rindo e disse:

— Já pensou que eu poderia te pedir um resgate no futuro, já que agora tenho todas as senhas da editora?

— Poderia, mas é que eu também dei um print das nossas conversas. – Terminei o assunto e ele desligou.

Eu realmente achava que o bom manejo de Karel ajudaria minha carreira na empresa. Afinal, fui eleito pela minha paciência para lidar com as peculiaridades de cada autor. Demorei muito para descobrir que quase nada era natural em meu progresso na editora, menos ainda ter ficado com o monopólio da interlocução.

Em seus contatos, Karel usava uma linguagem autoritária, todavia, suas demandas eram quase sempre precisas e pertinentes. Criava um enorme contraste com o jeito tirânico de GG. Uma autoridade natural emanava de seus textos. Sabendo da importância do autor para a empresa, sempre achei que ninguém ousaria reagir, não abertamente.

Na Filamentos, como em todo bom comércio, aprendia-se com GG que "o autor tem sempre razão".

Depois de um tempo, fiquei na linha de frente para negociar as revisões e discutir a preparação de seus livros. Desconfiei que era só porque deram prioridade para alguém com alta porcentagem de presença de sangue de barata.

Boatos indicavam que Karel não era uma pessoa difícil quando se tratava de percentual de royalties. O problema estava em todo o resto, revisões, capa, tipos gráficos e contatos publicitários com a mídia. Ele poderia ser infernal nos detalhes. A edição de seus livros facilmente atrasava um ano... uma vez, quase três anos. E não era incomum discutir meses para acertar o fim de um único capítulo. A diretoria tinha a impressão, correta, de que sob minha administração a preparação dos originais de Karel fluía mais facilmente. Talvez. Mas só porque eu escondia uma dúvida: era ele realmente o autor?

Como avaliador do que seria publicado, fui instruído para fazer o oposto do que preconizava o poeta Lawrence Ferlinghetti, cuja editora ficou ativa até sua morte. O ex-beatnik valorizava o que nunca tinha visto, o inédito editorial.

Precisava escolher só o que geraria lucro, o texto clichê, o que tinha apelo midiático, o autor cuja foto já tínhamos visto em alguma banca, numa capa de revista, ou que tivesse acima de 100.000 seguidores nas redes sociais. Não se buscava o texto simples e conciso, o livro fácil sempre foi o grande gerador de bônus.

Em minha defesa, preciso confessar, essa não era a índole inicial. É que tudo isso some rapidamente. Quando se

IV | KAREL

entra no mundo corporativo, bastam alguns meses e, antes que alguém note, fazemos a substituição por índoles emprestadas do mercado. A gramática das conspirações costuma ser hábil, encarna em fantasmas sem nome. O problema é que uma legião de manitós já se apossara das palavras, cooptou a linguagem, e passou a governar as letras.

Estava consolidado, Karel era mesmo uma raridade, pertencia à raça dos escritores extintos. Sua densidade literária incomodava, inclusive escritores consagrados que passaram a atacá-lo. E o mistério aumentava o charme. Seria jovem? Velho? Qual a idade, naturalidade? As fofocas desciam ao boato cru: homem, mulher, índio, mestiço, negro, judeu, brasileiro ou imigrante refugiado?

Ninguém o tinha visto pessoalmente. Karel era eficiente na arte de se esconder, uma marca em sua personalidade.

— Diana, e quanto aos contratos de edição? – Ela sempre desconversava. – Não há contrato? – Não havia mesmo.

O que eu ainda sentia por Diana tirava todo o meu foco e a dispersão anulava minha objetividade investigativa. Mas devia haver um CPF, um endereço, ao menos o nome inteiro? Karel era um pseudônimo? A curiosidade me levou a mais uma cansativa busca e cheguei a pedir um levantamento profissional para identificação da caixa postal por onde ele recebia o dinheiro de seus direitos autorais.

Finalmente, a caixa postal levou a uma conta numerada em um paraíso fiscal nas ilhas Seychelles, que era, obviamente, blindada.

Com o tempo, fui percebendo que outros autores traduzidos pela Filamentos eram entidades misteriosas e imprecisas tais como Karel. Ou eram nomes internacionais consagrados ou nomes novos, mas já com vários prêmios no circuito internacional. Todos difíceis de contatar, todos com estranhos procedimentos na hora dos acertos financeiros.

Minha obsessão atingiu proporções maníacas. Cheguei a pedir uma análise papiloscópica. Haveria alguma impressão digital de Karel nos papéis que recebíamos? Nunca encontraram nada. A única exceção da pesquisa foi achar digitais engorduradas do polegar gordo de Marly.

— É GG, e não Karel, o verdadeiro autor dos textos – especulei. E passei a trabalhar com essa hipótese fazendo insinuações sempre que tinha a oportunidade.

Como costuma acontecer, a hipótese foi desmontada pela realidade. Giaccomo jamais escreveria uma única linha daquelas. Faltava-lhe densidade.

Cleo sempre teve pretensões literárias também. Criei esta hipótese substituta. Apesar do narcisismo, ela era angelical demais, sutil demais, amável demais para conter as micromalícias necessárias para se passar por um escritor. Então? Me perguntava. Quem sobra?

Em meio à complexidade, o simples é sempre a melhor hipótese, como rezava a Navalha de Ockham. Me acalmei com a ideia de que Karel era apenas algum gênio literário, talvez protegido por um ghost-writer que preferia não aparecer.

Mas um homem de letras que não quer aparecer? Ou não é gênio ou é mau escritor.

Minha inquietação melhorou quando ouvi o porta-voz da futura parceira, a editora holandesa, divulgar o seguinte

IV | KAREL

comunicado: "A identidade de nossos novos autores está sendo preservada a pedido deles; como medida de segurança, preferem evitar o assédio e a exploração indevida da fama. Por isso, organizamos novas regras para o marketing e a divulgação. A imprensa conseguirá a entrevista que desejar, mas, doravante, será sempre por via eletrônica indireta." Exploração indevida da fama? Pensei.

6

Dois anos antes, mais uma vez Karel levou todos os prêmios literários nacionais, além de um espanhol com a tradução de seu romance A falha humana, projeto editorial que coordenei. Só que, dessa vez, palavra de honra, não houve marmelada. Por intermédio de um e-mail telegráfico, Diana me informou que ele teria indicado Prada para representá-lo na entrega, mas a editora delegou a honraria para Marly Augustini. Se fiquei ofendido? Não, só considerei injusto.

O enredo passava-se na fronteira brasileira de Roraima com a Venezuela. Uma família em busca de emprego tornava-se refém. Negociações oficiais falharam e milícias paramilitares massacraram a população. O casal sumiu e os mateiros descobriram que eram militares do serviço secreto infiltrados e que estavam ali para defender uma mina. O nióbio dali era extraído e enriquecido por algum consórcio entre ditaduras árabes e asiáticas. Mas também usavam regiões pouco habitadas para conseguir material físsil nuclear. O conflito alastrou-se até uma ampla guerra regional.

À primeira vista, era apenas uma ficção de espionagem, mas "A falha humana" era uma metáfora realista sobre a devastação e a contaminação de vastas regiões com radioatividade. Eliminar florestas inteiras e criar clareiras inférteis não provocavam reações. Mas o enriquecimento de urânio sob o pretexto de exploração das reservas de nióbio abalou as alianças militares do Ocidente. Uma região muito maior do que Chernobyl e arredores que também abrangia o noroeste do Amazonas poderiam ficar inabitáveis por décadas.

IV | KAREL

Um enredo qualquer? De forma alguma, conforme escreveu um crítico: "Karel, apesar de explicitar suas dúvidas sobre a responsabilidade quanto à origem antropogênica exclusiva das "mudanças climáticas', soube como formatar um clima não passional, frio, e imprimir uma vida comum e não prosaica à história e, nesses momentos, sua prosa subia até Hemingway, Wolfe ou Fitzgerald".

As traduções pareciam mesmo excepcionais. Palavras literais do crítico do NYT Review of Books, numa feliz tradução feita por um tradutor english mother tongue, que usava o curioso pseudônimo de "february Indeed". O êxito conquistado era realmente incomum, especialmente para um livro vertido para outro idioma.

Jean me testava.

— Homero, desta vez a literatura vive um dilema dos mais críticos.

— Um? – Questionei.

— E qual será o futuro? A literatura se prestará aos alinhamentos políticos, consensos discursivos, aceitará amordaçar-se para atender o engajamento intelectual e interditar os assuntos polêmicos?

— E onde fica a liberdade?

— Eis o ponto, que se dane, não é mesmo?

— Nem tudo é detestável nos consensos.

— É verdade. Hoje todos enxergam o monopólio de um lado e agora se espremem para entrar no filão comercial das ideias.

— A velha metáfora de que quando chegar a hora vamos repartir o bolo...

— O bolo, não, meu caro, o bolor! E terminamos rindo.

Karel usava personagens mergulhados em sofrimento e, como Diana bem definiu, "numa original visão não masculina de mundo" e "como ele se lembrava, ao mesmo tempo, de tantas experiências simultâneas não vividas."

Foi ali que, pela primeira vez, entendi o tempo como um lugar em que a memória recorta os fenômenos como bem entende. Seria, então, essa a marca daqueles que querem contar histórias?

Em lampejos imaginários, tentava adivinhar como seria Karel. Minha imaginação apontava para uma mulher, linda, loira ou ruiva, na casa dos quarenta e poucos anos, língua-mãe não portuguesa, da Europa oriental, romena ou tcheca, com dedos longos, que à noite usava um coque enorme.

IV | KAREL

7

Numa mesa com pilhas de trabalhos prestes a vencer, meu envolvimento com Karel foi progressivo. Sua produção exagerada só poderia ser resultado de uma mente governada por idiossincrasias, mérito exclusivo do escritor obsessivo.

O penúltimo original de Karel era diferente de todos os demais, por assim dizer. Era uma ficção sobre o fim dos livros impressos e sua progressiva criminalização. Em meio à situação muito mais radical do que a do roteiro de Fahrenheit 451, de Ray Bradbury, o herói do romance se recusou a ofertar sua imaginação ao Estado. Quando se adquiria um livro, o poder pedia uma criação em troca. Em contrapartida, pela rarefação de ideias originais, o sujeito teria de doar o que o Estado esgotou nos cidadãos: sua imaginação. Estava criada a bolsa de imaginação.

Paralelamente, o papel se tornou um dos produtos mais raros do mercado depois de um suicídio coletivo das árvores orquestrado pela saturação do planeta. O fim era surpreendente e não ofereceu a solução que foi predominante por décadas na literatura latino-americana, a saída simplificadora do realismo fantástico.

Na segunda, bem cedo, devolvi aquela leva de originais e fiz comentários com o pessoal da revisão. Jean Prada vazou, propositadamente, a informação e Diana C. ficou sabendo do meu parecer. Naquele mesmo dia, me chamou à sua sala.

Ouvi, entre espantado e envaidecido, elogios à minha articulação, à análise, às páginas de comentários e fiquei desconfiadíssimo das lembranças de tantos detalhes, de cada palavra, de cada sentença, dos menores arranjos. Eu não precisava me esforçar, descobri que tudo que eu lia era incorporado como se eu mesmo tivesse escrito.

Depois de contratado para minha nova função, virou hábito, ou mania, repetir: "Como se eu mesmo tivesse escrito".

IV | KAREL

8

Karel era o nosso autor principal, o mais refratário e inacessível, mesmo assim passei a venerá-lo e não tinha mais medo de dizer que assumia o culto à personalidade. Por que, então, insistiam em afastá-lo?

Sabia que levantaria uma polêmica quando resolvi tornar pública minha hipótese. Karel não seria "ele", mas "ela". Usei como exemplo o personagem Lisa Bendror, no conto "Choro de golfinho". O resultado foi desastroso. Seguiu-se uma discussão: qual era a capacidade de um homem de colocar-se no lugar da mulher para construir uma narrativa, especialmente para escrever sobre o parto. Feministas e antifeministas ocupariam as tribunas da crítica literária para emitir seus antagonismos. Passei ao largo de toda a histeria, mesmo com a controvérsia crescendo dentro da própria Filamentos.

Fiquei firme na defesa da minha tese. Se o escritor é eficiente, pode mimetizar qualquer tipo de pele e simular o gênero que bem entender. É só mais uma das habilidades necessárias para a atividade. O escritor pode integrar-se e constituir a personagem cuja pessoa contribuiu para tomar parte da criação.

— Se não fosse assim – sustentei – a literatura não existiria.

Mas fiz uma ressalva: naquele texto, só uma mulher poderia penetrar na essência daquela experiência. Nenhum homem sobreviveria àquela narrativa. Um dos méritos atribuídos a Karel era exatamente este: como homem procurar se colocar nos cânones físicos e espirituais do feminino. Simulação, fingimento, performance ou algum teor já havia sido detectado; entretanto, jamais captei em nenhum outro autor algo tão aparentado à verdade. Quem escreveu aquilo merecia amor incondicional ou a mais submissa devoção.

É evidente que a autoconfissão feriu um pouco minha identidade. Afinal, a ideia de estar apaixonado pela mente de um autor como Karel era perturbadora. E, então, em legítima defesa, passei a fantasiá-lo como mulher.

Pus-me a considerar todas as bobagens acumuladas e descartadas, oriundas da bibliografia, mesmo as sem referência, sobre a origem da definição de gênero. Quais as proporções exatas dos ingredientes do desejo? O intelectual, o semântico, o estético, o ético, o sexual, o cultural? Haveria uma estrutura devocional e sacrificial na origem da identidade sexual? No Ensino Médio, me ocorreu seguir a carreira de biólogo.

Fui monitor de genética e estudei as mais variadas formas de reprodução, da partenogênese às espécies que se autofecundam. Minha condição de bomba-relógio genética desempenhou um papel importante em meu interesse pelas ciências. Tive então de retornar aos clássicos da biologia evolucionista. Primeiro, as teorias de simultaneidade e sucessividade do gênero Homo: do Cro-Magnon ao Neandertal, passando pelo Floresiensis até chegar ao quase atual Sapiens. Em seguida, analisei as variações de hermafroditismo na natureza para, enfim, chegar à vergonhosa conclusão de que o gênero é indefinível.

IV | KAREL

Uma contradição bizarra é sempre desconfortável, talvez pouco intimista; a única certeza nos estudos consultados é de que, na escrita feminina, ou melhor, na redação de uma mulher, havia, estava implícita, algum tipo de pirraça. E também um dom para sofisticar a desforra e a vingança. Minha hipótese se tornou pública e os bullyings vieram. Diana C. e Giaccomo tentaram ridicularizar minha hipótese de que Karel usaria um pseudônimo para ocultar ou deixar dúbia a autoria feminina de seus livros. A irritação de GG passou da galhofa à hostilização pública.

Como aprecio provocar, acabei falando:

— Já não tenho dúvida: Karel não é um autor, ele é ela. – Disse diretamente, encarando Giaccomo.

— Homero, não diga asneiras, você realmente acha que eu mesmo não saberia disso? – Ele interrogou, com tom de desprezo.

— Chame de intuição, não basta um pseudônimo? Você mesmo disse que nunca a viu pessoalmente...

— O viu... – e GG desatou numa risada forçada.

Havia algo estranho. Os indícios só confirmavam minhas suspeitas. Os lançamentos sem a presença do autor. Os contratos sempre assinados por correspondência, mediante advogados, ou por meio daquelas caixas postais criptografadas.

Por que até o reconhecimento de firma tem de ser feito por equipes jurídicas do exterior? E disparei, uma após outra, as perguntas que estavam engasgadas.

— Fazemos isso com muitos autores, na nossa editora hoje praticamente coligada com a corporação Forster, na

Europa, e isso é de praxe. Aprenda o seguinte, para nós o autor importa muito menos do que sua lavra.

Giaccomo forçou uma mímica entranha. Comparei seus trejeitos aos de um girino alcançando a margem do brejo e se infiltrando na espuma-mãe. Ele então me encarou sorrindo com desatenção, antes de disparar uma última infâmia:

— Homero, vamos lá, diga-me lá suas preferências. Você gosta de homem? É isso? – Ele piscou e prosseguiu – talvez tenha aquele problema em admitir? Aqui você está entre amigos, é um ambiente seguro. – E terminou cutucando a própria orelha enquanto abria um sorriso sardônico.

— Não preciso assumir nada – gaguejei.

— Você não tem de achar nada sobre Karel– ele atalhou – todo o planejamento publicitário foi feito para manter essa dúvida, você está acompanhando? Imagino que não ia querer colocar areia no negócio e estragar tudo, certo? E, antes que eu me esqueça, Homero, te dou um conselho de amigo: guarde sua indignação no armário.

Calei-me para evitar falar a palavra que já se movia espessa na minha boca.

É simplesmente patético como a linguagem politicamente domesticada escorre para a lixeira quando uma situação aguda nos obriga a escolher entre o destempero e a humilhação. Não era nada incomum que nossos autores e autoras tivessem várias orientações sexuais e não me recordo de ninguém da editora usar o assunto para agredir ou desqualificar.

Giaccomo me deixou falando sozinho enquanto subia a escada assobiando uma trilha sonora de Vangelis.

IV | KAREL

Poderia parecer uma descrição estereotipada, mas ele era, naturalmente, a pura expressão de um estereótipo. Minha relação obsessiva fixara-se em Karel, poderia ser estranho que eu pudesse deixar o personagem de lado para amar quem o criou. Por mais inverossímil que pareça, aconteceu comigo. Então me veio a dúvida que acomete todo crente: e se eu estivesse enganado?

9

Posso dizer que houve progresso em meu ofício de triar originais. Não eram bem originais, mas imitações malsucedidas, histórias artificiais, narrativas viciadas. Nunca tive talento para a crítica, mas desenvolvi alguma capacidade para detectar algo, digamos, novo na linguagem de um autor. E afirmo que se trata de uma raridade.

Não ousaria afirmar que cheguei à maturidade naquele ofício, não só porque tinha de emitir um voto pedante de aprovação ou reprovação, mas encher o texto com todas aquelas notas grifadas, comparando a qualidade dos manuscritos.

O fato é que o primeiro livro de Karel era um texto seminal, um suspense perturbador, sem cair na rotina de um thriller comercial. A história era a de Lisa Bendror, uma moça que perde um bebê num parto prematuro e traumático. Ela precisa de um tempo de convalescença e viaja, com seu dedicado marido, em busca de uma regeneração.

"De manhã, você ainda tem o ventre do qual se orgulha. Sente que ele está tomando a forma da Terra. Dá para vê-lo se aproximando no dia a dia. Uma potência que está chegando. Você conversa com ele e sabe que ele entende. Aí, de uma hora para outra, do dia para a noite, não se percebe mais nada. Os sons silenciam de uma vez. A Terra para de girar num repente e todo mundo é atirado para fora. O vazio não é simbólico como pensam os psicólogos. Está muito, mas muito longe do simbólico. Tem braços e pernas e um dia pode até andar sozinho. Um vazio que a maior parte das

IV | KAREL

pessoas sente pelo menos algumas vezes na vida. A morte, um evento banal, insensível ao sofrimento, e terrivelmente comum. Não é a quarta parte de você que morre quando alguém morre dentro de você (não acreditem nisso). Você morre inteira, mas só vai saber disso depois. Bem depois. Com o que eles, delicadamente, chamam de remoção. Quando não se tem um rosto para lembrar, a memória é só do que se imagina de quem seria a pessoa, vocês entendem isso? Alguém aí de fora consegue entender?"

A praia sempre fora seu refúgio e é no mar que ela sempre achou que poderia estar, longe da família e da opressão. Artista plástica, sabia que sua arte precisava florescer, mas como? Agora sua sensibilidade e intuição estavam caçadas pela realidade. Lisa parece encontrar a resposta quando avista um animal abandonado. A sequência da amamentação, alternada com a vivência alucinógena durante o parto, e sua descrição do abandono do marido quando ela perdeu o bebê criaram, em minha opinião, um dos melhores momentos da ficção.

"Nenhuma vida era possível vista de tão perto. Para ter vida era preciso distância. Foi o que fizeram. Distância. Em direções opostas. Alguns casais se reaproximam depois das tragédias. Tragédias chegam e nem todas são ruidosas, não as reconhecemos de imediato. E essa é a tragédia. Ronda sem se anunciar, quieta como o invisível. Quando despenca sobre nossa cabeça, ela não se parece em nada com os efeitos da literatura. Não há aprendizado; não há forma de mitigá-la e a sublimação está fora do alcance de seres comuns."

E em seguida "Quer me dizer quais as dez característi-cas da dor? A dor que se resolve a marteladas. A dor da tra-gédia, metálica. A dor óssea, que serrilha. A dor avaliada pelo critério subjetivo de notas de zero a dez. A dor capri-chosa que resiste à analgesia. A dor sinistra das noites do passado. A dor antecipatória, sem foco. A dor dos velhos em cadeiras. A dor sem dor das subidas que não param. A dor torpe do fim. A dor que leva a lugar nenhum. Nessas condições, o sofrimento psíquico dobra sua capacidade de sufocar. A jornada épica de Lisa não significava o mesmo para seu companheiro."

IV | KAREL

10

O penúltimo original de Karel que avaliei era seu romance mais curto, de 123 páginas. "Terá sido o acaso, no qual não acredito, ou o impacto do vulcão com suas cinzas que me seguraram nesta ilha?" Era a frase que abria o manuscrito que continuava:

"Após recolher o que precisava em meu trabalho de campo, saí em busca das luzes da aurora boreal assim batizada por Galileu Galilei e também conhecida na Finlândia entre os lapões como "fogo da raposa". Estava acima do paralelo 74N, e vivi três inesquecíveis meses entre os esquimós. O que aprendi não foi por intermédio de um ensaio antropológico, o que concluí não veio de um tratado acadêmico de etnografia. Vivenciei a rotina deles como um habitante local." – Continuava o texto de Karel.

"Todo santo dia, o significado da palavra "neve" mudava. No início, senti-me confuso, mas era por pura necessidade prática que a palavra precisava de múltiplas acepções. Fui descobrindo que era assim também em outros idiomas. Snjór, snear, snjór, snjófriour, snjólaugur, snjófur, kafsnjór, mjóll, hjam, bleytuslag, éjagangur, krap e demais variações fonéticas menos conhecidas.

Todas essas variações nas nomenclaturas eram usadas para identificar os fenômenos climáticos, e a prática se repete também nas regiões árticas. O treino que temos para descrever o mundo é de uma constrangedora insuficiência. A nomenclatura variava a cada dia, às vezes, muitas vezes, numa mesma tarde. Cada palavra podia, também, cobrar múltiplos significados," – Continuava o narrador.

"No mundo dos povos do Ártico, entre os povos inuíte, os esquimós, a palavra 'neve' comportava uma das mais amplas polissemias conhecidas. Poucas palavras tinham tantos significados distintos, uma das maiores dentre todas as línguas." – Arrematava.

O texto de Karel, narrado em primeira pessoa, reproduzia um monólogo – entre anotações na forma de diário, do personagem Sérgio Servetus, um oceanógrafo e pesquisador que foi estudar o impacto do clima e ficou retido na Groelândia depois da explosiva erupção do vulcão Grímsvötn:

"A mesma neve pode atender por nomes distintos com pequenas ou nem tão pequenas variações melódicas, rítmicas e sonoras e assim ela poderia ser: abençoada, adesiva, aglutinadora, agressiva, alva, aquosa, ardida, avassaladora, barulhenta, bege, brilhante, cegante, concentrada, congelante, cristalizada, cumulativa, densa, derretida, deslizante, doce, dura, em camadas, em salvas, encorpada, enjoada, escorregadia, escura, esfacelada, espalhada, esparsa, espessa, espumosa, etérea, eterna, faiscante, fina, firme, floculada, flutuante, fofa, fosca, fresca, fugaz, fuliginosa, fulminante, gosmenta, gotejante, grudenta, infiltrativa, insidiosa, instável, intensa, intermitente, irritante, lenta, luminosa, lunar, macia, maciça, macilenta, maldita, melada, molhada, movediça, mucosa, nova, novíssima, oblíqua, ofuscante, opaca, oscilante, pálida, pastosa, pegajosa, perfurante, perigosa, pesada, pontiaguda, porosa, profunda, pura, queimante, rala, rápida, rarefeita, revirada, rígida,

IV | KAREL

roliça, rude, ruidosa, salgada, silenciosa, solta, súbita, suja, sútil, translúcida, transparente, transversa, turbulenta, úmida. Ao fim e ao cabo, a palavra 'neve' perdeu o sentido unívoco que as palavras supostamente possuem: a neve afinal não significava quase nada. Havia milhares de palavras para cada unidade desses flocos pelo mundo. A variação era inquebrantável, finita e ao mesmo tempo interminável. A palavra 'neve' era apenas o exemplo mais acabado de que a linguagem envolvia uma variedade ilimitada de intérpretes e de interpretações e possibilidades, exuberância de significados. Essa era uma parte central do manuscrito de Karel, uma espécie de ode à polissemia, às múltiplas interpretações que cada texto pode apresentar. Ele concluía com a dúvida de Servetus: "Admitam, a linguagem está se afogando nas avalanches provocadas. Se ainda há qualquer relevância para os livros, deve-se a algum mérito futuro que ainda não conseguimos descrever ou captar. Então, a única pergunta relevante é: para que se escreve?"

11

Nas semanas seguintes, ainda irritada por nossas últimas conversas ásperas, Diana passava por mim, balançava a cabeça e me olhava como se testemunhasse a agonia de um animal quase sem vida, exposto e corroído por predadores. Queria dar um jeito de me retratar e revisar o que lhe disse da última vez, mas era tarde demais. Verbalizações não retrocedem. Encolhi-me e passei à submissão para compensar a equivocada iniciativa. Mas havia pelo menos uma vantagem naquela discussão. Minhas expectativas passionais ruíram. Acabou ali a ilusão de retomar um o romance com Diana C. Ficou patente como uma mulher pode engolir a própria beleza e recolhê-la até colapsar num buraco negro oportunista.

Quando ela se transfigurou é que enxerguei uma ave com o pescoço enrugado, uma coruja parcialmente empalhada. Dali em diante, com seu esplendor sequestrado, era como se seu charme tivesse sumido. Num único passo, sua natureza refluiu: ela se tornou um predador esperando para dilacerar a presa com calma depois que a consciência do assassinato sumisse. Aquela explosão antiestética fez com que eu me afastasse. Desde então, me encolhi. Até que um dia depois do almoço ela me procurou enquanto estava encostado num canto da mesa de café:

— Homero? – Chamou-me com desprezo. – Queria te dizer que tudo o que você afirmou seria uma verdade absoluta, se seus motivos não estivessem errados.

Fixei os olhos na fumaça do café.

— Você fala demais e está aqui para outra coisa. – Ela simulou uma pinça com os dedos no ar. – Só por essa outra coisa.

Forcei um pigarro e continuei calado.

— Era só aceitar ser mais um funcionário. Você não quer seguir sua carreira? – Ela sorriu mascando alguma coisa.

Concordei, inclinando a cabeça.

— Isso aqui é o que vocês chamam ter uma carreira?

— Do que você está falando, Homero? Você foi contratado para ser editor e avaliador. Não são essas as suas funções?

— Perfeitamente. E não é o que venho fazendo?

— Vamos lá, só te falta entender uma coisa. – E, abaixando o tom de voz, arrematou: – Você vale muito mais pelo que rejeita!

Não houve espanto, senti o fio do discernimento cortando minha espinha, e o calafrio irradiou-se pelas costas.

— Você ficou pálido, querido. Estou falando o que não deveria?

Ela prosseguiria, colocando a mão na boca para não deixar escapar o líquido vermelho com espuma, enquanto bochechava a primeira dose de vinho.

— Acho que perdi a sequência. – A raiva me fervia os olhos.

— Diga-me, Homero, qual é a média de aprovação de originais do último ano? Um em cada duzentos ou trezentos? – Ela chutou, mas deveria saber exatamente, era muito melhor do que eu com números.

— Em média, um em cada quinhentos – respondi, preciso. Tinha isso na ponta da língua. – E, como você sabe, a maioria nem conseguimos ler. Aquela sua ideia de triagem prévia funcionou. Deixa-nos só com dez por cento do total de remessas no mês. Eu tremia e o abalo ressuscitava meu desejo.

Tremia e, ao mesmo tempo, o abalo ressuscita Com a queda livre no buraco negro superada, voltei-me à forma oblíqua dos olhos e o tom lilás da sua íris. Ambos funcionavam como magnetos intermitentes. Havia algo de sedutoramente maligno em sua litigância. Um obscuro feitiço, que, sem me fazer esquecer a perfídia, aguçava a pressão do desejo.

— Isso importa? Ela me despertou. --A cada cem avaliações você terá de manobrar. Só há um sentido em vetar ou aprovar: o bem da empresa que vende livros. Esse é o verdadeiro e único Amo e Senhor de todas as letras.

Pensei em, sutilmente, acionar o gravador do celular para registrar as confissões.

— E eu não tenho atuado pelo bem da empresa? – Devolvi, tentando relaxar o pescoço.

Ela mudou de posição para ficar um pouco mais alta.

— Qual é o prazo que pedimos para dar um feedback aos autores? – Diana manejava as palavras para contornar nossa iminente ruptura.

— Antes, seis meses. Depois da fusão, ultrapassamos quinhentos originais num mês e o critério mudou. Lembro-me da sua circular que está no site da editora: respostas em até dois anos. Temos as exceções, claro, como você mesmo disse na reunião. Isso faz o quê? Uns dois anos?

Ela deu de ombros, eu prossegui:

IV | KAREL

— A regra era sugestão sua: para os conhecidos um prazo menor, três meses.

Ela sorriu. Sorri de volta.

— Tudo isso aqui – ela continuou usando um tom de voz moderado – foi cuidadosamente montado. Seu papel, Sr. Montefiore, tem apenas um nome: submissão. – Era muito raro que ela me chamasse pelo sobrenome e imediatamente pensei no profético livro de Michel Houellebecq. – Que tal fazer como todos os outros? Fechar o bico e obedecer? Você nunca desconfiou? Nunca observou que a maioria dos originais vai direto para a lixeira?

— A ideia da amostragem?

-Não, senhor! O que não for prioridade é descarte sumário.

— Então, agora será sem triagem? – Tentei parecer surpreso.

— Ainda quer salvar tua pele aqui na Filamentos? Se sim, de agora em diante, Homero, não hesite, não pense, não questione. Tenha em mente o ideal das tropas comandadas, limite-se a executar ordens.

Sem nenhuma testemunha por perto, ela se levantou, fechou a porta da copa e me puxou de lado e, com sua longa perna, espremeu meu corpo contra o batente da porta antes de prosseguir com um sussurro direto, usando a ponta afiada da língua dentro do meu ouvido.

— Vai me dizer, Homero, que não quer? – E, gemendo, sussurrou: – Nunca viu originais saírem aprovados sem um único parecer?

Ela prosseguia me esmagando contra a parede, sua coxa fortíssima me encurralava.

— Sem avaliação, sem ficha, sem droga nenhuma. – Ela continuava sussurrando dentro da minha orelha.

— Vi, vi e estranhei – eu respondi engasgando.

— Pois então! – Ela continuou.

Foi a deixa para eu conseguir me afastar da sua prensa.

— E qual é o propósito de continuar estimulando os autores com campanhas para envio de originais? Para descartá-los, sem lê-los?

— Funcionários não têm competência para questionar empreendimentos gigantes. O melhor remédio para ti é relaxar e aceitar – sentenciou, enquanto procurava algo no armário.

— Aceitar o quê?

— Que qualquer interferência está bem além da sua capacidade. E, como você pode ver – ela apontou para os itens novos da reforma da sede – está dando certo – acrescentou taxativa.

Mais uma vez, me vi desafiado a afrontar adversários eloquentes, gente enfática e veemente que escancara a realidade, persuadindo a razão com violência. Naquele hiato, enquanto meu desejo se atualizava, passei a me lembrar de sua atuação e a odiei retrospectivamente.

Desliguei-me da situação. Dali em diante, não apreendia mais nada. Fiquei olhando os lábios dela grudarem e desgrudarem, abrindo e fechando, como uma espécie de peixe... sem conseguir mais registrar sua voz.

IV | KAREL

Podem chamar de autismo programado, mas eu precisava disso para enfrentar o dia a dia. Os sons sumiam e davam lugar aos ruídos que eu mesmo gerava em pensamento. O paradoxo era que, nos lábios dela, aquilo soava menos absurdo do que na minha cabeça. A situação pedia uma dose dupla ou qualquer substância alienante.

— Homero, querido, todo mundo faz isso, te garanto que não despedaça ninguém. – E se reaproximou para acariciar minha face com o dorso da mão antes de encerrar, usando a unha como uma garra para penetrar na minha coxa – preciso te explicar o que teremos de benefícios com a venda das ações quando a fusão for adiante?

Ela só se esqueceu de que os editores comuns não entravam nessa festa. Nunca tínhamos direito ao bônus. Pelo que sabia, o benefício estava reservado aos editores executivos ou aos sócios minoritários como ela. Meu contrato limitava-se a receber uma participação nos lucros líquidos caso alcançassem patamares impossíveis. Além disso, qual é o funcionário que tem acesso à planilha verdadeira?

Eu não respondia, nem saberia dizer como domestiquei a raiva. Já experimentava a sensação interna de desempregado. E como descrevê-la para quem nunca foi assalariado?

Com as doses de uísque que ela foi virando compulsivamente, seguido de gim e vermute italiano, Diana já estava bem alta e seu hálito já falava mais do que ela. Pressenti que ela estava perto de confessar algo útil para o meu futuro. Dei corda, ficando cada vez mais submisso enquanto ela continuava:

— Você tem ideia de quanto dinheiro temos envolvido nessa fusão? Que tipo de estúpido iria querer estragar tudo?

Enfim, escapei de lado me liberando completamente da sua chave de coxa. Seria assédio, mas eu não lidaria com as relações corporativas na base da denúncia. Assédio fazia parte do jogo e a atração era mútua. Tanto faz o que a jurisprudência diria. Naquele momento, só queria cair fora dali.

De repente, saí da copa, fui em direção à minha sala, subi alguns degraus e já estava de volta à minha mesa. Tentei me ajeitar na cadeira para o meu tamanho. Arrumei a mesa como o ato final. O meu fim na editora era agora iminente.

Saí da copa. Preventivamente, reuni os cadernos de anotações, meu laptop, os originais que avaliava e os empilhei. Não conseguia me livrar do pensamento de que aquele foi meu primeiro e único emprego formal. Mas Diana veio atrás de mim usando tamancos altos de madeira cujo toc-toc a antecedia:

— Posso duvidar dos métodos, mas GG sabe o que faz! – Amenizou, ainda buscando retomar a conversação que morrera na copa.

E daí que ela apoia Giaccomo? Já à minha mesa, permaneci sentado, cabisbaixo e reclinado para a frente com a mão entre os joelhos, até que comecei a me levantar erguendo o pescoço quase sem tônus. Sobreveio a tontura com sensação de desequilíbrio e voltei a me sentar. Diana não parou:

— Acho que você não faz a mínima ideia do que isso representa. É muito dinheiro, guri, e ainda vai sobrar algum para vocês.

Guri? Para nós?

IV | KAREL

12

Enfim, numa manhã de outono, assim que voltei das férias, Giaccomo me convidou e eu aceitei um almoço com ele. Eu, Giaccomo e suas pupilas em fenda. Apesar da minha dificuldade de olhar em seus olhos, dessa vez, eu o encararia fixamente. Pupilas em fenda são um fenômeno relativamente raro na população.

Nos meus anos na Filamentos, era a primeira vez que agendei um encontro social com ele num lugar público. O restaurante escolhido tinha uma sofisticação incômoda. Entradas suntuosas, couvert com itens e alimentos raros, preços assustadores. Ele pediu algo que parecia ser uma carne com osso, um tutano, que devorou de chofre, sugando a medula como um predador veterano.

Escolhi truta e sopa de aspargos. Pulei a carta de vinhos. Ele consumiu um litro e meio de um tinto francês, um dos mais caros, e depois pediu um espumante chileno. Preocupado, torcia para que ele pagasse a conta sozinho.

Em meio à refeição, Giaccomo tirava os óculos e me avaliava com alguma regularidade. Era possível ouvir sua insinuação: quem você pensa que é para se negar a fazer o que eu peço?

— Você trabalha para mim. Sabe que a nossa fusão já é quase irreversível?

Recomeçaram as náuseas que, às vezes, substituíam minhas respostas. Arranquei forças e reagi dizendo:

— Giaccomo, eu sei, mas quero que você saiba por mim. A decisão é irrevogável, não posso e não serei mais jurado em prêmios literários.

— Não? Por quê?

— Da última vez, a pressão ficou insuportável.

— Querido, todos temos uma carga para aceitar.

— Desculpe, mas não consigo mais.

— É que – ele se inclinou, virou a cabeça de lado e tocou seu garfo de carne no meu garfo de peixe – dessa vez é mais urgente, precisamos anular um autor.

— Anular?

Ele nem precisava prosseguir, eu sabia que ele se referia a Karel. A quem mais?

Eis a displicência do mafioso ao encomendar um crime.

Naturalizou a sugestão a tal ponto que me lembrou da cena descrita por um sobrevivente do Holocausto. O general nazista tocava Debussy ao piano enquanto ordenava aos soldados que contaminassem com tifo os prisioneiros do campo de extermínio antes que as tropas aliadas, que se aproximavam, pudessem libertá-los.

Giaccomo ignorou minha pergunta.

— Dessa vez, Karel não deve nem entrar na lista. Temos de alternar, esse foi o combinado.

— Combinado com quem?

— Nossa nova parceira, a Forster. Estamos na boca da fusão, lembra?

Eu olhava para ele, assustado.

IV | KAREL

— Está entendendo? – De novo ele cutucou meu prato com seu garfo, empurrando minha truta para cima das batatas amassadas.

Observei com a paciência de um soldado encurralado e suspendi a faca que estava na minha mão.

— É uma decisão. Para além do bem e do mal. É o mercado, entende? E enxugou os lábios sujos de molho com o guardanapo antes de continuar. – Na Holanda, já fazem isso há um bom tempo. Todos se beneficiam com essa diversificação. Os novos nomes. Os autores nos quais estamos investindo agora.

Eu continuava mudo e não conseguia mais fixar meu olhar no dele, o assunto estava para bem além da sua pupila em fenda.

— Captou agora? Por que te quero por lá? E já está tudo arranjado: notas na imprensa, mídias sociais, os críticos, temos tudo já plantado. – Ele ergueu as sobrancelhas buscando ratificar a cumplicidade unilateral.

— Rapaz, preciso da sua ajuda! – Rapaz? Eu com quarenta e seis, ele com uns dez anos a mais.

— Não sei, Giaccomo. – E abaixei a faca.

— O que é que você não sabe, Homero? – Perguntou, retoricamente, e inclinou o rosto como se estivesse diante de um bebê.

— Quando entrei, foi você mesmo quem disse que Karel era o melhor autor da Filamentos.

— Veja só, não estou te pedindo. A empresa precisa. E você me deve isso. Falou apontando o garfo em minha direção.

Sumindo a inclinação do rosto, ele recostou a coluna na cadeira e empunhou o guardanapo com o linho falso para esfregar nos lábios como quem estivesse pronto para licitar num leilão.

Para minha surpresa, ele fez um gesto súbito e derrubou com violência o seu copo, molhando a mesa com o vinho. As manchas sugeriam sangue. Ele fez um som áspero, vindo da garganta. Assustou as pessoas em volta e fez o maître e os garçons virem correndo. Depois, falou com voz abafada:

— Não, não é assim que funciona. Incomodado, tentei não mover o corpo.

Quando recobrou a calma e dispensou o maître, que nos olhava com desconfiança, continuou:

— É só uma pequena discussão amigável entre dois amigos, não é, meu caro Homero?

As motivações dele me escapavam, mas por que ele fez questão de marcar aquilo num restaurante? Então, bebeu do drink reposto e esticou o guardanapo sujo no colo como se nada tivesse ocorrido.

— Filho, como posso te fazer entender? Há muito mais em jogo!

Ele fazia um estranho vaivém com o tronco. Reclinando-se para trás, examinava com atenção seu copo de vinho contra a luz, enquanto prendia a respiração.

— Otto Jorgensen. Você sabe quem ele é? Faz ideia de com quem estamos lidando? Entende que num estalar de dedos, assim, ele pode destruir a nossa Filamentos?

Claro... a "nossa" Filamentos...

IV | KAREL

— Pode ser mais claro, Giaccomo? Eu te devo o quê? Estava conseguindo, rompendo com a passividade habitual. O arriscado jogo de palavras, pôquer selvagem, que ninguém domina sem uma boa mão ou com um blefe, estava em curso.

— Ah, sim, não nos deve nada, é só um favor amigo. Se não me engano, você começou como... e já no ano que vem... - Ele fez um suspense como se exibisse uma guloseima para prometer a uma criança faminta.

Não caí no jogo nem era mérito meu. Era a paralisia que me tomava em momentos cruciais. Até o histérico sabe até onde pode ir com a ousadia.

— Montefiore, adivinhe o que programei para você no ano que vem?

Uma viagem sem volta ao fim da correnteza? Pensei.

— Planejo te confiar a editoria de ficção nacional. Você merece, rapaz!

Ele realinhou o guardanapo no colo para saborear o restante do tutano já roído. E prosseguiu:

— Pronto, era para ser surpresa, agora já falei. - E estalou os dedos para complementar com a falsa dúvida – Você entrou na editora faz um tempo, mas não me lembro, qual é mesmo sua formação?

— Fiz um curso de editoração, lato sensu, também transito bem na tecnologia.

— Ah, sim, editoração. Veja, logo mais, Diana acumulará a ficção internacional e a administração.

Vão chutar Jean, pensei.

— E Jean? - Perguntei em voz alta.

Ele ignorou minha solidariedade antecipada para com o colega e respondeu vagamente:

— Encontraremos outra posição digna para ele.

Só se for no almoxarifado... "Digna", palavrinha perfeita para a evasiva!

— Sobremesa? Café? – Fiz que não com a cabeça.

— Garçom...

Ele fez aquele gesto afetado no ar usando os dois dedos, sem estalar, para pedir a conta. Não me mexi e ele indicou, com a palma da mão aberta no meu braço, que eu permanecesse imóvel diante do porta-conta de couro.

— Essa é por minha conta. Garoto, você só tem a ganhar comigo!

Continuou batendo firme no meu braço, emitindo um som que, com boa vontade, poderia ter sido classificado como uma risada.

Balancei o queixo simulando cumplicidade. Giaccomo piscava ininterruptamente e não parecia involuntário.

— Homero, agora já sei, posso contar contigo, certo? De qualquer forma, seu nome já foi aceito. Você deve receber o material na sua casa amanhã. – Ele acrescentou, estendendo a mão para, com o cumprimento, selarmos aquele "pacto de sangue".

Minha presença de espírito, mais uma vez, foi erodida no vapor da pressão. Não rebati. Assenti, quando a honra exigiria avançar. Com a faca em punho, cheguei a me imaginar investindo contra ele, durou até encarar de frente as pupilas verticais. A passividade, o remédio dos pusilânimes, sempre fala mais alto.

IV | KAREL

Como um bêbado, dirigi-me de volta até o escritório. Raramente uso álcool, mas, naquele dia, um torpor se impunha. Eu precisava de alguma substância produzida num laboratório clandestino ou algum alucinógeno orgânico produzido pelo meu corpo.

Virei joguete na mão dos figurões, o cândido que serviu a todos sem acumular quase nada. Minha neutralidade acabou por homologar as falcatruas. Isso me leva a especular sobre a verdadeira natureza dos benévolos. Os funcionários servis dos partidos, os soldados rasos do nazismo, os assassinos revolucionários de Stalin, os agentes populistas da América Latina que pilharam bilhões. Todos eles agem como servos que assumem as dívidas e os crimes dos patrões, vivem como assalariados achando-se sócios até serem jogados vivos nas arenas.

Só um milagre poderia explicar como escapei. Tive a certeza que contava com algum protetor celeste. Ou um mecenas não palpável que se apieda dos insignificantes. Comecei realmente a acreditar que era tinha talento para a invisibilidade.

Como resumiu o autor russo exilado no arquipélago Gulag, por ordem direta do próprio Stalin: "Algures, nenhures"! Anatol Chernoviz foi parar no Gulag depois de uma divergência mínima sobre a diretriz do Partido Comunista Soviético. Ele não concordou com a moção aprovada – que copiava o totalitarismo da política nazista – de que a "arte ocidental burguesa era degenerada". Em entrevista ao Pravda, afirmara que aquela estupidez era similar à declaração sancionada pelos tribunais alemães a respeito dos pintores judeus.

Quando ainda acreditava em discussões políticas, tentei debater com um ex-amigo, Bertold Frias, professor de ciências sociais no campus da Universidade:

— E daí, alguns erros cometidos não invalidam toda a revolução. – Disse-me ele com a convicção inabalável de um sociólogo.

— Os piores crimes políticos foram inspirados por ditadores populistas, muitos, a maioria, respaldados por intelectuais orgânicos do partido.

— Você se refere àquelas bobagens de sempre? Quais delas, Homero?

— Só para resumir: a filiação à política ariana do nazismo pelo filósofo Martin Heidegger, apoiador, também, do expurgo dos professores judeus? A mãozinha do escritor e poeta chileno, ganhador do prêmio Nobel, Pablo Neruda, na primeira tentativa de assassinato do líder revolucionário Leon Trotsky?

— É sua fração pequeno-burguesa falando, estou chocado!

— Tem mais, que tal o apoio à invasão das tropas russas à Finlândia pelo historiador britânico Eric John Ernst Hobsbawm? Impossível esquecer a declaração de apoio público ao enforcamento de seu amigo, o poeta tcheco Závis Kalandra, pelo escritor francês Paul Éluard, criador do célebre poema "Liberdade, eu escrevo teu nome"?

— São notas de rodapé, Homero. Detalhes da história.

— Você acha mesmo que o editor...

— Tenho certeza!

IV | KAREL

13

Alguns dias antes do evento que viria a dar o desfecho para minha situação, o estopim, mas, na época, não consegui detectar. Eu já arrumava minha mesa, antecipando que não teria nem mais uma semana na Filamentos, quando Diana C. puxou a cadeira e sentou-se na minha frente.

— Homero, sabia que foi você o responsável por toda esta agitação?

Levantei a cabeça para responder a Diana:

— E por que a culpa seria minha?

— Não acompanhou a encrenca que você gerou ao aprovar a última ficção desobedecendo ordens diretas da diretoria?

— Ah, por favor. De novo vamos discutir minhas avaliações dos livros de Karel?

Quando vi que ela ia fazer uma cena, pensei que preferia mil vezes neuróticos com suas planilhas manipuladoras a histéricos que esbravejam até a cegueira.

Foi quando, usando os dedos para demonstrar didatismo, ela disparou em novo surto de loquacidade:

— E o que mais? – Irônica, ela ameaça se ajoelhar.

— A falha humana? – perguntei tentando aparentar calma.

Ela acenou com a cabeça.

— Os dois últimos.

— Pois eu os aprovaria de novo.

— Enlouqueceu? Em qual mundo você vive, Homero?

Ela fez um gesto como se pinçasse com a ponta dos dedos e levasse à boca um baseado. Foi engraçado ver a simulação do cigarro de maconha, mas não me fez rir. Diana voltou ao habitual tom admoestador:

— Olhe aqui, colega, seu orgulho intelectual pode representar um dos maiores prejuízos da história da empresa. Você tem ideia de quem ele é?

Balancei a cabeça com um não. Sabia que havia transgredido regras. Compreendi que não estavam mais em campanha contra Karel, era guerra. Por isso vazei o resultado assim que terminei a avaliação de A falha humana. Para criar o fato enviara meu parecer favorável para um jornalista que publicou uma nota na coluna social. A informação difundiu-se rapidamente. A diretoria da Filamentos só acordou quando a notícia de que o livro iria ser publicado já era fato.

— Karel é encrenca! Você precisa entender que ele é só mais um sabotador. –Ela me disse quase cochichando.

— Como qualquer um de vocês pode saber? Nunca o viram. Alguém sabe quem ele é?

A coragem dos que não tem mais nada a perder brilhou e agora eu estava disposto a lançar iscas, quebrar tabus e, ali mesmo, ir até as últimas consequências para extrair algo dela, qualquer informação sobre Karel.

— Agora vejo. Eles têm toda razão. Karel te enlouqueceu. - Disse e me olhou com a falsa comiseração, debochando com um beiço.

— Quer saber por que avaliei a prosa dele como original?

— Já sei... "desde Kafka, desde... sei lá..." - ela esqueceu o nome, mas continuou a declamar –, "não havia ninguém que combinasse, assim, a concisão e a universalidade com

IV | KAREL

um espírito estoico", "a literatura precisou esperar décadas para escapar dos truques, dos caracteres perfeitos, dos diálogos mínimos que todos queriam ouvir, para ver nascer um autor que reunisse uma estética sem proselitismo à habilidade para comprimir e expandir o personagem na multiplicidade de caracteres, até que ele fosse não só a mais central, mas a única entidade significativa na ficção... blá, blá, blá...".

Desconfiado e ao mesmo tempo orgulhoso por Diana ter decorado meu parecer, encarei-a prestando atenção em seus olhos vidrados, enquanto ela terminava:

— Afinal, – e ela me citou novamente – "o famoso livro sobre o nada de Flaubert poderia ser resumido: criar um pretexto chamado de trama para dar vida a um só personagem. Finalmente, o enredo, se existir, será um pano de fundo para o álibi universal da literatura: apresentar um panorama da vida de um único sujeito durante um único dia, uma em uma única hora."

— Diana, impressionante, você decorou o parecer todo! Devo me sentir lisonjeado? – E bati palmas.

— Querido Homero, ah se você apenas soubesse. Na última reunião de diretoria, suas impertinências foram lidas em voz alta por Giaccomo. Foi uma sessão de leitura dramática.

— Enfim reconheceram meus méritos?

— Méritos? – ela tentava ganhar tempo.

— Pelo menos, parei de adular críticos que colocam método na escrita criativa! Nem sou mais convidado para ser jurado em concursos viciados de literatura. Aprendi a não me deixar influenciar pelas opiniões políticas dos autores. Desenvolvi um critério técnico-estético para fazer as avaliações. Mesmo assim, foi o meu parecer que te pareceu ofensivo?

— Homero, amor, entenda, pela última vez, não temos nada pessoal contra você ou Karel. Seu herói é que nunca quis aparecer. Ele é aquela pessoa dificílima para a publicidade. Por isso, só por isso, topamos fazer o revezamento dos escritores.

Sabe-se que uma voz falsamente carinhosa não dará certo quando um lado busca a reconciliação e o outro já não dá a mínima para os efeitos da radiação nuclear. Então ela se aproximou, pegou minha mão, endureci o punho e ela passou a alisá-lo.

— Homero, vamos lá, é só a porra de um revezamento! Fiquei imóvel para que ela prosseguisse:

— O que você ainda não entendeu? Vou soletrar: nós, os grandes, revezamos os prêmios na mídia, no marketing, nas feiras, nas bolsas das fundações. Tudo funciona assim! Por que a literatura escaparia?

Eu me pergunto por que não a calei. Eu não saberia responder. O que sei é que, diante da fúria da megera, a beleza desaparece e, nesse ponto, tudo se torna mitológico, maléfico, perigoso. Ela falava tão rápido que não havia chance para apartes, mordaças ou agressões.

— Quem tem a audácia de exigir lançamentos sem estar presente? Ele é só mais um autorzinho sem modos, um grosso que fica escrevendo ordens em bilhetinhos!

IV | KAREL

— Diana, e se ele for só um sujeito reservado? Um misantropo? Existem muitos por aí...

— Que seja! Mas ele vive criticando os jornalistas e, nesses doze anos, recusou quase todas as entrevistas cavadas pela nossa assessoria. "Só aceito fazer matérias com jornalistas internacionais." As que concedeu foram remotas com perguntas prévias. Quem ele pensa que é, o J. D. Salinger? Quem se importa com o que ele escreve? Você já deve ter ouvido Giaccomo falar que um autor sem mídia é inviável para a companhia.

— Comovente como você penetra na alma das pessoas.

Ela me encarou com os olhos espremidos e mudou de assunto. Foi então que percebi que a minha situação na Filamentos era um drama irreversível.

— Pena. Você ficou muito destrutivo Homero. – Ela sentenciou.

— E você está espantada com minha sobrevivência.

Diana C. retirou-se da sala contrariada, com um sorriso insípido. Andou em direção ao hall que dava acesso à sala da diretoria. Passou por Marly e trocaram olhares cúmplices. Enquanto se afastava, sua roupa de couro polido grudada no corpo reluzia como um animal com a pele incinerada.

14

Achei que tinha terminado. Mas ela saiu da sala da diretoria e voltou resoluta até mim. Então, aproximou-se do meu rosto, deslizando o dedo sobre os meus lábios, finalizou o sinal de silêncio, enquanto examinava o espaço esvaziado pelo horário.

A mão dela – longa, gelada e macia – entrou na minha boca. Protestei, arregalando os olhos. E, como uma menina desprotegida em perigo, busquei, com os olhos, os colegas que deveriam estar por perto.

— Você pode parar de falar, querido? Ela avançou para me beijar.

— Ajudaria se tirasse sua mão.

Afastei-me e limpei meu lábio. Havia gel, não sei, talvez um pouco de batom, mas o carmim de sabor frutado ainda permaneceu em mim.

— Posso sair agora? – eu perguntei aflito.

Com um papel que, sem pensar, peguei na mesa, ainda tentava me livrar daquele selo com o qual ela me carimbara.

Ela se aproximou novamente forçando um beijo e foi aí que aconteceu. Dei-lhe um empurrão e ela caiu. Não consigo descrever a exultação que se seguiu, uma incontida e desproporcional euforia naquela ação. Prossegui sem o menor remorso:

— Sei que estou desempregado.

— Montefiore, – ela se levantou, ajustando a saia e foi se afastando, engolindo o espanto – agora não está mais em minhas mãos. Você já está com aquela cara de quem

IV | KAREL

acumula provas para processar a empresa. Cuidado, você pode ser surpreendido.

Ela me mandou um beijo de gozação, tentando beliscar minha bochecha. Escapei, empurrando com os pés a mesa à minha frente. Nada parecia inibi-la.

Seus olhos amoleceram um pouco. A pintura, o rímel pesado, os ritos de guerra – é para isso que, afinal, as mulheres se pintam – era o desfecho cheio das cinzas da formalidade.

— Diana, melhor ficarmos por aqui.

Tentei ser simpático e, apesar de não ser minha intenção, funcionou. Alguma dignidade há de nascer da tragédia.

Aos cinquenta, ela ainda era atraente, com o cabelo enegrecido entre uma e outra rara mexa grisalha. Suas pernas rígidas se deslocavam em compassos rápidos. E, como todas as mulheres belas, ela instrumentalizava seus atributos. Não é só a paixão à primeira vista que conta para mim, mas a atração, o enigma erótico que requalifica o desejo como um suspense.

Estava decidido e não iria ceder. Fui inundado por algum antídoto, algo como um antiferormônio. Instantaneamente, fiquei imune à sua sedução. Foi quando ela, mais uma vez, rompeu o silêncio e apelou para uma cumplicidade inexistente:

— Te digo amor, isso agora passou a ser pessoal. Aqui, tu és remunerado para não dizer nada, aqui, tu finges, entendes? Mas não é só você. Coloque aí na sua cabeça: são os três lá de cima que decidem tudo. Se não fosse tua obsessão nós poderíamos ter prosseguido com nossa história.

Ela explicitava minha intuição, mas quem tem forças para endossar as próprias crenças quando todos já as descartaram?

Caso fosse demitido quais eram as minhas opções? Com a minha idade, recomeçar numa outra editora? Preferia, então, aturá-los. Fiz amigos na empresa, ao menos era o que eu achava. Depois das redes sociais, as relações presenciais, essa nomenclatura estranha, perderam terreno. A virtualidade devorou os traços de realidade. Excretava parte da vida, substituída pelo cinismo de resultados. Fui assimilando a ideia de que amizade e afetividade não combinam com a vida corporativa.

V
A lâmina de Kafka

V | A LÂMINA DE KAFKA

1

Com a cabeça ainda quente, saí antes do meu horário, voltando caminhando para casa. Parei numa padaria de esquina, pedi um café e comprei fumo para cachimbo, um holandês barato. Servia mais de estímulo olfativo do que para intoxicar os alvéolos. Tomei um café curto, forte. Quando me virei, percebi, pela primeira vez, aqueles dois sujeitos estranhos afundados nos banquinhos da ponta do balcão. Achei que o de bigode cinza, boné, blusa escura e cara esférica tinha algo de familiar. Paguei e saí. Antes, sem me virar para ver o autor do comentário, ouvi:

— O cara gigante?

Continuei andando em direção ao meu apartamento, pensando naqueles dois sujeitos óbvios. Quem investiga não faz ideia de quão suspeitos são aos olhos comuns? Desisti do táxi. Devo ter caminhado muito rápido. Faltavam dez quadras. Apertei os passos até despistar os detetives à paisana.

Já bem perto do prédio, atravessei um grupo que fazia circular um cachimbo de crack, mas o cheiro era de algum extrato herbáceo almiscarado. Quando passei, ouvi a provocação:

— É ele?

— O varapau.

— Tudo lá de cima, nas nuvens.

Uma voz rouca puxava uma série de risadas forçadas. Notei que tentavam imitar minha marcha desarticulada e acelerei. Cheguei à banca de revistas que ficava a duas quadras da minha casa e cumprimentei o jornaleiro. Conhecia Olímpio há mais de uma década. Meio calvo, com tufos de cabelo nas têmporas e pele reluzente, ele tinha uma inesquecível cicatriz percorria sua testa descendo até o bigode, resultado de uma briga com um irmão na juventude.

2

Olímpio me deixava levar as publicações que eu bem entendesse e eu pagava quando podia. Eu sempre o flagrava divulgando seus produtos aos passantes, cobrando não só a leitura, mas o interesse pelas dicas que dava. Num julgamento apressado, ele personificava um tipo de felicidade invejável, resignada, uma aceitação sincera da própria condição. Ou seja, a do estoico não ressentido. Cogitei se seria ele o felizardo descrito por Maiakovski: "Dizem que em algum lugar, parece que no Brasil, existe um homem feliz."

Olímpio parecia formidavelmente adaptado ao destino, que assumira como seu único devir. Ele era um dos raros sujeitos que anunciava publicamente que decifrara sua missão existencial.

— Não vendo jornais, sou um difusor cultural.

Diante da declaração e, prestando muita atenção em sua face dividida, tenho de admitir a carga mística daqueles que ousam se declarar felizes.

— Tem traições, doutor, que doem bem mais do que levar machado na cabeça. – Ele me segredou.

Ao longo de nossa amizade, havia mais do que uma cumplicidade neurótica. Ambos éramos, de alguma forma, gente fora da média, anomalias. Era provável que eu fosse seu melhor cliente. Quem já nasceu rico não faz ideia do código de solidariedade que vigora entre as classes não aristocráticas.

Trata-se de uma vingança imaginária da pequena burguesia, a desforra do baixo clero contra a hierarquia do dia a dia.

Quando desce à vida real, a luta de classes tem sutilezas não imaginadas por Marx. Aqueles que vinham dos melhores colégios do Rio, de Minas, do Rio Grande do Sul ou de São Paulo que se danassem! Não era vingança, mas não ficaria constrangido em recusar empréstimos caso essa gente viesse pedir.

Olímpio dispunha caixas de plástico com livros usados em frente à sua banca, uma espécie de sebo a céu aberto que complementava o orçamento do seu negócio. Eu tinha o hábito de vasculhar, eram raros os títulos decentes. Uma única vez achei uma edição do filósofo judeu-egípcio Filo, aquele que tinha tentado unir Atenas e Jerusalém. Mas foi só. Porém, naquele início de noite, uma lombada gasta chamou minha atenção. Ao abrir o livro, deparei com uma edição de bolso, portuguesa, de 1959, do pouco conhecido *Antologia de páginas íntimas*, de Kafka, da Guimarães Editores. Trata-se de uma de coletânea de pensamentos do escritor tcheco, com boa tradução, num exemplar curioso, com páginas por abrir, intonso. Deixei de lado a edição do jornal norte-americano que costumava folhear.

— Quanto custa o Kafka? – ri do efeito que a pergunta criou.

— Para o Kafka, o senhor tem crédito, pode levar. Depois acertamos.

Recusando o financiamento, lembro-me de ter dado uma nota de cinquenta e, quando estava para receber o troco, acrescentei uma de vinte. O restante, em moedas, entreguei também em sua mão.

V | A LÂMINA DE KAFKA

O jornaleiro, dividido, dobrou-se em dois, em solene agradecimento. Esse era o seu lado A, diga-se de passagem. O lado B, fixo, mostrava fúria implacável. A navalha da infância cortara uma parte do nervo facial responsável pela sustentação da afabilidade, do sorriso, da empatia. Sem nervos ativos, teríamos todos aquela carranca fixa?

Dias depois, achei, entre as páginas 56 e 57, uma navalha com uma lâmina intacta. Se soubesse dos desdobramentos que aquela simples lâmina, aparentemente neutra, teria como símbolo, jamais teria comprado aquele livro.

Não tendo a menor ideia da origem e do histórico daquele objeto, nem quais caminhos havia percorrido até ser infiltrado ali, apenas aceitei-o. Um símbolo, certamente, mas ele significava mais. Era um detalhe do destino. Pelo respeito à memória e às lâminas, deixei o objeto cortante dentro do exemplar. Ele exercia sobre mim uma estranha atração, um poder magnético, hipnótico.

Não era necessariamente um impulso ao autoflagelo, mas, como já me relataram, a automutilação é comum como sintoma durante surtos depressivos. Há algum exercício mágico pelo poder de corte, o talho sob bisturis informais, alicates, navalhas, pinças, tesouras, espetos, agulhas de tricô, punhais e lâminas improvisadas. Eu respeitava a força da coisa em si de cada objeto. Por isso, a propriedade intrínseca da matéria sempre me assustou. Nos átomos e no infinitesimal, subsiste alguma espiritualidade laica.

Talvez alguns psiquiatras estejam convictos, mas asseguro, nenhuma obsessão é desprovida de sentido. Só muito tempo depois compreendi o impacto que facas e outros objetos cortantes teriam sobre a minha vida. Todos eles guardam um sentido vigoroso, a maioria indecifrável, escondidos nos caprichos da memória, no escudo ignorado. O ignorado era o monumental erro de tradução que fora substituído pela palavra "inconsciente" nas numerosas versões traduzidas de Freud. Já havendo me livrado da paranoia dos detetives que me seguiam, despedi-me de Olímpio com alívio, até com certo bem-estar.

Chovia e relampejava. O nível de ozônio na atmosfera estava alto. Para escapar da chuva, tive disposição para correr as duas quadras restantes que separavam a banca do meu apartamento. Dali em diante, tudo aconteceria de forma quase automática, poucas coisas reapareciam claras, apesar do meu exercício de memória. Só sabia que estava ali, na recuperação do vácuo de tempo, minha chance para afirmar minha inocência. Ou negar minha culpa.

V | A LÂMINA DE KAFKA

3

Na segunda-feira, lembro-me de que cheguei em casa exausto e, depois de um banho escaldante, espalhei-me no colchão. A água quente, com suas propriedades regeneradoras, é odiada pelos profissionais da pele porque aceleram as visitas ao geriatra.

Minha memória permite uma narrativa pouco linear, tudo aos solavancos. Depois de colocar um pijama e verificar as portas, voltei para o quarto. Larguei o laptop na cozinha com um manuscrito na tela quase analisado e, como era hábito, fui até a mesa da sala checar a versão impressa.

Sempre carregava comigo a pasta com o catálogo e o registro impresso, porque não confiava no texto eletrônico. O diagnóstico retrospectivo é sempre moleza, mas essa obsessão pode ter determinado a sentença do meu destino.

Dali em diante, não me lembro de mais nada que seja com clareza. A especulação acerca dos episódios de amnésia tem uma natureza sádica. Quais bobagens terei proferido? Adormeci ou perdi a consciência? E a mais angustiante delas: fui manietado ou esfaqueei alguém?

Como de hábito, tomei o café da manhã no balcão da padaria. O cardápio era trivial, pão com manteiga na chapa, a invenção excepcional incompreendida, ridicularizada pelas agendas gourmet.

Depois, veio a metódica rotina. Lembrei-me da conversa agressiva com Diana ainda pela manhã, o que me trouxe de volta ao famoso almoço com GG. Mas, e quanto às motivações? Meus deslizes de linguagem poderiam tê-lo enfurecido? Ele achou que eu sabia mais do que realmente sabia?

4

Frustrado, abandonei temporariamente minha obsessão e voltei a mergulhar na rotina da editora. Como toda sexta-feira, religiosamente, terminei mais cedo o expediente.

As demandas de trabalho só foram aumentando simultaneamente ao meu estado de inadaptação. Como alguém pode achar sentido num mundo que nos submete a esse grau de açodamento? A principal raiz do meu desconforto é a exigência contemporânea de velocidade, uma roldana da pressão cronológica, construída para nos moer pelo tempo.

Um ano depois que a editora mudou para a nova sede, voltamos a ganhar todos os prêmios nacionais e internacionais. Mas nem mesmo eu conhecia todos os autores. Não tardou muito e aqueles pensamentos recorrentes voltaram. Havia mesmo, na editora, uma anomalia, e eu não era a sua única vítima.

5

Todos sabiam que, desde a grande reforma, o pavimento superior estava bloqueado, pelo menos, para a maioria de nós. O sigilo estava implícito pela passagem controlada e liberada apenas para o núcleo duro da diretoria. Giaccomo, Cleo, Jean e alguns visitantes especiais eram os únicos frequentadores permitidos. A faxineira só podia entrar acompanhada por alguém da diretoria.

Os auxiliares eram instruídos a não penetrarem nem na antessala ou sala de acesso. Acometido de uma curiosidade mórbida, foi numa manhã na qual cheguei antes de todos que, pela primeira vez, cogitei uma invasão. Era urgente dar uma espiada no misterioso compartimento. Julguei que só o pessoal da limpeza estaria na empresa.

Os rumores eram de que naquele espaço estavam computadores de última geração, que precisavam de um sistema de refrigeração especial. De fato, o recém-instalado sistema de ar-condicionado era muito mais sofisticado do que os anteriores. Intuí que mais adiante aquele seria um lugar impenetrável. Com duas chaves e portas à prova de som, era evidente que, se houvesse algum segredo, ali estaria ele. Para abrir a primeira porta, só com crachá especial ou código numérico acionado em uma fechadura com teclas metálicas. Depois de seis meses farejando, consegui o número.

Respirei fundo e inseri o código na porta, que ameaçou acionar uma segunda trava. Quando tentei pela segunda vez, um pequeno ruído me fez gelar. No crime, a lentidão pode ser fatal. O movimento a porta emitiu um sinal para

V | A LÂMINA DE KAFKA

acionar a câmera de vigilância que ameaçou girar o foco em minha direção. Fugi para o lado e apaguei as luzes, esperando que os mecanismos de segurança fossem interrompidos.

Fiquei imóvel por alguns minutos e desisti da invasão. A faxineira aproximou-se da porta com Marly e acionou a fechadura que dava acesso ao andar. A câmera deslocou-se em sua direção e, junto à parede, fui em direção à escada que dava acesso aos fundos. Com a pele gelada, escapei usando a saída de emergência. Marly fazia parte das pessoas autorizadas a entrar? Por quê? Teria percebido minha tentativa? Dissimulei e andei em direção ao pequeno jardim interno onde havia uma figueira plantada no centro.

— Homero, o que houve com você? – Marly perguntou com sarcasmo atrás de mim.

— Não houve nada, vim dar uma respirada.

— E o que houve com sua testa? Ela está brilhando! – Exclamou antes de prosseguir – parece um fantasma! Um fantasma anêmico, com porfiria, a doença dos vampiros! – Concluiu com uma gargalhada.

Devolvi a ofensa com um sorriso:

— Você não reparou bem, quem trabalha aqui vira espectro.

Caminhei para a copa e ela seguiu na direção oposta. Foi por pouco. Como acordado após um pesadelo, ensopado por um suor viscoso, previ mais uma noite de um sono não reparador.

6

A tensão daqueles dias após o diálogo áspero com Diana e as ameaças de Giaccomo me fez dormir 18 horas ininterruptas. Nos dias seguintes sumi do trabalho. Liguei e deixei recado, alegando uma doença qualquer. Na sexta-feira, recebi em casa o material ao qual GG se referira no almoço como se nada tivesse acontecido.

Durante o fim de semana, meu telefone tocou várias vezes. Não atendi, nem ouvi a mensagem deixada. Era Giaccomo tentando contato, reconheci o número no celular.

Na segunda, lá estava eu, a contragosto, jurado de prêmio literário mais uma vez. Passaria uma semana avaliando centenas de obras, simulacros de ficção, poesia em prosa experimental que repisavam o cotidiano e outros textos inócuos. Eram imitações pretensiosas de James Joyce, romances realistas repetitivos da tragédia social brasileira ou ensaios ideológicos rudimentares convertidos em literatura. Esse era o feijão com arroz desses concursos.

Em meio a tudo isso, apenas dois livros bons, mas eu já tinha certeza: seria voto vencido. Os demais jurados eram desconhecidos e secretos. Pelo regulamento, não sabíamos uns dos outros. Era a primeira vez que os organizadores importavam o critério double blind ou duplo-cego, o mesmo adotado pelas revistas científicas para evitar, diziam, vícios de informação e conflitos de interesse. Tudo era conflito de interesse.

Os manuscritos tinham sido todos unificados: nem nome, nem marca, nem nenhum indício de autoria. O problema é que a pauta era de alta homogeneidade. Era isso que eles chamavam de diversidade. Mas eu sabia, era só mais um jogo dentro dos tabuleiros viciados.

Eu e a torcida da geral sabíamos quem eram os jurados e todos eram capazes de identificar os autores com suas marcas e idiossincrasias. Os jurados, mais uma vez, velhos conhecidos indicados a dedo. Por exclusão, deduzi quais seriam os eleitos. E, decerto, estavam participando com a lisura de um baralho marcado.

Explicitei para mim mesmo meu principal defeito: uma invencível omissão. Pelo menos duas namoradas me disseram coisas parecidas.

— Você não age. Nem reage quando é preciso!

Quem não teve de ouvir isso de esposas, namoradas e examantes, fora as viúvas que costumam detratar os falecidos? Os homens se acostumaram a ser achincalhados na pós-modernidade. Talvez mereçam. Foi, afinal, um reino inteiro de escravidão. Por quais motivos os oprimidos não deveriam dar o troco? Isso estava mudando desde o empurrão, mais ou menos inconsciente, que dei em Diana.

O fato é que, depois daquele almoço, Giaccomo foi visto muito esporadicamente na editora, antes de embarcar no misterioso voo para o Chile. Sua última aparição em público foi comigo, naquela tarde. Os boatos eram de que tivemos uma briga feia no restaurante. O fato que não era fato, automaticamente, converteu-me em suspeito.

Tenho falado sozinho, esperando que um desses fragmentos perdidos dentro de mim interrompa as autorrecriminações. A metáfora chega atrasada com as perguntas adiadas e a repetição de erros futuros.

Em nome de quem aprovamos toda essa subliteratura? Você ouviu bem isso, Homero? Ou prefere jurado M? Quem você acha que te colocou lá dentro? Nenhuma palavra a favor da publicação. Se alguém for muito sensível para rabiscar "descartar" no texto, coloque na ficha do concurso apenas "I", de insuficiente, compreenderam?

Balancei a cabeça e demorei anos para perceber que o que eles precisavam era de um autômato.

Apesar do hermetismo, gostei do texto que eu avaliava naquela ocasião para a editora. Quando terminei de ler, pensei em como Giaccomo o classificaria. O mais provável seria chamá-lo de "experimental demais", um ou outro crítico pode apreciar, mas "será uma decepção em vendas".

O enredo começava com um estudante brasileiro que fazia pós-graduação em Administração Pública em Boston deslocando-se num ônibus em Manhatan no dia 11 de setembro de 2001, dia do vil atentado às Torres Gêmeas. O texto não era sobre a grande narrativa do terrorismo, mas centrado nas microhistórias do entorno. Mostrava como a vida privada não tem pausa, não respeita a destruição e, apesar de não ter nenhuma cerimônia com o sujeito particular, não o faz desaparecer, ao contrário, o reafirma como protagonista.

Em meio ao caos, um homem se apaixona absoluta e instantânea por uma moça no ônibus. Primeiro, o autor (do texto, assinado por Karel) ressalta a beleza incomum de uma moça muito mais jovem do que ele. Vendo um

V | A LÂMINA DE KAFKA

maço de folhas manuscritas escorregando de uma pasta do colo dela, ele se esforça para ler e ela lhe devolve o olhar. Tomado pelo instante, ele passa a rabiscar um poema que seria usado para seduzi-la. Ela desliza no banco, convidando-o a sentar-se ao lado. Quando tudo se encaminha para um encontro, um terrível acidente interrompe o flerte. O desfecho de um arranjo nupcial perfeito se desfaz. Em desencontros nômades, ele vaga na tentativa de revê-la numa Nova York nos dias sem lei e sem ordem que se seguiram imediatamente ao 11 de setembro.

Aquele texto reunia temas vitais para nossa época: a inauguração do milênio, o reinício da história após o fiasco profético do acadêmico de Harvard, o bug da virada, a raiz do fim e a pós-modernidade jugulada costuravam um evento grandioso repleto de histórias colaterais, usualmente obscurecidas pelos fatos históricos estrondosos. E sobretudo: força transcendente da vida subjetiva. Apesar disso, o livro não conversava com a linha editorial comercial que estávamos adotando. Sozinho, resolvi recusar o original e fiz uma carta simpática com negligências estratégicas para evitar ofensas desnecessárias ao autor. A tática era conhecida, mas nada a ver com a estratégia de Madame Augustini, que dispensava autores com a sutileza da vespa gigante venenosa, só encontrada na Indonésia. A instrução do manual da editora era clara: "desprezar autores com alguma cortesia e, quando possível, adicionar um toque de falsa esperança" com o uso de "no futuro", "quem sabe", "você é merecedor de uma casa editorial mais adequada", além do acabamento derradeiro, quase infalível, o fecho de ouro: "Despeço-me, com a certeza de que, em breve, encontraremos seu livro nas melhores livrarias".

Uma das autoras candidatas à edição, cujo pseudônimo era "Gênio" e o nome verdadeiro Eugênia Mimi Valverde, já havia enviado pelo menos uma dezena de manuscritos.

Por algum motivo que ignoro, todas as avaliações de seus textos ficavam ao meu encargo. Além de uma escritora apenas regular, o que lhe faltava em criatividade e ousadia sobrava em clichês. O mais aborrecido era ter que enfrentar seus enredos desinteressantes. Escrevia sobre o Holocausto, mas o texto era quebrado, apologético, sem brilho, com excesso de estruturas parentéticas e de uma recorrência exaustiva. Ela tinha apenas uma vaga noção do senso comum. Apesar de sentir pena, tive de rejeitar todos os seus originais.

Estaria desenvolvendo algum vício de intérprete? Isso, certamente, seria um sério obstáculo para fazer uma análise objetiva.

Apresentei o texto para Cândido Olmos e solicitei, preocupado com um possível bias, que mais alguém lesse antes de responder.

Mostrei o texto para Diana C., expliquei o enredo, descrevi os personagens. Eles recusaram minhas alegações e me confirmaram como árbitro literário. Elaborei mais um parecer negativo e junto, conforme o protocolo, enviei a correspondência, que começava com "Infelizmente".

Foi assim que mais um original seguiu para o andar de cima, o forno crematório das ideias recusadas. O ritual era sempre o mesmo. Exigíamos dos autores uma cópia impressa,

V | A LÂMINA DE KAFKA

o envio do original via eletrônica e, em alguns casos, uma cópia gravada em um pen-drive e, mais recentemente, no chip cluster das nuvens supostamente seguras e blindadas.

As novas regras exigiam que o autor postulante preenchesse um formulário copiado da matriz holandesa que impunha certas regras: o autor não receberia o material de volta; o escritor deveria abrir mão de receber resposta formal com a recusa ou o aceite; passados doze meses, o postulante poderia considerar seu material automaticamente recusado, mesmo sem uma resposta.

Recuperei do fundo da memória, mas foi naquela mesma tarde em que fiz a consulta a Olmos sobre o manuscrito de Eugênia Mimi Valverde, que ouvimos um grito vindo do topo do prédio, saído da sala secreta, que continha a máquina com comunicação direta com a matriz na Holanda e cuja a manipulação ficava a cargo exclusivo de GG e de Jean.

Testemunhei várias vezes, Jean entrar naquela sala que, segundo seus relatos, era um freezer: "parecido com uma UTI". E era mesmo, testemunhei na própria carne. O instalador afirmou para Marly que a função da parafernália térmica era a de fazer o resfriamento do robô.

E qual seria a origem do grito?

Como nenhum corpo despencou pela janela, todos voltaram à sua mesa. Em seguida, Giaccomo e Cleo desceram apressados pelas escadas. O motorista fora acionado e saíram em disparada na BMW preta blindada. Diana C. escancarou a porta com olhos arregalados e levou a mão à boca para deixar escapar, entre dentes, um longo palavrão.

Lembro-me de ter perguntado a Jean:

— O que aconteceu?

— Nada, mas foi grave. Com o histórico dele...

— Qual histórico?

— Suicídio!

— O quê?

— Tentativa de suicídio, ainda na sede antiga.

Jean falava com a boca quase fechada, enquanto roía o resto de pele do canto do dedo junto à unha inflamada. Sua barba sempre por fazer e seu prolongado bigode ruivo ajudavam a esconder sua preocupação.

— Não sabia...

— A pulsão de morte está por aí, ela vem e passa. – Ele piscou e completou: --Mas em GG nunca se sabe.

Fiz uma cara de interrogação. E ele finalizou:

--Quando tiver dúvidas, pergunte ao absinto.

Era evidente, Jean Prada sabia muito mais do que revelava. E se virou para continuar o que estava fazendo como se nada tivesse acontecido.

Eu já expressara às claras minha opinião sobre Karel de que ele era o melhor autor de ficção nacional bem antes do meu desastrado almoço com GG.

No último curso de escrita criativa que frequentei, fui obrigado a registrar a confissão do palestrante:

— Ensinar em oficinas é uma forma de compensar o que não escrevo.

Tudo parecia correr bem até maio, pois naquele mês é que houve aquele que era o concurso literário mais importante do país e foi ali que tudo migrou do pessoal para o profissional.

Recorri, então, ao meu colchão e, em vão, busquei os originais. Eram mais de trinta, eu os deixava sempre por perto, espalhados ao redor. Desde a separação não via sentido em ter uma cama.

VI
Um fim canino

VI | UM FIM CANINO

1

Conheci Milena Tandem, minha ex-mulher, na porta da faculdade. Ela cursava Comunicação. Era inimaginável que eu pudesse sequer ser seu amigo. Rica e deslumbrante, não poderia existir mulher mais inacessível.

Coincidências literárias nos prepararam encontros não premeditados várias vezes seguidas, em lançamentos de livros e vernissages de artistas. Mas, foi na primeira noite que saímos que tudo se definiu. Fomos no meu carro para o campus da universidade que estava vazia. Estacionei e, imediatamente, ela me puxou pelo pescoço, me beijando. Ela mordia meus lábios com força, mas a dor era comutada para uma sensação anestésica. Estava sendo silenciado pela linguagem de quem nunca precisou de palavras. Tínhamos também certa afinidade matemática, vale dizer, certa simultaneidade de sensações e sincronicidade em percepções antecipadas sobre pessoas e situações.

Como se soubéssemos de cada passo, e em meio ao impronunciável, um dia caímos na grama irrigada pela madrugada. Foi assim que durante a noite nos olhamos como duas pessoas que nunca se viram, mas nunca tiveram dúvidas uma sobre a outra. A verdade é uma mentira de curta duração. Naquela noite, o silêncio vibrava como um ouvido absoluto persistente. A intensidade daquele encontro finalmente cedeu lugar à exaustão até que pudemos desintegrar o desejo no desejo. O sentido romântico da minha busca estava enfim preenchido. A sensação de plenitude sublimava o sexo. Nem sempre. Saímos mais algumas vezes e, depois de três semanas, mudei-me para seu luxuoso apartamento. Um ano depois, estávamos oficialmente casados.

— Sua vida é toda prática – Milena me acusou.

Ela provavelmente tinha razão. A realidade é bem convincente quando quer coagir. Fui obrigado a me tornar um prático.

Os anos na editora foram um estágio no qual aprendi a racionalizar jogos sociais e a exercitar o pragmatismo nas relações.

2

Quando me casei com Milena – que a contragosto também passou a assinar Montefiore – estava convicto de que éramos excelentes companheiros, mas era apenas a necessidade abstrata de esperança falando. Por algum motivo idiossincrático, ela também se recusava a usar Arp. Não deixa de ser um fenômeno curioso. As idiossincrasias migram, isto é, são de alguma forma infectantes, contagiosas mesmo. Não é que eu também passei a rejeitar o fragmento "Arp" do meu próprio nome?

O nosso casamento durou seis anos, oito meses, vinte e um dias e quatro horas. Como em todo início, o contrato funcionou. Ouvíamos as queixas um do outro, das morais às existenciais, passando pelas confidências e tormentas do trabalho, tema que, mesmo aplicando todos os filtros, fez da relação um enorme campo minado.

A partir do quinto ano, discutíamos sem nenhuma motivação objetiva. No começo, a reconciliação tinha um desfecho erótico e o poder seletivo da memória superava nossa capacidade de armazenar as coisas. Eu não queria filhos, ela os queria muito. Mas os fenômenos de coincidências e sincronicidades permaneciam. Um dia acordamos e pensamos, simultaneamente, que a relação estava esgotada. Sem motivos, sem traumas, sem traições. Extinção apenas.

Pode acontecer, aconteceu, era inimaginável, mas a realidade é irresistível.

Depois, no dia seguinte, esfriamos, progressiva e completamente. Ela foi mais rápida, comigo, pois com o cão, com as amigas e com a família dela, todos continuavam recebendo o carinho excedente. A glaciação do sistema límbico veio com a sensação de que eu estava no campo dela, subjugado.

Ela já estava na fase da inversão afetiva: contestava tudo que eu dizia e mostrava-se desconfortável quando eu estava por perto. O que me obrigava a chegar cada vez mais tarde em casa, e assim foi. A ruptura da intimidade não é o começo do fim, mas uma antecipação do que já terminou. Passei a reagir, e a reatividade é o penúltimo passo antes do desfecho.

A pressão mútua era uma prova de que a vida estava se configurando de forma que as saídas eram uma: já era prisão domiciliar.

Meses antes da separação, tínhamos conversações especiais que são um equivalente da conhecida "despedida da saúde" nos pacientes terminais.

Depois, claro, veio a fase da terapia de casal e várias frustrações com nossos terapeutas individuais. Nós dois constatamos que todo movimento de aproximação era, agora, novo ingrediente de repulsa. Na fase final, trocávamos poucas palavras, mesmo as ásperas, e, na maior parte dos dias, ambos não tínhamos mais vontade de voltar para casa.

Depois de vários dias de briga seguidos de longos silêncios, ela disse, do nada, enquanto comíamos:

— Nosso amor...

— O que tem nosso amor?

— Estranho como foi se fragmentando...

— Adoro a palavra "fragmentada", assim, no feminino.

— Homero, nas palavras sempre combinaremos.

— E não é esse o estado natural do amor, ser fragmentado? Perguntei.

— Ninguém pode amar, sempre, muito menos, para sempre.

Notei que ela estava concentrada, observando atentamente a faca ou o pão que eu cortava.

Ela silenciou e, mesmo que eu insistisse, recusava-se a falar. Chorou. E eu, em vez de acolhê-la, fui buscar mais uma taça de vinho. A tensão ou a solidariedade também me levou ao choro, mas não era hora de expor fraquezas. Ela foi para o quarto e eu a segui, com passos curtos, sempre em silêncio. Ela se deitou e me puxou para que eu recostasse a cabeça em seu ventre.

Ela começou a falar baixo, quase em sussurros, acariciando minha cabeça:

— Você me ama? – Insisti com a mais desaconselhável das perguntas quando se trata de um paciente terminal.

— Você não entendeu? – Ela mesma respondeu. – Você entendeu. Precisamos parar.

— Parar! – Falamos juntos sem nenhuma surpresa.

— Sufocar as nostalgias e seguir em frente, entende? – Fiquei calado ouvindo, ela foi adiante. – Não se fala por aí em matar as saudades? Hoje sei que não é só uma figura de linguagem. Matar se refere a exterminar o sentimento.

— Proponho o inverso, antes de aceitar o fim, irmos até o fim.

Ficar sozinho novamente, com os vazios dos fins de semana, convivendo na arena do ambiente da Filamentos era, para mim, um pensamento insuportável.

Interrompi o discurso dela com um beijo. Ela se levantou e, mais uma vez, admirei sua figura longilínea, o diâmetro perfeito de seu corpo, a leveza do movimento e como ela gesticulava. Como a maioria das pessoas, era bem mais baixa do que eu e, pela primeira vez, percebi que sua beleza estava na assimetria.

Voltamos a nos deitar e, quando ela adormeceu, pensei que esse era mesmo um amor, a minha única exceção à irrelevância. Olhei para cima e vi o rosto de outra mulher a se formar no teto.

VI | UM FIM CANINO

3

O prólogo do fim foi durante um jantar. Aconteceu num fim de semana. O desfecho é sempre numa última refeição. Aquela foi uma das raras vezes nos últimos anos em que fomos a um restaurante.

Aproximei-me para beijá-la e ela desviou ligeiramente o rosto para o lado. Na hermenêutica gestual, um desvio para baixo teria um significado menos grave. Antes da sobremesa, comentei:

— Precisamos de mais tempo, quase não ficamos mais juntos.

Ela, então, me disse, quase do nada:

— Não estamos mais namorando! – Disse, espetando a pera cozida embebida na calda quente e ácida.

— Homero, você já reparou? Nossas emoções estão dissociadas da razão.

— Milena, não é isso... Se eu me tornasse mais realista como você me pede, não serei mais eu.

— Não tem nada certo para você?

— Você está certa para mim. Não consigo tirar você de mim. Até os seus fantasmas são os meus fantasmas.

Para meu espanto, respondi instintivamente. Explicitei, como alguém que abandona todas as defesas e, esquecendo as salvaguardas, recusa a mortificação anunciada.

— Eu?

Ela sorriu, mostrando os dentes perfeitos, branquíssimos, limpíssimos. Se a sinceridade é um instantâneo, naquele momento, eu realmente a amava.

Bem que a terapeuta que frequentamos tentou manobras extremas. Se nada vai bem, dizia ela, evoque os primeiros anos da relação.

No início, quando conversávamos, Milena costumava me arranhar de leve e, às vezes, cravava fundo as unhas nos meus braços. Era um dos códigos de que transaríamos.

Mas, naquele momento do jantar, Milena ficou em silêncio e não me olhou mais. Posicionou-se melhor na cadeira e pôs-se a cortar seu bife ancho malpassado, estatelado em seu prato. Com o cotovelo apoiado na mesa, fiquei examinando a cena, parado, com meu garfo apontado para cima, suspenso no ar.

Ela mastigava e olhava de lado, pescoço erguido, como se, evitando meus olhos, procurasse alguém.

— Vivemos do passado, por isso não temos futuro.

Calado, consenti. Continuei com o olhar fixo em suas mãos que expunham seus tendões eficazes. Quando ela, finalmente, mastigou a última tira de carne, engoliu a massa, e gemeu de alívio, a senha para o golpe do desfecho.

O desenlace foi executado com os caninos e Milena nos libertou.

VI | UM FIM CANINO

4

Alguns meses antes da separação, Milena começara a abusar das acusações. Eu era muito "antissocial": e ela já se dava ao direito de fazer prescrições selvagens:

— Esse analista nunca te ajudou, por que você não vai a um psiquiatra?

— Não acredito em médicos. Não mais. Nem na medicina.

— Ah, mas confia na índole instável de um psicanalista? Gente que se acostumou a manipular vidas residuais?

Sabia, de cor, os argumentos dela. As técnicas psicoterápicas iam da tentativa heroica de desenvolver a cultura e a consciência para uma estratégia simplificadora: de adaptar o homem à neurose contemporânea e mitigar as repercussões psicopatológicas na vida cotidiana. Legiões de terapeutas pagos para suavizar a culpa de vidas baseadas em uma baixa significância. A maioria deles sequer aprendeu o básico: é insuficiente ter consciência, inconsciência ou má consciência.

Um bom tempo depois da separação lembro-me da conversa que tive com Lisander Venturolli, meu terapeuta que atendia na edícula da casa onde residia:

— Por que você deseja interromper a terapia, Homero?

— Pela saturação. Minha única motivação na editora é descobrir a identidade de um escritor e ficar próximo da esposa do proprietário. Estou saturado da Filamentos, de saco cheio de todas as ideologias que se disfarçam de compreensão subjetiva.

— Ah... – ele murmurou depreciativo.

185

— Eu estou por aqui – fiz o gesto levando a mão acima da testa – das teorias sobre a transcendência. Ninguém pode conhecer a verdade, muito menos a verdade individual.

— E para que você quer conhecer a verdade? E se ela não existir?

— Vamos evitar a mentira, melhor parar por aqui. – Sabendo que ele não entenderia a ironia, comecei a me erguer da poltrona na qual fui, sem almofadas, me afundando nos últimos três anos.

— E o que você sugere, Homero? – Virou hábito, no final ele sempre tentava me reter mais alguns minutos na bergère.

— Deve haver outra forma de pararmos de nos enganar, mas não é isso o que fazemos aqui.

— Do que você está falando, Homero?

— De uma solução para o meu estado. – E simulei um sorriso enquanto segurava meus joelhos prontos para decolar.

Ele se reacomodou na cadeira. Irritado com o que deveria ser a atenção individualizada quando era só a aplicação do velho método standard e impessoal, ignorei seu apito final e me flagrei repetindo plágios de Diana para o analista:

— Um terapeuta deve usar a linguagem para fazer o ouvinte entrar em si mesmo.

— Isso é resistência. E o que isto teria a ver conosco, aqui, agora? – Ele me apontou o ambiente e cruzou os dedos sobre o abdome estufado.

— É? Interessante. – Ele segurou os joelhos para balançar a perna ou estalar as articulações endurecidas. A palavra "interessante" era a deixa para encerrar a sessão.

— Retomaremos na próxima sessão?

VI | UM FIM CANINO

Ele me olhou como se tentasse extrair outros significados das minhas indiretas. Isso me irritou tanto que me obrigou a imaginar um tapinha em sua cara rechonchuda. Apontei para meu peito fazendo discreta percussão:

— Lisander Venturolli nossa amizade não poderia ter camuflado a insuficiência terapêutica.

Levantei-me e fui em direção à porta sem me despedir. Depois de um breve silêncio, deixei a porta bater. Durante três anos e oito meses, sentei-me lá obediente e me abri com ele, sem contrapartidas, e ele chamava aquilo de método?

Nos dias subsequentes, passei a desconfiar que a indicação de Lisander, apesar de sugerida por um conhecido de Diana C., poderia ter vindo de outra pessoa. E se o nome chegou até mim com a ajuda de Giaccomo?

VII
Complô e fuga

VII | COMPLÔ E FUGA

1

Recordo-me quase completamente do jantar de confraternização de fim de ano dos funcionários da Filamentos.

— Fora toda ficção que você é obrigado a julgar, o que mais tem lido? – Diana me perguntou enquanto observava, como de costume, as próprias unhas.

— Nada relevante. E você? – Respondi por delicadeza, não tinha o menor interesse em saber.

— Um ensaio sobre a carta de um vidente a um outro conforme o ponto de vista de Rimbaud sobre os poetas em "lettre du voyant" escrita para Paul Demeny, e alguns poetas como Willian Blake e Paul Celan. Isso só posso confessar para você, se Giaccomo souber, me demite por justa causa. – E terminou se esparramando sobre a mesa com uma risada artificial.

— E Cleo, não se importaria?

Ela fez uma cara de desprezo e disse:

— Eu queria mesmo é um texto arrebatador. Sobre o amor injustificável? – E me olhou diretamente.

— Não há nada arrebatador sobre o amor, muito menos sobre o amor injustificável – concluí, tentando esvaziar meu copo e sair logo dali.

Depois de mais algumas doses, ela provocou:

— Todo esse ressentimento aí foi culpa da Milena?

— Nos separamos há dois anos, Diana. – Como se ela não soubesse.

— Sabe o que GG me disse uma vez?

— Não faço ideia.

— Por amor, ele seria capaz de matar e acrescentou brincando "de me matar!"

Pensei na insinuação em sua frase fora de contexto. Então, ela arrancou da bolsa um pequeno canivete, sorriu e, balançando-o com a ponta suspensa no ar, apertou um pequeno botão vermelho que fez saltar uma lâmina. Brilhante, afiada, mutiladora. Ignorei duas moças que estavam à nossa volta se insinuando. Uma frase de Diana, com voz dramática, ficou grafada por muito tempo na minha cabeça:

— Mate-me ou mato-vos! Ele disse!

E terminou, emitindo uma risada enquanto tirava, com o dente, alguma substância debaixo da unha. Então, ela suspendeu a arma e deixou o instrumento cair, aberto, dentro da bolsa.

O aforismo mórbido despertou minha curiosidade. Quem seriam os jurados de morte?

Quantas vezes não temos nada a ver com um tema e ele nos interdita, nos arrasta morro acima e, no fim, antes da exceção, tripudiando habilmente sobre nossa consciência, nos arremessa lá do alto? Não é raro que, às vezes, a acusação avance até matar o intruso inocente, isso antes de acionar qualquer legítima defesa. Terem me enroscado com aquele grau de sofisticação só poderia ter a ver com a fusão da editora com o grupo holandês, a menos que... O que mais os levaria a revirar a minha casa? A fazer uma varredura na minha vida, fraudar minhas contas bancárias, clonar meus perfis nas redes sociais?

VII | COMPLÔ E FUGA

Isso só comprovava que fiz bem em eliminar minhas contas virtuais e sair do circuito. Desembarquei do império reducionista do senso comum há quase um ano. Foram outros os motivos, mas a decisão pode ter atrasado o plano deles. Celulares, só pré-pagos. Endereços, apenas falsos ou provisórios. Cancelei tudo que pudesse me identificar. Parece que eu já desconfiava dos rastreamentos e das interceptações que viriam num futuro próximo.

Eles tinham um domínio perfeito de tudo que era meu, melhor do que eu mesmo. No xadrez, eu seria só um peão que poderia ser sacrificado por qualquer defesa frouxa.

Um pequeno tabuleiro de xadrez portátil me acalmava. Às vezes, copiava os jogos dos grandes mestres e reproduzia as jogadas dos meus ícones. Marcel Duchamp, o artista que fez parte da equipe olímpica francesa de xadrez, Viktor Korchnoi versus Bobby Fischer, Einstein contra Openheimmer. Perdi a chance da defesa siciliana e não consegui prever quão encurralado estava ao perder o centro para as brancas. Exigia de mim superar a resistência e assumi que não era mais possível encontrar consolo em teorias autoindulgentes.

2

A discrição também é um hábito e eu nunca fui um trabalhador disciplinado, aquele que veste a camisa da empresa. Em relação à competência, isso era outra coisa. Eu era bom, um dos melhores na área.

— Já pensou em ser você o escritor? – Eu ouvia quando meus pareceres eram lidos.

Mas eu não aceitaria ser obrigado a esconder um jogo que não tivesse criado à custa da imaginação. Nem precisaria de delação premiada. Minimamente acuado, eu abriria o jogo para o Ministério Público. Essa covardia de dar prêmio por relatar o crime alheio exala o que sobrou em nossa cultura jurídica decadente. Se a Guerra Fria terminou, as heranças totalitárias persistem. Misturar resíduos autoritários com ideologia seria cabível apenas num Estado policial. Claro, sabendo com quem estava me envolvendo, eu só faria a confissão se me colocassem num programa de proteção a testemunhas.

Não demorou e logo caí na realidade do país. Só no ano passado, das 107 pessoas do programa, 27 foram assassinadas e catorze, descobertas. Entre pistoleiros e assassinos profissionais, circulou uma tabela com preços fixos de venda para cada uma delas. Pilotos de aeronaves foram envenenados com uma substância praticamente indetectável vendida pela internet, o mercado clandestino mais público do mundo. Uma pitada no cafezinho antes do voo e, em alguns minutos, eis a aguda desorientação espaço-temporal induzida.

VII | COMPLÔ E FUGA

Com sorte, o condutor só provocaria uma catástrofe limitada ao alvo. O célere relatório da ANAC coordenado pela CENIPA, um órgão do comando da Força Aérea Brasileira, geralmente emitido dois anos depois, culparia o piloto desastrado ou apontava alguma falha mecânica rara, impossível de ser prevista mesmo pelos mais hábeis peritos. A droga hipnótica já era conhecida pela inteligência da polícia e pela ABIN, mas ficava impedida de ser investigada por ordens superiores.

Na América Latina, o amadorismo das instituições arrastava os agentes públicos à corrupção. Uma passividade bem-humorada que nos faz aceitar a versão melancólica e selvagem dos trópicos.

Minha chance estava na compra da liberdade, acessando as pessoas certas. Mas eu não servia para esse tipo de coisa. Passional demais, transparente demais, até para os padrões de um parecerista cuja ambição confessável era tornar-se editor.

3

Recapitulei a conversa que tive com o ex-policial Haroldo depois da invasão da minha casa e isso apenas duplicou minha inquietação. Arrumei o apartamento como se precisasse ocultar provas de um crime que não me lembrava de ter cometido.

A partir desse dia, meu exercício contra a amnésia era diário, mas a recomposição de imagens e cenas nunca era sequencial. Esforçava-me para recordar os fatos. Na maior parte das vezes, apenas voltava ao ponto de onde parti.

Passei a considerar as prováveis motivações para justificar o que me aconteceu. Seria minha intransigência em defesa dos textos de Karel? Aquilo justificaria a cuidadosa cenografia, as pegadas, o sangue? Temiam que eu os denunciasse? O que me tornou tão ameaçador?

Já fui um perdigueiro bem mais ativo, mas deixei de lado meu olfato de alta precisão e as troquei pelas facilidades do convívio.

Não queria mais me punir, aturaria quase tudo para poder viver com algum conforto. Mas só depois que comecei a viver como criminoso é que a inflexão ficou clara. A verdade é que eu não me reconhecia mais. Mais uma vez, busquei respostas no meu oráculo de passagem, a biblioteca. Dei mais uma revirada na segunda fila da estante e achei o inesperado. Não me lembrava daquele livro na biblioteca de quando morávamos em Monteiro Lobato. Mas lá estava, com o ex-libris e a encadernação no mesmo padrão, marroquim, com as nervuras grossas que sempre o encantaram.

VII | COMPLÔ E FUGA

Eu o coloquei sobre a mesa para inspecioná-lo ao lado das passagens para o Chile. Era um das famosas Centúrias, de Nostradamus, em edição impressa em Lyon, do século XVI, uma cópia reeditada em fac-símile no final do século XIX.

Em algum momento da vida, eu até já havia me interessado pelo assunto. Isso antes que o ceticismo se fortalecesse com as evidências contrárias a toda especulação mística. Há anos o exemplar não era aberto. Folheei-o com a sensação de que trechos da realidade haviam sido subtraídos. Uma página, a centúria 6, quadra 34, fora marcada e parte do texto sublinhado a lápis: "O artifício do fogo voador/ Virá para incomodar o líder sitiado/ Dentro haverá tanta insubordinação/ Que os corruptos se desesperarão."

Havia outras páginas rabiscadas e alguns comentários anotados a lápis com letras minúsculas.

Adormeci com o apocalipse no colo.

4

Comecei a abrir a correspondência acumulada até chegar a dois extratos da minha conta bancária. Um com as aplicações, outro com o saldo total. Raramente, eu recorria aos óculos, mas a miopia dá saltos incríveis diante de surpresas e resolvi revirar minha pasta até encontrá-los. Mais um dado inesperado. Minha conta explodira para bem além do razoável: um milhão, oitocentos e dezoito e alguns centavos!

O que significava o inusitado valor na minha conta? Apesar de não fazer parte do departamento financeiro da editora, de uns anos para cá, ocasionalmente, solicitavam minha rubrica em documentos quando Diana ou Jean estavam ausentes. Cleo nunca assinava. Sempre imaginei que eram autorizações para os pagamentos repassados aos autores e fornecedores. Peguei o telefone para ligar para "meu" gerente, mas desliguei antes de tentar. Era evidente que o valor fora plantado na minha conta para me envolver em alguma acusação. Qual seria o sentido dessa incriminação? Cheguei a listar outras possíveis motivações: alguma vingança de Giaccomo e Cleo em seu papel de esposa ressentida, outras idiossincrasias corporativas. Ou seria uma retaliação por minha insubordinação relacionada aos assuntos ligados a Karel? Alguém delatou minha invasão do anexo secreto?

Como atestam os criminologistas, motivações nem sempre são objetivamente comprováveis. Ficam no campo da análise abstrata, na especulação sobre os desejos. Trabalhe perto de um criminoso e logo saberá de todo seu potencial.

VII | COMPLÔ E FUGA

GG e seus sócios realmente planejaram a armação? Esgotados os recursos legais, elimine a testemunha ou não deixe ninguém vivo para depor. Não é exagero, sou especialista em profecias autorrealizáveis. Eu ainda me via de fora, assistia à situação como uma cena de teatro congelada e repetia para mim mesmo: não tenho nada a ver com isso.

5

"Esta tarde um avião caiu no trajeto São Paulo-Santiago, perto da região de Viña del Mar, no Chile, não houve sobreviventes. Viajavam na embarcação de prefixo PTCE271 o editor e empresário Giaccomo Gentil e Jean Prada Torremolinos, recém-empossado vice-presidente da Nova Filamentos. Devido ao estado de carbonização do corpo, a identificação de Torremolinos foi feita por meio de documentos encontrados em sua valise, a mais de 300 metros do local do acidente. Equipes de resgate da Força Aérea chilena vasculharam a área em busca de destroços. Técnicos da Embraer também já estiveram no local do acidente a pedido do governo brasileiro. O relatório para conhecer as causas do acidente e a determinação de uma possível falha mecânica deve ser divulgado em até 90 dias. Além dos dois tripulantes, piloto e copiloto, a outra pessoa a bordo não havia sido identificada até o fim da noite. Nossa equipe de reportagem obteve com exclusividade o registro no campo de Marte, de onde decolou o Cessna. Nas anotações do plano de voo, constava um sexto tripulante. O russo naturalizado belga, Rublev Analiova, alto executivo que, até muito recentemente, era assistente do bilionário Otto Jorgensen, proprietário do grupo Forster que, após a fusão, assumiu o controle acionário do hoje maior grupo editorial brasileiro. A polícia chilena abriu inquérito e o porta-voz do Ministério da Aeronáutica, que cuida da investigação, acredita ter sido falha do piloto da aeronave, Carlito Reis Nunes. Entre os escombros foram encontrados, numa pasta intacta, manuscritos e contratos. Os nomes nesses documentos não foram revelados. A esposa, Cleo Gentil, e a editora executiva, Diana Caminhoá, que deveriam ter embarcado em São Paulo, mas perderam o voo, não quiseram conversar com a nossa reportagem".

6

Sem um laudo conclusivo e o ticket das passagens aéreas em casa, meu destino parecia selado. A tragédia do voo PTCE271 se confirmara e soube que minha prisão preventiva poderia estar prestes a ser decretada. Estava buscando um local como esconderijo.

7

Certo, podem ter me subestimado, então, por que terminei como um bode expiatório? Provas profissionalmente plantadas são quase irrefutáveis. Haverá alguma prece específica para não ter inimigos ricos e hábeis? Por que não outros alvos? Por que me culpar quando há gente bem mais perigosa do que eu? Esse pessoal esquiava todo ano no Vale Nevado, fazia safari no Quênia para caçar rinocerontes, apreciava o visual panorâmico de um duplex em Los Angeles.

Naquele momento, meu exílio só seria estável em uma estação balneária. Voltei ao hábito de me recriminar. Bem-feito! Quem manda bancar o estoico?

8

Eu imaginava o mar e ficaria parado por horas olhando a espuma branca no topo das ondas. É no silêncio que uma nova modalidade de consciência desperta. Aquietar-se é um exercício de supressão do desejo, pensava absorto.

A fuga e os dias à beira-mar adquirem outra velocidade.

Inútil viver para fugir. Isso é só uma prisão migratória. E o cárcere a céu aberto pode ser cansativo.

Meu sonho era poder descansar numa montanha distante. Podia ser em Bonito, no Pico da Neblina ou nas corredeiras de Brotas, mas o manual dos que devem desaparecer é muito específico: na impossibilidade do Alasca, litoral, litoral, litoral, ou seja, enfurnar-se na costa brasileira onde nove entre dez procurados pela justiça, com recursos econômicos, diga-se de passagem, desfrutam de liberdade.

Mafiosos, narcotraficantes, criminosos comuns e políticos enrascados já tinham o know-how. Outras dicas afloravam das cartilhas da impunidade: nada de lugares como praia deserta e, importantíssimo, tenha sempre por perto uma embarcação atracada. Se possível, uma lancha com motor potente.

A vigilância das águas brasileiras é precária e o mar nacional é terra de ninguém. Asseguro que não é fácil conseguir isso com policiais, agentes federais e até a Interpol na sua cola.

Eu fugi. Fugi e fugiria de novo. Espero que depois dessa ninguém mais se apresse em julgar fugitivos sem avaliar o contexto. Eles podem ter uma versão muito mais verossímil do que se imagina.

VII | COMPLÔ E FUGA

Há pouco tempo, eu era um dos que ainda prestigiavam o sistema legal e acreditava em pactos sociais. Realmente, eu me importava com o que a sociedade iria pensar. Do outro lado das algemas, essa crença fica para trás. É impressionante como o status oficial de um procurado muda, instantaneamente, sua compreensão do sistema.

Não sei se isso acontece com todo fora da lei, mas não carrego a culpa que deveria corresponder à minha nova condição. Imagino que seja assim com todos e, talvez, seja menos devido a uma lesão no meu superego do que ao instinto de sobrevivência.

Há quem associe essa autoindulgência em matéria penal a traços de psicopatia. Mas, mesmo que mais ninguém soubesse que, no sistema, há vítimas verdadeiras e eu não tivesse como comprová-lo, continuaria a sustentar que, no meu caso, eu fui o responsável por estar "alienado da própria história". Preciso me acostumar com meu novo nome, Saul, que não rima com nada. Homero Arp Montefiore me custou anos de sofrimento. "Monte" soaria melhor, mas o apelido não pegou.

Entre recaídas de choro e de desespero, constato que a inocência é uma condição ambígua. Às vezes, tomado pelas considerações dos advogados, percebia que, para eles, todos são inocentes mesmo que alguém evidencie o contrário.

9

Ao virar uma página enquanto folheava um livro, me cortei. A folha fez um talho fundo, doloroso. Um rubor instantâneo se espalhou primeiro no dedo, depois por toda a mão até irradiar-se para o braço. Cortes e lâminas me perseguiam. Usei um chumaço de algodão para estancar o sangue.

Costumava guardá-lo com os medicamentos de emergência para possíveis acidentes e meus problemas crônicos de coagulação. Mas aquela sangria fez com que as sinapses submergissem nos hormônios da determinação. Esqueci o sangramento, joguei o algodão ao lado da cama e saí correndo até o quarto da frente. Até que eu morava em um imóvel razoável, apesar da localização entre bares e arredores cheios de viciados que, às vezes, incomodavam quem por ali passava.

Como todo leitor teimoso, ou investigador de indícios, eu buscava sinais que sustentassem minha hipótese. Trouxera ao meu apartamento doze textos em papel, eram manuscritos. Se tivesse êxito na descoberta, arriscar minha vida seria um preço baixo a pagar.

De qualquer modo, eu já não estaria seguro em lugar nenhum. Até os ingênuos sabem o que significava fazer uma denúncia sem contar com a ajuda de milícias ou um sistema jurídico viciado.

Conversava comigo mesmo em voz baixa. E se resolvo divulgar? Anonimamente? Não seja imbecil! Chegaria ileso ao final do julgamento numa segunda instância? Décadas, levaria décadas... qualquer imbecil sabe o destino político

VII | COMPLÔ E FUGA

de uma denúncia. No Terceiro Mundo, mesmo não sendo culpado, você pode ter de esperar na jaula, a menos, é claro, que tenha sido eleito e ganhe foro privilegiado. E qual seria o tamanho do escândalo? Melhor se enforcar.

Na história, o comum é que os heróis fiquem com os riscos, sem sobreviver para colher os benefícios de seus impetuosos atos de bravura. Além disso, as descobertas que levam à glória são raras, geralmente pouco recompensadoras. Um insulto à sagacidade de Darwin.

Dou este depoimento apenas como um breve roteiro para uma travessia de deserto.

10

Sem uma ocupação objetiva, diálogos inteiros passavam como filmes em minha cabeça. Passei a montar cenários e roteiros a partir das evidências que acumulei.

Falavam de mim na Filamentos. Mesmo de longe, posso imaginá-los conversando na velha copa na sede do Itaim Bibi. Diana, Marly, Jean e até o incompetente ex-diretor do financeiro, Cândido Olmos, um sujeito baixo e de temperamento irritantemente submisso. Estavam tensos, mas a verdade é que a empresa não pararia de imediato, depois da injeção de milhões de dólares do sócio holandês.

Durante a reforma, que demorou quase um ano e meio, tivemos de ir para um armazém, um galpão improvisado, antes de mudar para a nova sede do Itaim.

Um dia, peguei uma planta em papel vegetal esquecida em um scanner, dentro do plotter profissional que tínhamos. O projeto mostrava, em escala, a reforma. Havia um lugar, um último pavimento, cujo acesso parecia muito mais restrito. Com discrição, analisei os detalhes e concluí que só poderia haver um erro no projeto. Depois me lembrei do que Diana dissera. Giaccomo e sócios queriam comprar o terreno ao lado.

— Neste buraco? A Forster não tem sedes em Zurique e Los Angeles? Por que viriam para esse fim de mundo?

— Mudaram de planos. Eu continuava a ouvi-los:

— Ele não tinha a menor ideia de onde estava se metendo? Não temos culpa de nada. Na verdade, também somos vítimas nessa história.

— Como iríamos saber da paixão dele por Karel? Ninguém contestou.

— Nesta altura, ele já sabe de tudo e acho que sabe o que cada um de nós pensa sobre ele – alguém concluiu.

A segurança da empresa era muito sofisticada. Cândido já apontara o exagero, justo ele, demitido um mês antes de o escândalo estourar.

— Eu não estaria tão tranquilo assim, ele vai acabar nos arrastando para o buraco, um por um.

— Cala essa boca, Cândido! – Diana ordenou.

— Se Giaccomo cair, quem vai assumir a editora? Aposto que isso aqui não dura um semestre sem ele!

— As mulheres! Seremos o único poder. – Insinuou Marly e arrastou sua constituição compacta e musculosa para buscar a chaleira dourada que apitava no fogão elétrico.

— Proponho antecipar o que pode nos acontecer – insistiu Olmos.

— Asneiras. Pelo menos, se Jean ainda estivesse aqui... – suspirou Diana.

— A esta altura Jean pode estar morto! – Marly soletrava com frieza, enquanto oferecia uma xícara de chá verde com cheiro repugnante que fumegava da jarra japonesa.

— E Cleo? Sumiu, evaporou depois do acidente.

— Nem eu nem Marly conseguimos mais falar com ela – completou Diana.

— GG também desapareceu! – disse Marly enquanto Diana disfarçava o sorriso e aceitou a xícara fumegante.

— Alguma ideia do que ela vai fazer? – Cutucou Olmos, servindo-se, também, da infusão.

— Cleo? – espantou-se Diana sem convicção, enquanto encostava o lábio borrado na borda da xícara com estampa de fumaça. – Ninguém sabe. Mas para ela, o que importa é a conta bancária. Ela não dá a mínima para o peso intelectual da nossa editora. Desconfio até que, desde o início, ela trabalhou nos bastidores para sabotar a fusão.

Alguns riram enquanto Marly procurava um lugar para batucar com seus dedos grossos, foi neste exato instante que visualizei sua verdadeira natureza.

Se estivesse presente, diria: "E você, Diana? Ostentando títulos e teses clichês na parede? Que escreve um paper por semana para rechear seu currículo e os tais roteiros da "realidade brasileira" que escreve para a TV por assinatura.

— Não se esqueçam dos benefícios em dinheiro vivo que eles ainda recebem dos partidos. Sabe-se lá como eles fizeram para conseguir todas as edições subsidiadas.

— Então, quem armou para Homero? – Sondou Olmos.

Houve um silêncio depois da indiscrição de Olmos. Como editor recém-promovido, ele contava com a confiança de Diana. Eu detestava sua voz de timbre rachado. Sua pele cerosa, a gola preta alta engolindo todo o pescoço, os sapatos de bico muito fino manufaturados com crocodilo criado em viveiros ecológicos, sua estudada ingenuidade.

— Cândido, vou te dizer exatamente o dia em que tudo isso começou. – Marly tentava tomar as rédeas da conversa.

VII | COMPLÔ E FUGA

— Homero é o único culpado. Ele escolheu o próprio destino, foi ele que insistiu em se meter. Por que simplesmente não deixou acontecer? – Interrompeu Diana.

E prosseguiu:

— Íamos aceitar perder autores, prestígio e grana? Sabe quanto conseguíamos do Ministério da Cultura para o stand em Frankfurt todos os anos? Conte, vai, conte para ele! – E apontou para Marly.

— O maior da feira, duzentos e cinquenta metros quadrados, além do piso especial de piaçava que Cleo trouxe de Trancoso. – Marly exclamou e comemorou girando seus dedos inchados. – Um luxo de popular! E coisa da nossa gente. – Completou, esperando acenos de cumplicidade que não recebeu.

— Marly, se Cleo assumir, ela vai limpar isso aqui. – Palpitou Olmos.

— O casamento deles já acabou, faz tempo. O dever substituiu o desejo.

— O dever de trair – completou Diana.

— Em breve, estaremos no olho da rua... é só uma questão de tempo – Vaticinou Olmos.

— Bom, por enquanto, só o rapaz está encrencado. O rapaz era eu.

11

— A acusação principal não é mais essa. Ele pode estar envolvido no desaparecimento de Jean.

— E as provas? Para mim, não há provas, as evidências foram plantadas – defendeu Diana.

— Todo criminoso se considera inocente, provas nunca são razoáveis e a moda é acusar a justiça de perseguição política – disse Cândido, agora já sentado à sua mesa.

— Não se soube mais dele desde que o mandado de prisão preventiva foi expedido. Marly, você sabe de alguma coisa? – Continuou Diana.

— Só o que todos andam dizendo. Homero sempre foi econômico, de uns tempos para cá, começou a gastar muito. E sua família nunca teve muito dinheiro. Para onde poderia ter ido?

Mentirosa, eu pensava.

— Diana, era você quem mais falava com ele!

Diana ficou incomodada e, lembrando a tripla negação do apóstolo, girou o pé para sair da sala em direção ao bebedouro, no que foi seguida por Marly. As duas caminharam lado a lado e bebericaram alternadamente.

Marly então voltou à roda para insistir:

— Você acha que ele teria cabeça para dar um desfalque? Daquele tamanho? E todo aquele sangue no apartamento? Para mim, ele acobertou algo bem mais grave... – insinuou.

Um fantasma tem o direito de xingar? Como a víbora sabia do sangue se o processo estava sob segredo de justiça?

VII | COMPLÔ E FUGA

— A lista de crimes é maior, ele não está sendo procurado só por fraude bancária. E vamos combinar que ele sempre foi meio esquisito... – disse Olmos sorrindo para Marly.

— Homero? Ele pode ser estranho, mas nunca mataria ninguém e ainda tem aquele rostinho perfeito!

Ali estava a evidência, nem Diana acreditava na minha culpa.

— E olha que implorei para ele não se meter no assunto da fusão e ficasse só fingindo que aprovava originais. – Concluiu Diana.

— E esse novo sócio – ela continuou – o holandês, pode ser o gênio do marketing, mas não me convence. As pessoas que idealizam o mundo editorial acham que somos um reduto de anjos altruístas.

Juro que naquele momento pensei ter ouvido um personagem de Shakespeare declamar: "Os demônios estão aqui, o inferno está vazio!"

— Eu disse para todos que tínhamos um problema grave na editora. E ele foi se meter justo com quem? Há vinte anos conheço Giaccomo. Não era difícil prever que Homero seria o pescoço sob medida para o nó.

— Que tal dizer alguma coisa que ninguém sabe? – Marly sugeriu irônica.

Há um ódio primitivo, cru, que escapa dos ressentimentos.

Esse tinha outra origem, o pano de fundo que a minha imaginação encontrava para a vingança que chamam de justiça.

12

Na conversa, todos tentavam desestimular as teorias conspiratórias:

— Deve ser a fusão, ela está mexendo com a cabeça de todo mundo.

— Não tem nada a ver com isso. - Eu respondia em pensamento com cada vez menos convicção.

Foi se tornando vital descobrir mais sobre o computador do andar superior. Diante das progressivas e restritivas proibições, todos os dias eu pensava em novas estratégias. Dos instintos, a curiosidade é a mais letal.

Não me sentia confortável, mas, de alguma forma, intuía que as irregularidades recairiam sobre mim. Num fim de semana, quando o monitoramento eletrônico estivesse no modo automático, eu veria isso de perto. Eu tinha a chave e o número de código do alarme. Num domingo frio de outono, bem cedo pela manhã, estacionei o carro e usei a porta lateral. Usava roupas femininas e, com lenço enterrado e cachecol, buscava não expor o rosto para dificultar a minha identificação. Mas, como disfarçar minha altura? Entrei e desativei o alarme. Enfim, estava livre para subir até o misterioso andar. No meio da escada, percebi que o portão da garagem fora acionado. Meu broncoespasmo foi despertado e o chiado do gato asfixiado dentro de mim reapareceu, enquanto a catraca subia lá fora. Me faltava oxigênio e era como se toda a matéria escura do universo me aplicasse um torniquete ao redor do pescoço. Sentindo o ar rarefeito, tive a sensação de morte iminente.

Com a camisa encharcada de suor frio, busquei a parede para puxar o ar pelo nariz. Se alguém descobrisse a invasão, seria meu fim, para bem além do simbólico. Foi nessa situação que evoquei a conversa que me levou a ser uma espécie de detetive fracassado.

Acordei ainda com falta de ar, mas aquilo não era só mais um pesadelo.

13

O que testemunhei no dia em que me escondi na sala secreta da editora foi apenas reflexo do meu desespero e veio muito tempo depois das minhas primeiras suspeitas. Para explicar a origem delas e pensei numa armadilha que as comprovariam.

Afinal, foi por intermédio de uma dessas marcas linguísticas que o FBI conseguiu rastrear palavras recorrentes nas cartas que identificariam e, posteriormente, levariam à captura do famoso terrorista antitecnologia apelidado de Unabomber, um ex-acadêmico que explodiu e mutilou inúmeras vítimas por mais de duas décadas antes de ser desmascarado. Como editor, sempre tivera acesso facilitado e livre aos textos submetidos à apreciação dos editores executivos. Meu plano inicial era distorcer um dos textos enviados que estavam em processo de avaliação. Isso não foi difícil. Separei uma ficção curta, em linguagem fluida e, para despistar, me desloquei até uma lan house de uma pequena cidade que, como a minha Monteiro Lobato, ficava na serra da Mantiqueira, no interior paulista. Lá, inseri o pen-drive num daqueles velhos computadores e com um perfil falso enviei à editora. Para assegurar a resposta – apesar dos avisos expressos de que não aceitavam papel – também imprimi e postei uma cópia impressa para a editora. Usei o pseudônimo "Pio Rocha Brancusi" e minha segunda opção de título: A fábrica de robôs latinos.

O enredo, quase apocalíptico, girava em torno de uma nova geração de leitores, que crescera em casa durante

VII | COMPLÔ E FUGA

longos períodos de isolamento social. Sob bombardeios de múltiplas conspirações reais e vertiginosas teorias conspiratórias, além de fake news, os países pareceriam que se hipertrofiaram ao concentrarem poder, abolindo garantias e direitos individuais, pois se convenceram de que eram a salvação do mundo. Mas, antes da solução, houve um movimento mundial que crescia e que passou a lutar contra o modelo político em vigor.

Thomas Carvajal, o líder da revolução, estivera envolvido em outras rebeliões regionais. Primeiro, convenceu amigos, depois agrupou correligionários que também estavam convencidos de que eleições em urnas eletrônicas eram inauditáveis e as cédulas de votação pelo correio fraudáveis. Tornaram-se convictos de que as eleições e os pilares da democracia haviam sido pervertidos. Passaram a se organizar e, durante dezoito meses, por meio de seminários virtuais e muita tecnologia, montaram um dossiê para denunciar a fraude nos sufrágios. Fundaram um partido, criaram modelos de poder. Um deles, inspirado nas ideias de um sociólogo dinamarquês, propunha abolir as eleições e escolher os representantes por sorteios. A proposta eliminaria ao mesmo tempo a indústria do marketing político e os subsídios que os Estados oferecem para manter o processo eleitoral.

E por que não? Não é assim que os jurados são escolhidos e convocados para definir a culpa ou a inocência das pessoas?

Thomas ficara decepcionado após estudar a cronologia do fim das utopias sociais, começando pelo famoso marco

NAVALHAS PENDENTES

que arruinou a consciência de milhões em um só dia: a tarde na qual Nikita Kruschev denunciou, no XX Congresso do Partido Comunista da União Soviética, os crimes estalinistas.

O adolescente Mikael Cassandra fora cooptado quase à revelia. Sabia-se, apenas, que o grupo coletou provas e preparava-se para vazar a denúncia. A fraude seria denunciada em rede nacional. O dia da comemoração da fundação da República foi escolhido para invadir rádios e televisões. Aconteceria uma hora antes do anúncio oficial do vencedor do pleito nas eleições presidenciais. Mas, às vésperas do plano, o grupo foi delatado por um agente infiltrado. Na nova constituição promulgada às pressas e com o aval da Suprema Corte, o poder policial do Estado tornou-se ilimitado sob a alegação de "risco de ruptura institucional" e "grave ameaça à segurança nacional e à democracia". Thomas e seus amigos foram presos e torturados pelo serviço secreto especial que estava subordinado ao sistema judiciário sob a alegação de "atividade subversiva". Boa parte da jovem cúpula desapareceu numa vala comum em Duque de Caxias, na Baixada Fluminense, Rio de Janeiro, Estado que Stephan Zweig já chamou de "la plus belle ville du monde".

Apenas o mascote do grupo, Mikael, escapou ileso. Um dos pen-drives que comprovaria a fraude nas urnas fora escondido em sua casa. As provas da manipulação da democracia, que o autor do manuscrito nomeou como Fábrica de robôs latinos, estava agora em suas mãos. O personagem enfrentará, a partir daí, um dilema: defender a última

VII | COMPLÔ E FUGA

esperança de preservar a democracia ou calar-se. Consciente de que sua família se transformaria em alvo, ele insere o pen-drive no computador e descobre que há muito tempo não se vive mais em um estado de direito.

Concluí que apenas esse enredo seria insuficiente. Para provar minha tese, eu precisava não só de idiomas mortos, mas de palavras mortas, abandonadas, termos em desuso. Foi obedecendo a um rigoroso critério científico escolhi uma palavra como isca. Precisava inserir um vocábulo que fosse de difícil substituição e, ao mesmo tempo, essencial para o meu experimento.

Confirmei que era mesmo uma daquelas "palavras mortas" que nem constava da maioria dos dicionários considerados obsoletos. Incluí no texto a palavra extinta com uma raiz etimológica nada usual. Se tudo corresse bem, a primeira mordida na isca aconteceria ali. Revisei o contexto no qual aparecia o trecho com a palavra.

Recorri mais uma vez aos livros que recebi de herança do meu pai. Uma coleção cuja grande especialidade era um depósito de palavras residuais. Era uma das vantagens diretas de ainda poder ter acesso livre a uma biblioteca física, longe da vigilância dos algorítmicos e dos indexadores dos acervos digitais.

A hipótese, até aquele momento, era de que o indício plantado escaparia de uma espécie de vigilância algorítmica e seria suficiente para confirmar a minha suspeita, uma confirmação empírica.

Sob um nome falso, forjei, especialmente para isso, um endereço de e-mail não rastreável e esperei meses pela resposta da editora que, enfim, chegou quase um ano depois, com um anexo contendo a famosa carta-padrão de rejeição. Um detalhe, porém, permaneceu intrigante. Dessa vez, o parecer de recusa não veio em papel timbrado nem estava assinado. Relendo-o, com calma e apesar de a palavra-isca estar bem posicionada na trama, comparei-o com a minha cópia e pensei que era preciso parar de alimentar a loucura. Mesmo que palavras improváveis aparecessem em algum livro, tudo não passaria de mero acaso. Decidi que as teorias conspiratórias não poderiam ocupar nem mais um segundo do meu tempo.

VII | COMPLÔ E FUGA

14

De exílio em exílio, o desterrado pode não se sentir tão ilhado. É como saltar de uma ponte para outra sem nunca tocar a terra firme.

Recordações vieram com mais clareza quando eu ainda estava na balsa atravessando o rio. Dessa vez, excepcionalmente, as imagens vieram numa sequência linear. As cenas eram todas da noite da invasão a minha casa.

A primeira cena: de fato, vim para o apartamento com uma das colegas da editora. A grande surpresa foi lembrar quem me acompanhava. Era Marly a mulher que chegou comigo.

Fui um dos últimos a sair. Ainda na porta da editora, ela se aproximou e abaixou-se ao lado da janela do meu carro. Eu desci o vidro com curiosidade. Ela, então, fez um bico e pediu carona.

— Só até a metade do caminho. Acenei com uma negativa.

— Mas é bem na direção da sua casa.

Durante todo o trajeto, ela demonstrava estar inquieta, falava sem parar, mudava de um assunto para outro, suas pupilas oscilavam, os olhos brilhavam, sua pele refletia uma oleosidade pouco natural, química, nociva.

— Você também sente?

— Sente o quê?

— Esse calor que vem em ondas?

Sorri e diminuí a temperatura do ar-condicionado. Ajustei para o mínimo, 16 graus. Ela foi retirando a roupa, arremessando-as para o banco de trás. Perto do lugar onde ela deveria desembarcar, na Estação República, me abraçou empolgada enquanto me acariciava, sem fôlego, com dificuldade de fixar o olhar, ligeiramente estrábica.

A sua sensualidade nunca me impressionou. Havia sempre alguma mensagem subliminar em suas aparições oportunistas. Jean me alertara sobre isso.

— Se ela te oferecer uma bebida, fuja!

E quanto ao convite para a amiga? Hesitei, havia uma simulação, um propósito estudado em seus gestos. Ela então foi apresentando marcas e tatuagens espalhadas em seu corpo compacto. Tatuagens ou automutilações? Os detalhes em sua pele não favoreciam meu interesse, mas era inegável que eu estava bem mais propenso às perspectivas com a sua amiga.

Paramos em frente à portaria do apartamento da amiga dela. Marly desceu e, depois de alguns minutos, as duas apareceram, pareciam felizes, pareciam preparadas. Chegando em casa, fui para o quarto me trocar enquanto a amiga mexia nas garrafas do bar. Mas era Marly quem estava no comando. Pediu toalhas e sugeriu que eu esperasse no banho. Insinuou que eu fizesse a barba com navalha, mas lâminas no rosto, jamais! Enquanto isso, ela mesma preparava as bebidas. Quando apareci de roupão, as bebidas já estavam sobre o balcão que separava a copa da sala.

Depois de algumas doses puras de uísque, mergulhei numa tontura vertiginosa. Era do malte? A lembrança de Milena reapareceu me assombrando. Nesse momento, começara a amnésia. Somente depois, as recordações vieram, como enxames ciclotímicos, atacando e retrocedendo.

VII | COMPLÔ E FUGA

Enterrar traumas é uma propriedade essencial do serviço funerário da consciência. A demência é só uma forma de proteção contra o superávit da vida. De todo modo, não escolhi a cura. As imagens reverberavam à minha revelia.

Lembrei-me das cenas traumáticas com minha ex-mulher. Depois, das já conhecidas cenas dispersas como as de meu pai, tentando se equilibrar num banquinho, enquanto alcançava um volume do Etymological Oxford Dictionary, na última prateleira da estante; minha irmã explicando para minha mãe por que ela não quis terminar a graduação; Giaccomo e sua consciência instável tentando me convencer a aumentar a nota de um autor num concurso literário; Cleo Gentil apresentando um vestido curto com fenda infinita, rindo descontroladamente, para depois recostar-se no peito nu de Jean Prada; e, finalmente, Diana, confessando que colecionava fotos de aranhas durante o happy hour de fim de ano na sede da Filamentos, e concluindo:

— Sempre consegui tudo, nunca perdi nada.

15

Enquanto estava em processo de avaliação de um manuscrito, tinha presente a sentença de Paul Ricoeur: "Só há uma única forma certa para dizer as coisas." É estranho, mas, depois de elaborar pareceres para milhares de originais durante quase duas décadas, ainda não conseguia ver um talento que tenha tido êxito sobrevivendo pelos encaixes perfeitos que fez. Concluí que Ricoeur pode ter exagerado. Não há fórmula, nem exatidão na literatura. Não poderia haver. Mas e se houvesse uma fórmula para descobrir? Não era o que as pesquisas faziam ao ir às caixas registradoras das livrarias para analisar o que se se vendia bem? O que caía no gosto do público?

— O que realmente importa é o prazer do texto! – Gabou--se Jean.

— O tal texto de encaixes perfeitos? Nunca passou pelas minhas mãos – reclamei.

Jean tinha seus defeitos, mas ninguém negaria sua consistência intelectual ou sua capacidade analítica. Virtude que também lhe rendera conflitos sérios com Giaccomo. Ao mesmo tempo, a nada discreta simpatia de Cleo.

— Homero, estou de acordo, quando eu fazia o que você faz hoje, era considerado um dos mais rigorosos no ofício e me lembro de que jamais carimbei um único manuscrito como genial.

— Não é engessar a literatura considerar que só existe uma fórmula perfeita para usar as palavras?

— O enunciado pode ser bom, já a operacionalidade...

VII | COMPLÔ E FUGA

— Se é isso, Jean, como se dá a polissemia? Você consegue explicar por que os povos do Ártico podem usar centenas de palavras para expressar um único conceito?

Estas eram perguntas que meu pai costumava fazer: "Como explicar a coexistência de manifestações artísticas simbólicas e a multiplicidade de significados? Por que existem as variações de sentido para as mesmas palavras?"

— Ah, já entendi Homero, de novo sonhando com Karel? – Jean soltou um suspiro impaciente.

— Não foi ele quem escreveu que a leitura digital mudaria para sempre a literatura? E que ele se recusaria a entrar no jogo?

Jean me olhou com desinteresse para voltar a mexer no computador.

— Também gosto de como ele escreve. Só não exagere, já vi muitos caírem por idolatria.

— Caírem por idolatria? Jean, sabe meu palpite? Karel está prestes a abandonar a literatura e aposto que não tem nada a ver com o mundo digital.

— Com a fórmula de sucesso que ele obteve? Duvido.

Percebi sua perturbação enquanto ele cutucava a orelha cheia de pelos. Era sua resposta corporal quando contrariado.

— O diagnóstico dele para a cultura é original – defendi.

— Por exemplo? – Jean voltou à sua displicência.

— As diferenças gritantes a favor do impresso. A leitura feita numa tela difere, em muito, daquela de um texto em papel. Incluindo um evidente déficit de compreensão.

— Homero, ora, ele nunca escreveu sobre isso.

225

— Pode não ter citado os estudos, mas, e você sabe muito bem, que, antes da fusão, a editora contratou uma empresa de traduções só para fazer um levantamento de papers sobre o assunto.

— Claro... - disse Jean já cedendo.

— Você leu o relatório, não? Os resultados foram evidentes, a capacidade de retenção era muito menor que a do livro físico.

O que eu tentava mostrar para Jean era que Karel afirmava que a interação com um livro só poderia funcionar se o texto fosse, ele também, um objeto tridimensional. Seu argumento era de que o espaço vazio que separava cada letra e cada palavra só era percebido, e mediado, por uma experiência de impressões táteis, visuais e até olfativas.

Na tipografia virtual, para Karel, os brancos entre as letras eram espaços mutáveis, não conseguiam estabelecer a ritmicidade apropriada. Enquanto se sente o livro, sem peso, densidade, textura, os espaçamentos eram desenhos que davam contorno e tônus ao que estava escrito. Sendo assim, haveria um sentido oculto, quase místico, no reflexo das letras impressas que um homônimo virtual imperfeito não alcançaria. A diferença se daria entre a luz projetada sobre você na leitura de e-books e a leitura na qual a luz está projetada sobre o objeto, como é o caso do livro em papel. O branco digital dita um outro ritmo, deformando, portanto, o texto original. Era, para dizer o mínimo, a mesma partitura sob outra regência. O ritual de leitura implica a detecção do espaço entre as letras. Para Karel, só um livro real, de papel, teria vigor e seria capaz de proporcionar

VII | COMPLÔ E FUGA

a experiência que chamamos de literatura. Ele reclamava muito das versões traduzidas de suas obras. Em uma das entrevistas por e-mail, afiançava: "prefiro desaparecer a ser adulterado por edições falsificadas. Uma vulgata da palavra é assassinato."

No último posfácio, Karel, conforme eu havia antecipado para Jean, finalmente anunciou que aquele seria o fim da sua carreira de escritor.

VIII
Fusão

VIII | FUSÃO

1

Depois do inicial e fantasmagórico boom da Filamentos, o mercado editorial perdeu força progressivamente e chegou à beira da insolvência. As quedas vultosas no faturamento e a interrupção de vendas de didáticos e paradidáticos enfraqueceram toda a indústria do livro. GG perdeu um contrato atrás do outro. A maioria porque seus amigos do Ministério da Cultura caíram em desgraça. A política governamental de suspender o PNLD, modificar a lei e taxar os livros foram outros fatores, além de, finalmente, deixar de sustentar o fomento para bibliotecas públicas.

Editoras subvencionadas pelos fundos governamentais conseguiam porcentagens fixas, de acordo com as doações aos políticos.

Quando o Estado populista ruiu, as ações despencaram e quem poderia, ainda, estar interessado em leitura? Com as contas públicas em colapso e as edições em papel em crise, todos sabiam, sem uma substantiva injeção de capital, iriam à falência. Um prazo de noventa dias, o máximo de fôlego, foi estipulado pelo financeiro da editora.

Faltando duas semanas para a fusão que vinha sendo construída há pelo menos quatro anos, novos impasses surgiram, os quais os advogados tentaram contornar. GG tinha pendências econômicas demais para prescindir da ajuda do conglomerado. E sabia que a empresa não sobreviveria sem o aporte financeiro de Otto, que, por sua vez, só iria prosseguir se tivesse assegurado o mercado na América Latina.

Eu conhecia o suficiente do meu chefe para saber que ele faria qualquer coisa para sobreviver. Em caso de impasse, daria um jeito de manter o controle acionário e, se necessário, usaria algum dossiê espúrio para chantagear o sócio. Do que Giaccomo não desconfiava é que ele não era a única vida inteligente entre os rastejantes do manguezal. Sempre existirá gente, e caranguejos, mais safos e perspicazes, e que sabem andar de lado conforme as circunstâncias.

O que ficou cada vez mais claro era que eles precisavam resolver o "problema Karel". Eliminá-lo da lista de autores era uma solução?

Otto e seus advogados vetariam uma fusão na qual seu principal autor fosse alguém que não aceitasse as novas regras, como edições digitais, ou fizesse exigências excêntricas. Ele sabia que havia um "exército industrial de escritores na reserva" e que esse era um mercado no qual não havia ninguém insubstituível.

Por sua vez, Karel não tinha interlocutores. Afinal, quem o conhecia pessoalmente? No início, diziam, apenas o fundador, depois, Cleo. Somente eles teriam tido algum contato próximo. Já para Diana C., ele nunca foi acessível.

Karel era uma vítima oportuna. Até ter os indícios de suas idiossincrasias, achava que o seu nome era uma criação fictícia da editora subsidiada por ghost-writers. Karel nem existiria. Seria uma espécie de alterego do próprio Giaccomo que sempre manifestara o desejo de ser, ele mesmo, um ficcionista.

Por que então GG fazia longas viagens e, quase sempre, pelo menos antes das reformas, voltava com originais debaixo

VIII | FUSÃO

do braço? Deduzi que, com Karel fora do caminho, era só emplacar a grande empresa e começar a traduzir suas obras. Eu desconfiava, e deveria ter dado crédito às suspeitas, mas quem ainda confia em um recurso tão primitivo como a intuição?

2

Depois de várias e infrutíferas tentativas, o milionário holandês Otto Jorgensen finalmente escolheu Giaccomo e o elegeu sócio minoritário para a América Latina. Jorgensen tinha membros curtos, era praticamente calvo, com cerca de 1,55 m de altura, sobrancelhas grossas e uma coloração sempre rósea nas bochechas. Em duas ocasiões, tive um breve contato com ele. Uma na editora, outra em uma recepção que aconteceu na mansão de Giaccomo, logo depois que a Filamentos foi incorporada ao grupo Forster.

Mesmo quando ninguém estava interessado, Otto abria seu caderno de notas para citar seus aforismos, geralmente lugares-comuns entremeados por citações e frases de efeito. Costumava ser aplaudido por aqueles que lhe servia de público.

Sempre acompanhado de dois seguranças "desarmados", ele sussurrava, aos mais íntimos, que portavam "apenas armas brancas", pequenas facas presas atrás dos cintos. Otto gabava-se de só permitir o uso de instrumentos inofensivos.

O império do livro digital começara seu reinado em meados dos anos 1990, mas firmou-se no início dos anos 2000, para sofrer uma aceleração em 2008, durante e após a crise e o crack norte-americano da bolsa, com a subsequente bancarrota do Lehmann Brothers e o estouro da bolha hipotecária em Wall Street.

Otto, que já vinha de uma família rica, teve então uma ascensão meteórica. Num rápido levantamento sobre ele

VIII | FUSÃO

na web, podia-se ler que seus avós enriqueceram durante o domínio nazista na Holanda. Bens confiscados dos judeus, incluindo importantes obras de arte, foram incorporados ao acervo familiar da família. Ele sempre negara que essa era a origem do patrimônio e, frequentemente, fazia um esforço público para mostrar sua adesão à plataforma que o aproximou de causas que seduziam os grandes humanistas da atualidade, os burocratas da União Europeia.

O clímax do seu exitoso tino comercial foi comprar uma casa editorial, a tradicional Velser, que estava quase falida, para reerguê-la e depois revendê-la pelo quíntuplo do preço. Em seguida comprou pequenas editoras e foi unificando-as sob um único selo editorial. Essas transações o fizeram despontar como um gênio dos negócios financeiros e ele foi reconhecido como um dos editores mais poderosos da Europa.

Em sincronia com a ascensão dos novos governantes europeus, alavancou negócios pessoais em inúmeras áreas. No início dos anos 2000, sua fortuna pessoal fora calculada em quase meio bilhão de euros. Criou várias startups com os mais diversificados projetos tecnocientíficos, subsidiou pesquisas e montou um parque industrial de drones e máquinas de impressão 3D, cuja finalidade, entre outras, seria a fabricação de próteses e orteses médicas de baixo custo.

Em seguida, vendeu negócios e ativos para dedicar-se exclusivamente ao empreendimento que o consagrou na Europa e nos EUA: o descobrimento de autores e a produção de best-sellers em escala industrial. Inicialmente, sondava escritores autopublicados na plataforma da Amazon

NAVALHAS PENDENTES

e os atraía para publicá-los com sua grife. As cláusulas desses contratos nem sempre eram devidamente analisadas por eles.

O consumo de livros e a indústria do entretenimento explodiram em uníssono. Em apenas quatro anos, a Forster Inc. transformou-se em uma das mais poderosas editoras da Zona do Euro. Depois de um episódio de quebra de confiança de uma filial em Moscou e do desgaste com os sócios russos, jornalistas o abordaram para uma rápida entrevista.

— Pretende abrir novas representações no Brasil?

— Meu homem de confiança lá é Giaccomo Gentil, minha parceria será feita com a Filamentos.

Fazia todo sentido buscar consagrar-se no ramo, montando um parque editorial transnacional, com sede no Brasil. Otto detectou que, apesar de ter uma das piores taxas de leitores per capita e consequentemente um mercado muito fraco do ponto de vista de consumo, a América do Sul tinha enormes potencialidades financeiras. O oligopólio era vital em suas pretensões de dominar, também, a indústria do livro, em todas as etapas, da prospecção de originais até a comercialização.

O escândalo das relações dele com regimes corruptos na América do Sul foi abafado pela extensa rede de contatos que Giaccomo havia construído. Eram acordos com o partido, subsídios generosos aos blogs pagos e anúncios contínuos nos grandes jornais.

Depois do atrito com os russos, Otto teve um surto psicótico e foi tratado na mesma clínica que frequentou na adolescência nos arredores de Zurique, de lá saiu medicado com um coquetel de drogas psiquiátricas.

VIII | FUSÃO

— Foi ali que tive minhas primeiras ideias visionárias. Meu terapeuta costumava aconselhar-me a sublimar minha patologia e transformá-la em sucesso.

A aproximação entre Giaccomo e Otto consolidou-se e só se tornaram amigos depois que oficializaram a fusão. Não tinham grandes afinidades intelectuais, mas compartilhavam a obsessão por Shakespeare.

No circuito das feiras de livros internacionais e nos grandes eventos de literatura mundial, Cleo era uma presença exuberante e, quando desfilava, era comum que recebesse muito mais atenção dos grandes editores e jornalistas do que seu marido.

Os autores, inicialmente avessos ao ostensivo marketing autopromocional da dupla, foram sendo cativados com contratos de publicação cada vez mais generosos, além de contar com a garantia das campanhas da Forster, que se tornavam progressivamente mais hegemônicas. As pequenas editoras colapsaram ou foram assimiladas pela Foster.

Assim a editora Filamentos foi conquistando mais espaço no meio cultural e nas prateleiras das livrarias, além de críticas e resenhas publicadas nos principais cadernos de cultura e de literatura. Essa política mudou depois e os autores foram sendo protegidos e "escondidos" do grande público, conforme a nota que a Forster soltou para a grande mídia:

"Pesquisas qualitativas apontam para o fato de que a literatura está cada vez mais sujeita às novas modalidades de culto à fama e a superexposição de escritores nas mídias sociais e na imprensa está levando a um aumento da rejeição dos consumidores. No estudo também ficou patente que autores inacessíveis, desconhecidos e com um estilo low-profile aguçam mais a curiosidade dos leitores."

A Forster Inc. Consolidou-se como num grande conglomerado, uma das maiores corporações do mundo. Foi nessa época que minhas desconfianças aumentaram e comecei a pensar no projeto que nunca deveria ter sido posto em prática. Como Jean Prada insistia, o lugar certo para a maioria das ideias é a lata de lixo.

Como é fácil fazer autocrítica retrospectiva! Na época, considerei fazer um teste. Sabia que seria arriscado, até poderia definir minha sorte naquela companhia, nunca o inimaginável desfecho.

3

Otto Jorgensen não era apenas o proprietário e o editor-chefe da Forster INC., ele era o cabeça da fusão. Mas qual era concretamente a ligação dele com Karel? E com o súbito desaparecimento de Jean Prada? O que Diana C. tinha ido fazer na casa de Cleo e Giaccomo na antevéspera do acidente com o avião?

Pelo que sei, Giaccomo não recebia ninguém fora do expediente, mas, segundo consta, combinaram um encontro no apartamento alugado e ela ficou lá mais de uma hora. Sobre o que falaram? Vá saber!

Quando estava no metrô no trajeto de volta à editora, comecei a achar tudo mais estranho ainda. Depois de todas as investidas e complôs organizados por Diana C., a polícia fechou a entrada da editora e, em plena vigência do meu aviso prévio, cada funcionário da Filamentos foi interrogado, com os policiais fazendo as mesmas perguntas.

Qual foi a última vez que você viu Giaccomo? Ele tinha problemas familiares? A viagem foi planejada com alguém? Ele tinha amigos que moravam fora da cidade? A apólice de seguro estava em nome de quem? Quem eram seus melhores amigos?

Essas, além de outras, que ninguém conseguia imaginar a que conduziriam.

Quem cuidava da emissão das passagens aéreas? Por que ele deixou as malas aqui, antes do fim do expediente? Com quem ele conversava nas redes sociais? Quais os perfis anônimos que ele escolhia? Como era a relação dele com a esposa? Tinha inimigos? Quem é esse Karel? Karel, F.? O que podem dizer sobre esse autor? Onde reside? Por que todas as correspondências da editora com ele estão criptografadas? Todas essas perguntas só mostravam que os acontecimentos não eram só imaginários. Como a polícia conseguiu essa informação é um mistério. Quais os contatos de Otto Jorgensen e Rublev Analiova?

Depois dessa enxurrada de perguntas, eles as repetiram para investigar o paradeiro de Jean. Essa era, sem dúvida, a técnica investigativa clássica para explorar as possíveis inverdades nas contradições.

Entre os romances policiais que li pelo encargo profissional, preferia autores estrangeiros. O catálogo da editora estava repleto deles. Dispensávamos, imediatamente, lá para o último andar, autores nacionais que ousavam enviar manuscritos do gênero. Publicávamos muito mais literatura europeia do que norte-americana. Certamente preconceito contra a língua portuguesa. Oficialmente não, mas as preferências não poderiam estar mais escancaradas.

Em termos de técnicas de investigação criminal, estamos atrasadíssimos: menos de 6% dos casos de homicídios são resolvidos no Brasil, contra os quase 90%, 80% e 65% elucidados, respectivamente, no Reino Unido, na França e nos Estados Unidos. É preciso, também, levar em consideração que os europeus sempre tiveram um campo considerável para a experimentação do crime profissional, com traquejo em massacres e genocídios. Afinal, treino é tudo.

VIII | FUSÃO

4

— Suspenda o fio!

— Faço o trabalho sujo e você é que me dá as ordens?

— Verme. Quem está pagando?

— E daí? O pescoço é meu, querido!

— Eu pago, eu digo onde e quando você se enforca!

Esse era o trecho de um diálogo numa gravação recuperada pelo laboratório de som da polícia científica que, indiretamente, poderia me incriminar.

No laudo da perícia, o sangue achado no meu apartamento, para meu alívio, não era de Giaccomo, e o DNA também não era compatível com nenhum dos envolvidos. Todos foram interrogados e dispensados. A prova com luminol tampouco revelou algo.

Restava saber como e por que o sangue de Jean foi achado no banco traseiro do meu carro e as faturas bancárias da Filamentos em minha casa. Apesar de desprezada, a intuição aparece, mas acaba esmagada pela onipotência da razão. Substituímos o senso do Onipotente pela onipotência. Ficou evidente, assim, que aquele vazamento foi planejado, as pistas, direcionadas, tudo com um único propósito: me incriminar para tirar o foco de um segredo muito mais importante. Diana C. queimara o arquivo por deleite?

Nesse caso, por questões de sobrevivência, eu tinha interesse direto em esclarecer por que a peça de acusação fora montada com esse roteiro. É claro que às vezes eu me dividia. E se tudo não passasse de acasos sequenciais do reino aleatório?

241

NAVALHAS PENDENTES

Lembrei-me dos casos reais como os de Mário Driktol, um amigo que, distraído, entrou num elevador e sumiu no fosso de um hotel de luxo em Florianópolis; de Gustavo Hendriks, desmontado e triturado num shopping de Miami ao enganchar o fio de náilon de sua capa de chuva numa engrenagem de escada rolante; e de Charles August, atingido na cabeça por um raio enquanto trafegava em seu automóvel blindado com o teto solar aberto, protegido por pneus especiais japoneses. Como determinamos o risco quando não estamos onde deveríamos estar?

Ficava me colocando no lugar de Driktol, entrando no elevador, depois a queda, centímetro a centímetro, despencando pelo fosso de mais de 30 metros de altura. A consciência no escuro, o efêmero que precede o baque, o esmagamento a seco, a inutilização de órgãos inteiros espalhados pelo piso do subsolo e o sangue inútil pingando no mármore branco da garagem.

Em seguida, recebia dentro da cabeça uma imagem com um som muito peculiar. Mais uma vez, o chapisco. Sob aquele som tive mais uma de minhas visões: enxerguei o holandês e um de seus capangas.

Segundo o protocolo, os originais obedeciam a um ritual fúnebre cujo destino era um forno acoplado ao enorme picador de papel, importado da Holanda. Arremessados, os originais eram, finalmente, incinerados. Esse procedimento foi justificado depois que dois casos de originais descartados foram publicados por uma editora pirata.

Meu último acordo, sempre informal, exigia sigilo absoluto de tudo que lia, garantindo meu anonimato nos pareceres que emitia.

5

Dizem que os editores holandeses, os maiores e mais profícuos do mundo, têm resolvido o excesso de produção literária de seu país com unidades similares àquelas que tínhamos na Filamentos. Ninguém colocou o know-how em dúvida. GG, então, importou a novidade da Feira de Frankfurt, logo depois de um encontro com Jorgensen.

Minha única experiência naquela feira foi frustrante. Imaginava glamour, mas o que mais vi foi um desfile de escritores ostentando genialidades duvidosas. Escoltados por influentes agentes literários, aquelas pessoas que selecionam e filtram o que irá ou não parar na mão dos editores. Agências literárias, uma praxe mais do que estabelecida na Europa e nos Estados Unidos, eram uma modalidade negocial que ainda engatinhava na América do Sul. Seu papel era estabelecer uma ponte entre editores e autores com potencial e, em caso de sucesso, receber, em contrapartida, porcentagem pré-contratada dos royalties e adiantamentos devidos ao escritor.

Os negócios mais vultosos eram concentrados nos contratos com editoras europeias. Naquele ano, nada de novos escritores latinos e suas realidades urbanas, com exceção daqueles que vinham com financiamento estatal de seu respectivo país. A nova editora associada à Filamentos, resultado da fusão com a Forster, não poderia aparecer formalmente nos contratos, nem era permitido que se mencionasse a união. Diana também estava na feira e representaria Karel para receber os prêmios e encaminhar, por e-mail, as perguntas da imprensa.

Nunca tive proximidade com os publishers ou editores internacionais e jamais entendi – também não perguntei – porque havia sido escalado para estar lá entre eles. Meu domínio precário da língua alemã não bastaria. Passei a semana com enjoo e náuseas.

Eu conhecia alguns dos autores, como o escritor alemão Gunther Grass e suas desculpas para apoiar o nazismo na juventude, a exploração despudorada de Cristiane F., os copyrights de Annie Frank em mãos de uma editora da Coreia do Norte que, na versão local, decidiu substituir os nazistas pelos norte-americanos e, finalmente, fiquei perplexo ao descobrir que o best-seller de Hitler havia alcançado grande sucesso como encarte dominical em uma famosa publicação jornalística italiana. O desejo de vingança insuflou minhas pretensões sádicas.

Ninguém, talvez, saiba realmente quais são os critérios que fazem de um autor um sucesso de vendas. Quando o critério é o sucesso, talento é a undécima parte da coisa e, muito provavelmente, a menos importante. O que torna absolutamente verossímeis carreiras destroçadas é a realidade, e exemplos nos mais variados campos não faltam: o motorista de ônibus na Califórnia que já fora um dos cientistas mais importantes da NASA, ou um dos mais prestigiados cirurgiões russos que acabou trabalhando como segurança em um estacionamento em Israel.

Cleo chegou à recepção com uma roupa extraordinária e lamentei não ter insistido em seduzi-la novamente. Ao ver suas mãos passeando pelo próprio corpo e a leve curvatura

VIII | FUSÃO

dos seus lábios, fui para um canto da festa para lamentar. Como pude perdê-la? Como pude perder o que jamais tive?

Em seguida, logo depois da Sra. Gentil, Diana entrou discretamente, deduzi que estava disfarçando sua chegada. Notei que elas trocavam olhares e sinais com as mãos.

No último dia, tive que ir até Berlim para colher assinaturas de um editor associado. O taxista iraniano tentou me animar mostrando o Reichstag e narrando com entusiasmo os eventos de 1933. Nem saí do quarto e, da janela do hotel, acompanhava a chuva riscando a paisagem, indecisa. Se minhas suspeitas procedessem, por que a Filamentos precisaria estar presente numa feira como esta? Para manter a fachada? Era mais uma prova de que um espírito conspiratório havia mesmo se apossado de mim. Naquela última noite, já embalando minhas coisas para a volta na manhã seguinte, comecei a considerar seriamente o que passei a ouvir com cada vez mais frequência. Eu teria capacidade para produzir textos melhores do que aqueles que era obrigado a ler?

IX
Emissária

IX | EMISSÁRIA

1

Minhas lembranças me remeteram novamente àquela tarde quando voltei da festa de confraternização pela iminente fusão. O título pomposo no banner era pretensioso: "Editora Filamentos: trinta anos de originalidade".

Fui, enfim, compreendendo que eu era apenas um laranja escolhido a dedo para despistar. Era um golpe contra os escritores, mas, para os diretores e recebedores de bônus em todo fim de ano, o essencial era alcançar a fusão que salvaria a Filamentos.

Karel precisava estar fora da jogada e eu ainda nem me aproximava de compreender o motivo. Giaccomo, o pseudos-suicida, sobreviveu a si mesmo em pelo menos duas tentativas. O seu ciúme era proporcional ao desinteresse de sua esposa por ele. Como a maioria dos homens, ele resolvia seu dilema de traído cultuando várias mulheres ao mesmo tempo. Enfim, chegou o grande dia. A festa para comemorar a fusão com a grande editora de Jorgensen. Estavam todos de pé, brindando antecipadamente. Agora, só restavam pequenos ajustes finais, as formalidades de praxe. Giaccomo e Cleo estavam, finalmente, a poucos passos de conseguir tudo o que sempre desejaram. Os fotógrafos a postos para registrar a entrada triunfal do casal, enquanto os jornalistas já pensavam na manchete: "O maior editor do país convida todos os seus funcionários para celebrar a fusão".

Cheguei cedo e sentei-me a uma mesa lateral, junto ao staff secundário, aqueles que sustentavam a rede operacional da editora: revisores, tradutores e gráficos.

Dali, sentado, via tudo, sabendo que teria uma chance, única, para acabar com o engodo e estragar a festa. Sabia tudo o que tinha acontecido, havia registrado provas das transgressões e dos podres que calçaram o caminho daquela cúpula até a ascensão. Para o ato heroico, teria de me convencer do meu potencial para explodir tudo de uma vez.

O momento me proporcionou uma sensação mágica. Algum tipo de neurotransmissor vulgar e as substâncias químicas que os cientistas juram que ditam os nossos comportamentos me inundaram com uma falsa convicção: era o poder ilusório dos fracos. Por instantes, adquiri potência. Eu sabia, e ele sabia que eu sabia.

GG tinha qualidades, como um monstro moral, fora treinado para exercer um comportamento predador. Não era a primeira vez, mas ali, perto dele, pude sentir o hálito da morte. E, quando ela está por perto, vale a pena ser cerimonioso.

Giaccomo levantava uma caneca de cristal, ria e segurava a mão da esposa. Ele confraternizava e beijava Diana C. enquanto abraçava sócios e acionistas que eu nunca vira. Cleo me observava com atenção, parecia torcer por um escândalo. O chefe holandês, Otto, não veio, enviou o russo, o vice-presidente da Forster Inc., Rublev Analiova. Ele tinha uma estatura média, talvez 1,70 m, muito forte, perfil de halterofilista, nariz de boxeador, cavanhaque bem delineado e orelha lobulada como as dos lutadores de wrestling. A assimetria em sua face indicava que já havia sido partida algumas vezes. Sem aceitar as bebidas que lhe serviam, ele também ria à toa, afecção comum a gringos em faixas tropicais.

Os óculos de gala interativos de Giaccomo, retangulares e com chips eletrônicos, escondiam seus olhos nas espessuras das lentes. Atrás delas, haverá algum reflexo das vidas que ele destruiu? Eu me perguntava enquanto ele erguia sua taça triunfal.

2

Eu me levantei para ter, pela primeira vez na vida, uma faísca de presença de espírito. E, só para ninguém dizer que não sei apreciar os méritos do carrasco, Giaccomo foi ainda mais rápido, pontaria e prontidão admiráveis. Éramos opostos em muitos sentidos, ele um autômato de altíssima precisão, tinha o timing na mão, enquanto eu não. Esse sempre fora meu problema central na vida. Por isso, teria ido trabalhar para ele?

Ele se levantou, deu três passos arrastados, simulando um tango mal interpretado até me alcançar pela manga exageradamente larga do paletó. Imediatamente, me tirou da mesa secundária e me puxou para o seu lado, me fazendo sentar à mesa principal. Em segundos, eu estava pronto para falar, cuspindo toda a massa de indignações engasgada, não estava mais disposto a ser transportado ao mundo dos cordeiros.

Em seguida, ele afastou a cadeira da esposa com o pé e me fixou bem ao seu lado. Cleo afagou meu ombro e se encolheu, deslocando a cadeira sem se levantar. Nem sabia se conseguiria mesmo falar. Minha respiração ficara entrecortada e uma pulsação irradiou-se até a região lombar.

— Vocês vão ouvir da boca de nosso querido editor assistente, e agora – disse fazendo uma pausa – nosso mais recente membro da diretoria.

Eu? Membro da diretoria?

— Agora Homero nos dirá algumas palavras! – GG anunciou em voz alta. – Por que você foi sentar-se lá longe?

IX | EMISSÁRIA

Seu lugar sempre foi aqui, nesta mesa. – E olhou em volta enquanto perguntava sobre o script sigiloso que ele montou.

— Quem foi que o colocou ali? – Perguntou, rindo e abaixando o tom da voz.

Você, seu cretino! – Eu pensava e afastava meu instinto homicida.

— Isso, Homero: discurso, discurso, discurso! – Gritaram alguns convidados, enquanto Giaccomo puxava o coro com as mãos.

Os convivas cúmplices da mesa principal se agitavam. Os subordinados periféricos da mesa lateral – eu os encarava – testemunhavam a cena, subjugados com os copos de champanhe elevados em meio brinde.

Limpei a garganta e tossi antes de começar:

— Bem, eu não falaria... – iniciei em meio aos engasgos. Giaccomo beliscava meu braço intermitentemente como se enviasse, em Código Morse, uma mensagem para mim.

— Só tenho que agradecer a oportunidade de trabalhar numa editora tão importante e conceituada como a Filamentos.

Meu corpo latejava.

— Que a fusão sirva para nos unir e recompensar os artesãos que são aqueles que, na verdade, sustentam esta empresa. É importante que não se cometam injustiças com os escritores, eles estão submetidos a um tipo de contrato que precisa ser mais transparente – eu precisava vomitar todo o discurso antes que a coragem se esgotasse – também gostaria de explicar que apesar de bem-vinda a fusão é uma boa oportunidade para pedir ao nosso presidente para mudar nossa política editorial com os escritores e seu material.

Ensaiavam-se os primeiros aplausos quando Giaccomo me puxou, cortando minha fala. Ao mesmo tempo, ele usava sua mão espessa sobre minha perna para me reter na cadeira. Ainda esbocei uma reação, repuxando a toalha, o vinho tinto respingou da taça e manchou de carmim sua camisa e seu colarinho branco.

3

Depois do evento, me encolhi pelo resto da tarde. Meu primeiro erro foi lá atrás, quando visitei o anexo secreto. O segundo foi ter confiado em Jean e em Diana. O terceiro e o mais grave foi não ter insistido na relação com Cleo. Evocar a realidade retrospectiva é fácil, difíceis são as decisões com timing. Na análise a posteriori, tudo fica claro: você é o único responsável quando aceita tentar remendar uma rede fatídica.

As invenções para assegurar a segurança viraram instrumentos ameaçadores: câmeras digitais que rastreiam a íris, aparelhos telefônicos celulares que gravam e filmam mesmo desligados, canetas que transmitem informações sigilosas com criptografias mutantes, chips que podem ser instalados na pele ou no corpo por meio de uma bebida, um aperto de mãos, ou pela saliva num beijo ou afago na face. Tudo isso provocando interferências ativas em circuitos neuronais usando DNA viral. Ninguém assume às claras, mas a vida privada já agonizava bem antes de Boris Pasternak ter afirmado que ela acabara na Revolução Russa. A ameaça paira no ar, não só nas teses acadêmicas.

E se alguém me identificar aqui no esconderijo do litoral? E se alguém bisbilhotar o prédio e perguntar quem está no apartamento panorâmico? Como aconteceu com meu pai na ditadura, serei dedurado pelo síndico e denunciado pelos vizinhos como suspeito? Eu vira aquele sujeito que se achava síndico poucas vezes. Era pequeno, sorrateiro, com cabelos oleosos, sem senso de humor e com ares de investigador.

4

Alguém me ligou na segunda pela manhã e deixou uma mensagem.

Era uma voz de mulher.

"Represento Karel e não posso falar por aqui. Veja a mensagem de texto enviada para o seu celular. Aguarde as próximas"

Desconfiei de mais uma armadilha, mas quais escolhas teria? Sem família e com os contatos de trabalho comprometidos, o que tinha a perder com alguém que escreve "um assunto de seu máximo interesse"?

O papel do dinheiro nas relações se é um tema que merece ser mais bem investigado. Estudar o capital per se era uma tarefa a ser desenvolvida. Não me refiro às contradições do capitalismo, mas ao curioso significado que o papel moeda tem para cada sujeito. Como um pergaminho à base de celulose pode ser tão determinante, tão apartado do seu simbolismo imediato? Para além do fetiche, estamos possuídos pelo espírito das finanças.

Na mesma madrugada, depois que um protetor anônimo agendou a reunião com a trinca de advogados, recebi nova mensagem de texto:

"Caro Homero, há uma pessoa muito interessada em ajudá-lo. É muito importante que você se apresse e prepare uma pequena mala com poucos itens pessoais. Vou passar aí e te esperar na porta do seu prédio em aproximadamente uma hora. Estarei num Camaro prata."

IX | EMISSÁRIA

Eu não estava em posição de questionar nada. Era um Camaro blindado. Já havia visto aquele carro antes, mais de uma vez. Ela encostou o carro bem ao meu lado e acionou o botão para abaixar o vidro.

— Homero, certo? Homero Arp Montefiore?

Fiz que sim, ela levantou o vidro e abriu a porta para que eu entrasse no carro.

--Bem-vindo.

Havia uma camada em sua face, uma lâmina de cera branca. A película ressaltava a maciez do rosto.

Ela acelerou e arrancou usando torque máximo, os 461 cavalos disponíveis daquele motor. Dirigia com destreza e estava em alerta constante, sempre conferindo o retrovisor.

— Qual é o seu nome?

— Me chame de Palomar, é mais seguro para nós dois. Já estamos perto.

Seria ela uma executiva em uma missão?

— Para onde vamos?

— Para um escritório aqui perto.

Já estava escuro. A bela emissária de Karel usava uma saia jeans curta com franjas e dirigia com um ímpeto de piloto experiente. Suas mãos eram perfeitas e precisas. A moça era resoluta enquanto ia passando-me instruções com algum sotaque e a loquacidade dos viciados em anfetaminas.

Estamos num país de leis voláteis, com aplicação lenta e seletiva do código penal.

Ela sacudia os punhos enquanto tentava me contagiar com sua indignação. Minha indiferença ficava cada vez mais evidente.

— E qual é o conselho para um cidadão acusado por inimigos invisíveis de como se defender? – Desabafei – Piora muito quando você não sabe exatamente do que está sendo acusado – prossegui.

Ela não parecia ouvir e fazia conversões abruptas em alta velocidade. Eu deslizava no banco enquanto tentava me segurar na maçaneta da porta.

— Parece nota de imprensa plantada na mídia por advogado de delinquentes, mas e os inocentes que sofrem com os erros jurídicos? – Continuei, enquanto me enforcava na fivela com as manobras extremas, tentando não regurgitar o café da manhã.

— O senhor tem razão. Acabei de desembarcar vinda de Brasília depois de uma sessão do Supremo. – Ela disse quando brecou bruscamente quase na entrada da garagem. – Ao contrário do senso comum, "o sistema" – esclareceu – é uma entidade nada abstrata, ele pode não ser autoconsciente, mas, juro, tudo funciona como se ele fosse um ser vivo. Agora, já criou pernas e garras e anda sozinho por aí.

Balancei o queixo, concordando.

— Para funcionar direitinho – ela prosseguiu – o establishment exige monitoramento constante. Erguida e mantida, a democracia só consegue funcionar com todos visíveis sob controle, enquanto os invisíveis, Sr. Homero –, e ela quase parou para me olhar nos olhos e fazer uma ameaça – devem permanecer à sombra.

IX | EMISSÁRIA

Ela piscou.

— Isso – respondi. – É preciso eleger alvos preferenciais. – Arrisquei, prolongando a conversa.

— Alvos preferenciais – ela repetiu, sem me olhar, sorrindo, como se achasse a afirmação desnecessária, e inclinou-se deixando à mostra o decote revelador.

Foi brecando e parou na porta da garagem, ao chegar no subsolo puxou o freio de mão com violência, saiu do carro com agilidade segurando um chapéu. A moça era absolutamente jovial e a idealizei como uma pessoa inocente e genuinamente benévola, mas o caráter sempre surpreende. Aparências não valem nada mesmo.

5

Chegamos ao destino. Era um banco e estávamos fora do horário de expediente. Ela então se aproximou olhando para dentro de uma porta na rua lateral, uma entrada ampla, de vidro grosso blindado, com fortes hastes metálicas. Ela tocou a buzina, acenando para alguém invisível e a porta se abriu. Descemos na garagem, estava vazia. Fomos até o quarto subsolo e ele embicou o carro em uma vaga privativa. Saímos rapidamente do veículo e, num elevador automático, ela me precedeu para passar o crachá no controle.

A porta fechou e, em segundos, chegamos ao décimo oitavo andar. Para abrir a porta, ela digitou quatro algarismos duas vezes e me olhou. Pensei, naquele momento, que ela desejava que eu memorizasse o número. Estávamos a sós numa sala enorme. Ela se ajeitou na cadeira em frente a uma mesa de vidro fosco e me convidou a sentar. Na poltrona, percebi como havia perdido peso.

— Você está bem? Acenei que sim.

— Vou ser franca e direta, Homero, mas, antes, por favor, preciso que me entregue o seu celular.

— É um pré-pago e está desligado – hesitei.

A mão dela permaneceu estendida. Entreguei o aparelho. Ela removeu a bateria e o chip com agilidade. Enfiou-os numa bolsa, levantou-se e saiu do ambiente. Sentado, eu seguia os seus passos. Ela deixou o celular desmontado numa sala ao lado. Voltou, fechou a porta e olhou diretamente nos meus olhos, agora mais séria, dizendo com um sorriso:

IX | EMISSÁRIA

— Giaccomo tinha um plano.

— Só um? Eu já imaginava.

Ela ignorou minha ironia e prosseguiu:

— Como eu dizia, ele tinha um plano, mas não foi ele quem montou tudo.

— Tudo o quê? Palomar, não sei por que me trouxe aqui. Estou sendo procurado. Sei que caí numa armadilha e estou tentando descobrir se foi mesmo um complô ou se as conspirações nascem por geração espontânea. – Concluí retraindo-

-me na cadeira.

— Entendemos as suas desconfianças, mas o problema não é exatamente como você imagina.

— Talvez você posso me dizer como é que eu imagino?

— Há mais complexidade do que você cogita, Homero. De fato, ele contratou uma equipe para despistá-lo, mas suspeito que você foi o alvo de mais de uma trama ao mesmo tempo. Giaccomo achou que suas desconfianças colocavam a fusão em risco.

— Karel não está metido nisso, está?

Ela demonstrava impaciência, era o tipo que não tolerava perder tempo.

— Sei que GG e Diana prepararam uma arapuca para mim – continuei.

— Não é nada pessoal. E o plano não é só contra você. Eles querem proteger a empresa e a fusão.

Folgo em saber, eu pensava.

— E quem você representa?

261

— Sou uma conhecida de Karel, que me pediu ajuda. Para poder saber mais, tive de me infiltrar na organização, isso há dois anos, mas só agora descobri os detalhes.

— Uma infiltrada. Diga-me então qual é o problema, são as minhas avaliações?

— Não sei todas as respostas, Sr. Montefiore, ou prefere Wolff?

— Não preciso de todas, me contentaria com algumas.

— Minha proposta é ajuda prática, vamos dispensar qualquer tentação de iniciar uma psicanálise selvagem dos seus empregadores. Olha que seria até interessante – ela parou, virou a cabeça de lado e sorriu esperando minha concordância – sou muito boa nas pistas indiciárias, mas não sou criminalista. Agora você deve agir e tomar uma decisão rápida.

Fiquei inquieto e me levantei da cadeira, se tivesse um cigarro, fumaria.

— Há muito mais em risco – ela tentou me acalmar, me convidou a retornar à cadeira enquanto colocava a palma da mão na própria nuca para se massagear, girando o pescoço e tentando produzir algum click articular.

— Karel corre perigo? Ela usou os olhos para concordar.

— Você acaba de me dizer que está um complô está em curso. Tenho o direito de saber. Primeiro: o que foi que eu fiz para ser eleito como alvo?

— Meu cliente, a quem, por enquanto, só conheço indiretamente – ela começou a piscar com insistência num tique aflitivo – me instruiu ser sucinta. Giaccomo sempre

262

IX | EMISSÁRIA

sonhou ser o principal autor de sua própria editora e coube a Karel esse papel.

— Isso é ridículo. Nunca avaliei os textos dele.

Imediatamente, me arrependi, deveria ter confiado em minha intuição. Várias vezes reprovara textos que vinham com o nome de Karel sem a convicção de que ele seria o autor.

Ela balançou a cabeça e me olhou fixamente.

— Karel não é o único a usar pseudônimo.

— Mas, por que simplesmente não me demitiram?

— Existem detalhes que o senhor só saberá depois.

Fiquei mudo. Exausto com o excesso de realidade, exaurido pelo acúmulo de constatações.

Ela prosseguiu:

— Giaccomo sempre foi obcecado por Karel. Achamos que esse pode ter sido o motor...

— O motor?

— Lembra-se? A motivação é o primeiro motor, a alma do crime.

Não aguentei, apenas coloquei as mãos na cabeça como a pedir ajuda.

— Então, é verdade, eles plantaram as evidências que o senhor já conhece e as que ainda desconhecemos.

— Não compreendo... - eu disse sem conseguir ordenar os pensamentos.

— No caso das acusações de desfalque, usaram recibos que você já havia assinado.

— Eles?

Mesmo já tendo imaginado conspirações semelhantes, a explicitação fez meus pés frios e meu coração entrou em descompasso. Eram as extrassístoles. E desde pequeno minha pulsação na carótida e no abdome era tão peculiar que virei atração na escola. Era um segredo, ninguém sabia, mas para a mulher completamente estranha tive vontade de confessar minha doença, e sem meias palavras. É deplorável, mas eu, às vezes, usava minha condição clínica como um último recurso.

— Não sei se você sabe, tenho síndrome de Mar...

— Também sofro à beira-mar. Mas posso ser completamente sincera com você, Homero?

É tudo que peço, desembuche! Eu apenas pensava, mas, dentro da minha cabeça, parecia que gritava. Acedi com a cabeça imaginando a sinceridade como arma e, da ponta da língua, senti que o impacto viria à queima-roupa.

— Sei que cada grupo lá na Filamentos, hoje KGF-Forster©, tinha seus motivos. Suas ressalvas à fusão, aos livros em plataforma digital, às relações na editora, sem mencionar as questões com Karel, são alguns deles. Se quiser se abrir comigo, é o momento, e, se aceitar, de agora em diante, serei sua representante legal e tudo que me disser devo guardar como sigilo profissional.

Ela dissimulou o interesse, arrumando os papéis na mesa, mas estava patente, era um olhar do tipo "antes de ver, somos vistos". Ela estava à espera da explicitação que eu não faria mesmo com todas as garantias de sigilo e proteção.

Calei-me e mirei seus olhos oblíquos e claros. Reparei em seu cabelo loiro, seus enormes cílios postiços e suas pálpebras pintadas de roxo esperando por uma conclusão, algum acerto final. Seria um disfarce?

IX | EMISSÁRIA

— Só você está apto a conectar os fios e, quem sabe, me ajudar a esclarecer ponto por ponto. Quais os motivos para tanta gente querer te prejudicar?

Estrategicamente, tive de concordar e acenei que sim, mas nós dois sabíamos que não havia respostas satisfatórias e que nada daquilo fazia sentido.

— E Jean Prada?

— Ainda está desaparecido. Infelizmente, eu e Karel suspeitamos que ele pode ter sido vítima de sequestro. Podem tê-lo obrigado a concordar com a chantagem, mas, quem sabe?

— Sim, quem?

— Hipóteses, Homero, ainda não acharam nenhum corpo. Quer saber a nossa hipótese? O plano original era te assustar e fazer com que o seu pânico o levasse até a armadilha. Ele queria ter acesso ao meu cliente. E ao mesmo tempo...

— Ao mesmo tempo...

— Sabotar Karel. Por isso mesmo Giaccomo, mais de uma vez, te enviou falsos originais como textos de Karel e sob outros pseudônimos... disso temos certeza.

— E como eles sabiam que seriam recusados?

— Não sabiam, nem ele, nem Diana. Mas está claro que foram enviados para que você os reprovasse.

Poderia ser um momento daqueles insights que Karl Bühler chamou de "Ahá", mas era só o óbvio esfregado na minha cara. Conforme as fichas iam caindo, eu me encolhia na cadeira e, ao ver como fui logrado em cada uma delas, restava-me um sentimento de mortificação, meu peito preenchido por gelo.

— Tem água aqui?

Ela ignorou o último pedido do condenado e seguiu:

— Isso o descontrolou e ele passou a ameaçar a quem represento. As chantagens vieram depois.

— Mas que louco, filho de uma p..!

— GG tem uma personalidade fragmentada, porte de arma, já foi processado por agressão, tem várias ordens restritivas, você sabia?

— Desconfiava. Não sei nem quem é Karel, onde mora, nem sequer se existe de fato.

Fiquei atento às suas feições, viria a calhar um possível deslize dela nas impressões faciais.

— Você pensa que não conhece, mas, garanto, conhece melhor do que a maioria. Te asseguro, também, que o outro lado sabe muito mais sobre você do que imagina.

Essa frase me encheu de esperança. Será? E se eu não fosse só um desconhecido na vida de Karel?

— Imagino que você saiba que, há muito tempo, o nosso querido amigo editor teve um relacionamento amoroso com Karel.

— Desconhecia. E o que isso significa?

— Tenho compromissos com a confidencialidade e estou proibida de informar detalhes.

Primeiro, ela piscou para mim ao fazer essa confidência explosiva. Eu, agora, passava a ter como construir os elos. Depois, levantou os olhos devagar para me olhar com pena.

Mais uma vez eu era o ser imóvel que ficava estático num universo em violenta expansão, um asteroide parasita. Mais uma vez a verdade começava a se encaixar como em clicks fotográficos sequenciais.

IX | EMISSÁRIA

A advogada seguiu descrevendo a situação como se eu fosse um robô, um objeto exclusivamente continente, que perdera a capacidade de interagir. Talvez ela tivesse razão.

— Quando o escândalo estourou, houve litígio, mas aí entrou a editora assistente.

— Diana?

— Diana C. foi muito hábil e contornou a situação, foi assim que meu cliente resolveu permanecer na casa editorial dos Gentil.

— Seu cliente ou sua cliente?

Ela ignorou minha tentativa de esclarecimento do antigo enigma para continuar.

— O que importa é que Karel percebeu que pode ter te prejudicado e agora como reparação, decidiu te proteger. Há cinco meses, Giaccomo aumentou o tom das ameaças, a tragédia só não foi completa porque... – e Palomar interrompeu o que ia dizer no meio da frase.

— Por quê a tragédia não foi completa? Forcei para que ela complementasse a informação.

— Preste muita atenção, porque isso que vou te revelar é informação sigilosa. Se você abrir o bico, estou te avisando, tudo isso será negado e a ajuda e a assistência legal pro bono que estávamos dispostos a lhe oferecer será retirada. Você está compreendendo? Peço que leia e assine este contrato e preste especial atenção na cláusula de confidencialidade.

Ágil, ela espalhou vários papéis numerados sobre a mesa.

— Esta é uma procuração pela qual me outorga os direitos de representá-lo e me confere poderes especiais para lutar pelos seus interesses.

Extraordinário, eu pensava. Se apenas eu soubesse quais eram esses interesses.

Ela expunha tudo com a frieza típica de um advogado. Como de hábito, assinei os papéis sem os ler. Eu precisava prosseguir, mas ela já dava sinais de que estava encerrando o encontro.

A essa altura, eu já estava em choque. Choque pelo excesso de informações. Graças a uma elegância fora de lugar eu podia encobrir meu pânico sob a capa da ironia. Estava sozinho e não podia confiar em ninguém. Ainda ecoava o impacto da pergunta que pareceria ser a chave de tudo: como consegui tantos desafetos em tão pouco tempo?

Estava povoado de pensamentos mórbidos: qual é o sonho do candidato ao suicídio: que a morte tenha o poder de reduzir a tensão a zero.

A advogada recolheu as folhas que me fez rubricar e assinar uma a uma e, enquanto ajeitava os papéis em batidas rítmicas contra a mesa e os arquivava, me perguntou protocolarmente, como se ela tivesse alguma curiosidade na vida privada de quem iria defender:

— Você era o editor chefe? Ou aquele que avalia os originais na editora?

Juro que ali mesmo temi que ela me submetesse para avaliação sua coletânea de "poesias jurídicas".

— Um deles. Descobri, tarde demais, que não existem originais, nem quem os avalie de verdade. – Ela concordou sem ouvir e eu continuei:

— E você, Palomar, é a advogada do autor? Ou é autora?

Para mim, Karel escreve como mulher.

IX | EMISSÁRIA

Em resposta, ela grunhiu uma expressão qualquer em espanhol.

— E seu sotaque Palomar? Mexicana, colombiana, argentina? Tentei prestar atenção no lugar onde eu me encontrava.

Era evidente que estávamos em um escritório temporário, talvez alugado por hora, dentro do prédio do Privat Bank.

Ela ficou séria e puxou um envelope da pasta, limpou uma poeira invisível e me entregou o plástico transparente com um texto datilografado dentro de um envelope amarelo. Em seguida, se levantou, ajeitando a saia justa e o casaco. Sua blusa, semitransparente, era estampada com corujas douradas em relevo.

Olhei para seu decote e disse:

— Estou muito agradecido, mas posso te pedir um favor? Preciso contatar Karel diretamente. O que me aconselha? Como faço daqui em diante? É seguro voltar ao meu esconderijo?

— Fiz novos contatos, procure este corretor aqui – e me entregou um cartão – ele deve te mostrar outras opções em um lugar mais afastado. O dinheiro que você recebeu foi o suficiente?

— Mais do que o suficiente, mas quem...

— Sr. Arp...

— Homero, por favor.

— Homero, tenha uma excelente noite.

Ela esticou sua mão fria com as unhas pintadas de laranja. Eu continuei sentado, imóvel, inalando seu perfume amadeirado que lembrava o almíscar.

— Faremos contato num futuro próximo. Peço que espere alguns minutos para sair. Por gentileza, use este crachá no elevador, depois deposite-o na catraca de saída.

Ela se aproximou para a despedida, e no providencial desencontro de faces, fui atingido com um beijo nos lábios. Permaneci imóvel, obediente e às ordens.

Experts nos constrangem com a sensação de que, submissos, voltaremos à desproteção infantil, e assim ao matriarcado universal no qual tudo será provido, basta sugar. Só seremos felizes com a completa submissão. Qual seria a minha sorte? Me lembrei da palavra "goral" que meu pai insistentemente repetiu naquela penúltima noite antes do seu embarque para a terra da qual não se tem notícias. Eu teria algum futuro? Só se fosse o futuro do subjuntivo.

As páginas estavam grampeadas. Quando consegui abri-las, li as penúltimas páginas marcadas:

"Nosso histórico, antes que a memória rígida fosse afogada no La Plata. Você imitou o passo de um cavalo que passaria em teu reino e que descansaria sobre tua dor. Não, sem dor. Sem nenhum sofri-mento. E aumentaria, muito e sempre, sem poder parar mais. E eu te pintei com o leque. Pintei tua fome até te dizer para entranhar tudo. Isso nem foi possível, porque a noite em que eu sonho que te assombro me leva para longe. Mas é a sanha da sombra que me faz rodar no pêndulo da tua perna. A isso assisto, e aí tudo que estava fora, está dentro. Eu achei que era um C, mas você negou, e depois de dois ou três rabiscos, eu não sabia mais qual era a palavra. Só sabia que te amava. Eu fui seca até o absinto da mesa e você negou. Mas uma gota apareceu, eu a peguei do ar. Não havia ofensa, nem dor, nem fogo.

IX | EMISSÁRIA

Nem as palmas das minhas mãos estavam te escolhendo, e não as continha. Nada mais era proibido. Mesmo que a norma exigisse, nós a negávamos, por puro prazer. Eu te via de longe na luz da janela e tua pele refletia a limalha da manhã intermitente. Então você se abaixou e, dali mesmo, juntos, lemos nossas cartas. E então você disse que, perto de mim, você se sentia estranho... Eu te perguntei, lembro direitinho... E isso é bom? Tem que ser bom – você respondeu, lembra? Soube ali, naquele momento que, nesse lugar, nenhuma literatura cabia. Éramos pessoas inconclusas. Inacabadas. Que se entendiam, sem pré-condições. Abolidas as teorias, não havia mais educação em nós. E quem entenderia o mutualismo selvagem que éramos nós dois? À distância eu não te imagino bem, mas sei que você chora. Na areia, naquele nosso último dia, eu te assoprei a pena no ouvido e você se arrastou até minha boca e disse só um sim, por mim. Só um sim, assim, um ínfimo no íntimo, sem fim à vista.”

Quando cheguei à última página, larguei as folhas no chão. Chorei no começo e, quando terminei, ainda chorava. Depois de meses, com o máximo cuidado em manter o anonimato, estava determinado a ligar para Diana para, dessa vez, me humilhar e implorar pelo telefone ou por algum meio de chegar até Karel. O único registro de contato havia sido com ela. Lembro-me de ter ouvido, numa conversa, e nunca me esqueci: sua voz é meio anasalada, parecida com a de Bob Dylan.

6

Quando me reorientei, nem sinal da advogada. Abri a porta usando o crachá e, como um autômato mal programado, chamei um táxi, para, mais uma vez, tentar achar alguém que preenchesse as lacunas da história.

O que eu já estava cansado de antecipar aconteceu. Fui demitido da editora por intermédio de uma mensagem de texto. Era um desfecho previsível. Durante meses, considerei que ser um exilado numa corporação não era tão ruim assim. Mas era! E eu tive escolha?

Fiquei escondido em meu apartamento esperando pelo pior. Depois de duas semanas, a intimação chegou no fim do dia, alguns minutos antes do prazo legal, às 17h57. Recebi o oficial de justiça na portaria e fui obrigado a assinar, já sabendo que teria pouco tempo para achar uma estrada secundária e escapar da prisão preventiva, que fora expedida.

Eu reprisava o que os advogados tinham acabado de me aconselhar na reunião que foi agendada por telefone à minha revelia. Pelo menos agora, eu sabia quem estava pagando por aquela orientação jurídica.

Cheguei ao prédio imponente da Martinico, Dirce & Pennaforte Advogados Associadas. Sentei-me à mesa enorme e vazia, à exceção de uma garrafa de conhaque português, e fui direto:

— Gostaria de saber do valor dos honorários e quem foi que os contratou para a minha defesa.

— Sr. Montefiore, infelizmente, uma cláusula pétrea do contrato firmado com nosso cliente é não revelar essa informação. Os honorários já estão combinados. Podemos começar?

— Não tenho como recusar a ajuda. Quero saber como devo proceder. Sei que as acusações são graves.

— Bem graves, falou o advogado mais novo.

— Muito graves. Reforçou o defensor com uma gravata borboleta azul.

— Estamos divididos quanto à melhor estratégia para sua defesa.

— Entregue-se! – Ordenou um deles.

— Providenciaremos seu habeas corpus em seguida – disse o outro.

— Valeria a pena? – Perguntei.

— Depende da cabeça do juiz, o senhor sabe como é.

— Não, não sei. Como é?

— Uma caixinha de surpresas.

Era o mesmo grau de incerteza oferecido por médicos e engenheiros.

— Nesse caso, vou arriscar a clandestinidade.

— Então, meu caro, tenha muito dinheiro. – Disse um deles, que ameaçou se levantar da poltrona.

— Obrigado pela dica, doutor. – E contei minha versão dos fatos.

Sem me olhar nos olhos, eles folheavam a papelada e, com a mesma solenidade distante dos discípulos de Esculápio, desprezavam minha história.

— Tudo isso é uma tremenda bobagem. Se essa é a sua decisão, não assuma nada, Homero, não assine nenhum papel, drible o oficial de justiça, jamais fale nada.

— Mas, e se for inevitável? Penso em escolher algum refúgio no litoral. O que acham?

Ninguém respondeu. Sobre mim, a espada de Dâmocles.

— Então, para vocês o que é o justo? – Perguntei.

O mais atarracado e de cabelo escorrido ajeitou a gravata, balançou os ombros e afiançou:

— Quem bebeu um pouquinho da fonte da hermenêutica nunca mais pode ficar tranquilo diante de um juiz. – E virou um copo de um licor negro, até então intacto. – A ciência jurídica – prosseguiu – não pode dar quaisquer garantias de sucesso. Tanto faz se você é inocente ou culpado, a decisão será, sempre, na base de um intérprete guiado pelo faro subjetivo do magistrado.

— Certo. Isso me deixa bem aliviado!

Faro subjetivo, ciência pura. Sei.

— Amigo, ninguém pediu para você entrar num jogo que não consegue interpretar.

Depois dessa simpática observação, perguntei se uma delação premiada, como, aliás, anda na moda, me protegeria da gangue e de seu pessoal. O outro advogado, um decano qualquer, ex-ministro que pertenceu a algum tribunal superior, girou sua cadeira de diretoria e, se levantando, disfarçando com um pigarro, resumiu:

— Perfeitamente.

Em seguida, pensei tê-lo ouvido sussurrar "asno".

Pela segunda vez na vida, reagi e o acertei com uma régua.

7

Fui um dos últimos a desvendar o que quase todos já sabiam. A origem venal para um crime comum. Giaccomo usava obras bem avaliadas por nós, mas oficialmente descartadas, que, traduzidas, poderiam ser publicadas na Europa. Um velho editor já havia insinuado que era esse o padrão, a nova modalidade de colonização. Exportávamos matéria-prima de ideias e obtínhamos, de volta, títulos de sucesso bem embalados.

Também entendi melhor a ideia fixa pela fusão e a aceitação completa dos autores para migrar para os livros digitais, e-books com cálculos de copyrights impossíveis de controlar, portanto, gratuitos. E quanto aos registros oficiais dos livros? Se houvesse algum problema, bastaria acionar os fiscais certos. Era sempre algo que se poderia contornar. O paraíso editorial passou a negociar textos eletrônicos à revelia.

Karel ainda estava se firmando como um autor best--seller internacional, mas, de alguma forma, eram seus títulos que direta ou indiretamente impulsionavam as vendas. Então, como explicar as manobras de Giaccomo para minimizar a importância dos seus livros nas finanças da empresa?

Passava pela minha cabeça o questionamento sobre o motivo de alavancar vendas para o governo e investir agressivamente na publicidade. Não só no campo literário, mas, principalmente, no político. De relance, tive acesso a uma folha do faturamento da editora. Os dividendos reais seriam muito menores do que aqueles apresentados para a Forster? Suspeitava que sim. E era esse o temor de GG? Que descobrissem o responsável pela sua principal fonte de arrecadação? A resposta poderia estar na menina dos olhos de Otto, o e-book tridimensional: o livro-chip. Todos sabiam que esse produto assumiu um peso desproporcional nos trâmites que antecederam a fusão.

E de quem teria sido a ideia?

X
Refúgios nômades

1

Eu sempre considerava notável a autonomia depreciativa da natureza em relação ao humor da humanidade. Terremotos, ciclones, epidemias, desabamentos e catástrofes insistem em demonstrar como esses e outros fenômenos se emancipam dos desejos humanos. O Universo persevera em seu inabalável êxodo de dispersão regular da matéria, enquanto o ego continua sobrevivendo às calamidades individuais.

Dirigi-me quase automaticamente até a cidade que seria meu segundo refúgio.

Eu precisava falar com ele. Ousar, ver sua cara. Saber como ficava quando escrevia. Quem eram aquelas pessoas que ele caracterizava a, quais eram suas fontes e quem o inspirava. Havia identificação e deleite em ler os textos de Karel. Não achava crível, ou estava conformado, que um homem fosse capaz de escrever aquilo. Não com aquela completude. É como se fosse um texto com excesso de suficiência. E se eu estivesse errado? Respondi eu mesmo: não seria crível, nem justo.

Numa fuga não se escolhe muito. Comprei uma passagem de ônibus e cheguei ao ponto do litoral indicado para alugar um novo refúgio. Dessa vez, o norte do Espírito Santo pareceu perfeito. *Ruah hakodesh*, algo como sopro sagrado, era sua tradução. A negociação do apartamento passou a fazer parte da saga.

— Fresta... – o corretor repetiu.

— Isso aqui? – Apontei, chacoalhando a cortina. Ele olhou para o chão, eu insisti:

— Isso?

Com calma, ele afastou minha mão e, lentamente, descerrou toda a cortina para colocar em evidência a paisagem, e a imagem, minguada, apareceu. Ele a apresentou como se estivéssemos diante de uma fotografia panorâmica, tomada por uma lente grande angular.

— Brecha. É só uma brecha – corrigi.

— Bem, por aqui nós chamamos de vista – ele reafirmou sem me olhar nos olhos.

— Eu chamaria de fenda.

— Fenda?

— Uma fenda? – Ele repetiu a palavra baixinho, apoiando a mão no queixo.

Estava inclinado pela dúvida ou evitando-me olhar no rosto.

— Exato, fenda! Também conhecida por buraco, forame, fissura, vereda, rasgo!

Naquele momento, humilhar me pareceu justo. As palavras incomuns libertam o homem da estupidez do senso comum.

— O senhor me desculpe, não tenho o que o senhor deseja.

Ele fechou a cortina, reclinou o queixo gordo e ficou no ar, reclamando com movimentos dos lábios e, desistindo do negócio, encaminhou-se para a porta.

Estava determinado a constrangê-lo e soterrá-lo com vocábulos que ele desconhecia.

Quando estava prestes a despejar novo enxame de palavras hostis, ele retirou os óculos e virou-se contrariado. Senti medo e me lembrei de que deveria evitar exposições desnecessárias. Sua expressão mudou. O dado aleatório estava sendo lançado no tabuleiro viciado. A face virada para qualquer lado. Chamo a sensação de gangorra filosófica, aquela que se instala na corte corrupta da consciência.

Então desceu sobre mim o espírito da condescendência. Momento mágico, aquele no qual se evitam discussões inúteis e assassinatos a sangue-frio.

Observando com generosidade, da janela lateral realmente se avistava um pequeno vão. E, naquele fiapo de panorama, lá estava ele, um minúsculo fragmento de mar. Entre os prédios, ondas passadas, quando já haviam virado espuma sobre faixas de areia. Naquele fim de dia, a luz estava diferente, alternava ferrugem solar com brilho fosco.

Acordei desses pensamentos com a voz do corretor me chamando indignado:

— Não menti, não senhor – antecipou-se trêmulo.

Articulando a defesa, ele cruzou os braços à espera da minha resposta. De fato, ele não mentira. Às vezes, a verdade é que fica retida nas entrelinhas. Ou, nesse caso, nas frestas. O importante é que ele nem havia notado que o que eu realmente queria era controlar visualmente a rua.

— Tenho outro apartamento, se o senhor quiser. Esse tem a vista plena que o senhor deseja. O preço, claro, é outro. – e continuou: – oitavo andar, face norte, e lá é como se o senhor estivesse dentro da água.

E me surpreendeu com uma mímica, usando as mãos e o calcanhar para encenar um banho imaginário com pés de pato. Encerrando por ali, ignorou minha perplexidade e foi à janela para contemplar sua propriedade.

— É... Aquele lá talvez não seja para o senhor...

Fez a observação e afastou-se, dando uma batida conclusiva com a mão no parapeito da janela. O troco estava dado.

— O senhor é quem sabe, tenho outros interessados. – E estendeu a mão para me conduzir em direção à saída.

Foi quando ouvimos o barulho de uma sirene. Devo ter ficado pálido e ele percebeu.

— Fique tranquilo. – E alongou o pescoço para fora da janela. – É só uma ambulância, doutor.

Sua serenidade destruiu meu falso estoicismo. Em pânico, estendi a mão para selar o pacto. Recebi a sua tão quente que o ardor do contato se irradiou pelo meu pulso.

— Parabéns, o senhor fez excelente negócio.

— O você foi habilidoso – elogiei.

— E ainda vai aproveitar esse horizonte!

E me reapresentou à fenda imaginária. Meu sarcasmo voltou:

— Um verdadeiro horizonte de eventos.

Ele olhou pensativo para o teto. A fenda da janela me remeteu aos mistérios centrípetos imaginados na boca dos buracos negros. Ele calou-se para sorrir de lado e passou a encarar fixamente minha maleta executiva. Vim preparado para pagar tudo adiantado, em dinheiro. Fui retirando da maleta os maços de dinheiro para entregá-los em mãos. Conforme ele os recebia, virava de lado para contar. Foi então que o fenômeno da transfiguração ocorreu. Em segundos, ele era outro. Passou a proteger as notas como se alguém fosse arrancar-lhe das mãos a última dose de heroína na iminência de ser injetada na veia, com a seringa já gotejando.

Depois que a corrupção foi naturalizada no mundo, toda operação com dinheiro vivo transformou-se em delito. Toda transação em papel-moeda seria, necessariamente, operação suja, mutreta, maracutaia, caixa dois, propina. Uma espécie de contradição intrínseca do capital. As cédulas estavam sendo demonizadas e o dinheiro virtual, o inexistente, passava a ter uma vida feliz e autonômica. De pró-labore informal ao merecimento por relevantes serviços prestados ao Estado saqueado.

Com a arte da política em baixa e o sistema judiciário sem moral, o protagonismo para restabelecer alguma lei é transferida para um Estado protopolicial, aclamado pelas ruas como a salvação diante do iminente abismo. Fora o álibi para implantar a punição coletiva. Para cidadãos honestos, não restaria muito mais do que o orgulho decadente de uma moralidade insustentável. Todo pacote com dinheiro passa a ser considerado fonte de contágio, como se não fosse o próprio Estado o único responsável por rodar as cédulas no Banco Central.

Antes de estar na condição de fugitivo, eu mesmo considerava suspeitas transações com dinheiro em papel, mesmo quando se tratava de valores irrisórios. Pague-se com cartão, boleto, bitcoin, transferência, pix. O mercado de capitais deve controlar todo o dinheiro que circula e ser sócio do Estado.

Uma euforia, comemorada discretamente pelos banqueiros e propagada pela mídia exalta novos contextos de apropriação do dinheiro alheio. Enfim, conseguiram. Todo capital fora dos cofres das agências pode ser considerado criminoso. Curiosamente, a moeda física, esse apogeu da glória mundana, o epicentro da ambição mundial, vira, nas mãos da inépcia política, um objeto execrável, abjeto. Chega-se à contradição absoluta: o valor em espécie, o item mais desejado pelo mundo livre é, também, o mais imundo na escala das suspeições.

Tê-lo em espécie, no domicílio ou no trabalho, denota, em princípio, atividade delituosa. O mesmo não se pode dizer do insano acúmulo de dinheiro em roupa íntima, malas, cofres e até apartamentos de políticos, bem como dos supersalários funcionários do Estado.

2

O corretor prosseguia contando. Eu ficava irritado com sua respiração ruidosa. Como uma velha máquina de escrever, parecia deslizar a cada maço de notas que somavam mil para depois embrulhá-las com habilidade em elásticos craquelados que sacava do bolso. A literatura já contava com algumas descrições de avaros, mas aquela cena continha algo mais. Jorge Luis Borges escreveu em seu conto "Zahir" que não existe nada menos material que o dinheiro, já que qualquer moeda é, a rigor, um repertório de futuros possíveis.

Marco Polo aproximava o papel-moeda do nariz para extrair o cheiro das notas virgens. Eu estava testemunhando uma contabilidade erótica? Ela estava no vigor sensual com que o sujeito deslizava os dedos e usava a saliva para fazê-las escorrer. Mas, também, no valor simbólico que delas emanava. Não se tratava mais de analogia. O dinheiro transformara-se no último fetiche. Para ele, a transação comercial não era só business, havia um prazer progressivo para cada uma das verde-azuladas notas de cem.

Tomado por aqueles pedaços de papel, como a afeição das crianças por suas naninhas, verdadeiros objetos transacionais, o dinheiro era uma substituição lúdica. Esperei pacientemente. Marco Polo agora segurava a cédula em uma mão para puxá-la à outra, arrancando-a de si mesmo.

Por suas feições era evidente o excitante descolar de uma cédula da próxima. A contabilização fazia um barulho característico, como se os papéis esticados fossem, todos, ninfas quase maduras à espera de Marco Polo, o ungido eleito para introduzi-las no mundo impuro.

— Quarenta e dois mil. Está perfeito, seu Homero Montefiore!

— Pode me chamar de Arp.

— Harpo?

— Arp...

— Está bem, seu Homero.

— Arp.

— Sim, seu Arp, compreendi. E não precisa de contrato formal, não é? Nem aquele de gaveta, confere?

— Exato.

— Perfeitamente, eu entendo. Ômer era aquele do desenho? O senhor sabe – e, numa desagradável aproximação, cochichou no meu ouvido – também não gosto do meu nome. Marco Polo... onde é que meu pai estava com a cabeça?

Limpei as gotículas de saliva da orelha e olhei para o chão para desencorajá-lo.

— Quem poderia gostar desse nome? Não é um nome, é um palavrão. Quiseram me castigar, porque queriam uma menina.

E soltou uma risada inexpressiva. Imaginei que aquele seria o epílogo da novela, não era.

— O senhor sabe qual deveria ser o meu nome?

Para encurtar a conversa comecei a andar em direção à saída. Ele veio atrás.

— Se o senhor precisar, tem aqui meu telefone. Pode ligar a qualquer hora – disse, esticando seu cartão de visita. Marco Polo Rúbio, corretor autônomo.

3

No meu refúgio marítimo, suportava a maresia, o vento que brigava contra a ponta das ondas, a areia que desafiava sem sucesso o avanço das marés. A natureza tem uma extraordinária vantagem sobre nós: não precisa de sucesso.

Mais do que uma vantagem, não lhe é exigido que prove nada e, exatamente como Aristóteles a imaginou, faz apenas o que é necessário. As supostas influências nefastas do homem sobre o planeta não mudaram isso. Podemos ter feito bobagens antropogênicas, interferimos no clima e, provavelmente, alteramos o bioma, mas não deixa de ser mais uma hipótese narcisista e antropocêntrica. A insólita capacidade de autorregulação da natureza, da produção de vírus mortais a vulcões com potencial para gerar um inverno global, estava sendo desprezada por uma histeria.

A visão de horizonte ondulava com o mar brilhante. Brilhava de acordo com a trajetória do sol e a luz da praia branca me invadia com o alívio provisório. O oceano limpava o tempo de todos os seus vestígios. Sem rastros, ele se transformava no criminoso perfeito.

Passei muitas manhãs contando ondas. Separava as que quebravam daquelas que só oscilavam. Calculava o intervalo entre uma e outra. Tentava cronometrar a altura máxima das cristas. Imaginava a expansão da espuma até a dispersão pela velocidade ou sua diluição no grande solvente que é o oceano. Obcecado pelos infalíveis carteiros do mar, imaginava tsunamis correndo que na frente da orla murchariam, sem precisar explodir na areia.

NAVALHAS PENDENTES

Não conseguia escutar música, nem escrever. Impossível folhear jornais ou ler livros. Só assistia TV, sem som. Não me interessavam análises, comentários políticos, nem mesmo filmes. E desde o último outono, passei a ter crises de soluço.

Cheguei a consultar um médico nas adjacências que fez ampla variedade de hipóteses diagnósticas, ou seja, nenhuma.

4

Descia disfarçado até a praia e arrastava meus pés na areia úmida sem ver ou ouvir ninguém. Cidades balneárias, fora de estação, são desérticas. O culto do ócio deveria ser nosso foco principal? Ou, como Adão, precisamos nos redimir da penitência em busca do pão de cada dia?

Um dia, Severo veio para dar conselhos.

— Doutor?

— Só Saul, lembra, Severo?

— Dr. Saul.

— Sim?

— Lembre do que eu te disse? É para tomar cuidado.

— Cuidado com o quê, Severo?

— Não andar sozinho depois que escurecer. – Severo me advertiu longo no início, antes de uma das primeiras caminhadas vespertinas na orla de Marte.

— Obrigado, Severo!

Ignorando o zelador cauteloso, eu saia. Usava boné e óculos em busca de uma paisagem, algum rosto feminino, ou de um animal, que pudesse me interessar. Num meio semi-urbano, aparentemente higienizado, ainda era possível ver gambás de orelha negra, quatis, guaxinins e cuícas. Sempre usando meu disfarce precário diante das câmeras giratórias que agora vigiam todas as praias e cidades do mundo. Buscamos liberdade e emancipação, temos reclusão e prisão domiciliar informal. Fiquei convencido de que a modernidade não passa de um clichê: um caos renovável emoldurado num passe-partout vintage. Vivemos numa nostálgica reminiscência sob um passado em permanente desintegração. E pensar que a Guerra Fria e sua superação nos emocionou tanto.

5

Quase dois meses e fui ganhando confiança no exílio. Como combinado, deixava o celular pré-pago comprado com nome falso no vestiário da marina "Refúgio Ímpar", perto dos outros barcos. Precauções sugeridas contra o rastreamento e as gravações: eu só o ligava por cinco minutos a cada três dias.

O tédio tem uma metodologia toda própria para torturar. Vinga-se por intermédio da hemorragia sensorial. Você se deixa levar como sob o efeito do anestésico produzido nas fossetas lacrimais dos ofídios, enquanto o sangue se esvai, sozinho, em direção à agonia final, o escoamento do plasma até que a hipovolemia faça o serviço, a penúltima passividade, a morte por depleção.

Nunca disfarcei minha atração pela pulsão de morte. Fiquei fascinado desde quando li nos manuais e livros médicos da biblioteca de meu pai: "a morte pelo fenômeno vasodilatação paralítica, uma espécie de inércia grave dos vasos sanguíneos, normalmente ativos -provoca uma hemorragia passiva, que se processa numa estranha atmosfera de paz". Era divertido procurar resíduos de subjetividade nos livros científicos, principalmente os de Medicina.

Eu não costumava comentar essa atração mórbida para evitar um mal-entendido psiquiátrico. Mas já me peguei mais de uma vez sonhando com a paz de um talho de corte único e preciso.

Oriundo da pequena burguesia e sempre ciente da minha perturbação genética, eu trazia à memória jargões ideológicos como "fortuna se faz antes dos trinta", "Picasso já era famoso aos vinte e cinco" e demais bordões do senso comum. Em meio a isso tudo, meu desejo original nunca foi de fortuna e sucesso. Teria preferido uma vida imprevisível sem um prognóstico para terminar, o que seria impossível no meu caso.

Sempre somos tentados a modificar o passado, ainda que saibamos que será uma luta perdida. Se o futuro não pode mais ser desdobrado no que bem entendermos, o passado torna-se uma vítima preferencial. Podemos distorcê-lo, amassá-lo e filtrá-lo.

Para matar o tempo, contei e recontei todo o dinheiro da pasta. Quantas vezes fiz isso? Cem vezes? Poderia estar feliz por ter tanto, mesmo sem conseguir saber o que fazer com ele e o que fiz para merecer aquele acúmulo.

6

Pelo menos havia o consolo do dinheiro que recebi da advogada, o suficiente para viver com alguma contenção por muitos anos. Nunca mais precisaria trabalhar. Como alguém que desconhece a microhistória, poderia imaginar que o dinheiro é o único artigo que compra alienação.

Ainda poderia contar com a vantagem da solidão de frente para o oceano. A natureza reduz o ímpeto consumista, obriga o sujeito a viver com menos, ajuda a reter melhor o presente e encontrar meios de contornar as fantasias de autopiedade. Finalmente, quando não há mais saída, você se esquiva dos confrontos irrelevantes. Não existe nada mais previsível do que a solidão. E era o que eu tinha, isolamento remunerado e praticamente sem comunicação com o mundo exterior.

Raramente escrevia com pretensões de me converter em escritor, mas o tempo parado num litoral adormecido me forçou a cometer uma série de lapsos de sintaxe que chamei de ensaios. Numa dessas tardes, anotei um pouco antes do pôr do sol: "Cada minuto conta, tenho notado. Temos de viver com o tempo sem reprisá-lo já que, por outro lado, ele não pode ser regido intuitivamente. A vida é de uma estúpida brevidade. Eu mesmo não consigo esquecer o que acaba de acontecer, mas, ainda assim, acho que essa seria a coisa certa a fazer. A única coisa certa a fazer".

Percebi ali, naquele momento, que a única realidade palpável é a história com seus indiscutíveis efeitos sobre as vidas particulares. O resto é reciclagem metafísica dos costumes. Uma arte copiada, sem vitalidade, e modelada por apegos temporários.

Sob o sol, submetido a dosagens tóxicas de raios UV, experimentei aquilo que chamamos de ócio ou lazer. O sol mergulha nos corpos para além da camada espinhosa e transforma a cor e a textura das peles. Todo esse tributo a uma estrela não se deve a uma moral rígida ou a um poder de autoconvencimento para minimizar a imanência e recuperar os valores da transcendência.

Eu descia até a praia uma vez por semana, levava a esteira, uma revista e um cobertor. Abandonei meus livros, minha biblioteca ficou num sítio arqueológico, um depósito de contêineres suspeito, e nada barato, situado na zona sul de São Paulo. Enquanto vivia na cidade, meus livros eram minha melhor companhia e, daqui, deitado na areia branca e quente, eu tentava lembrar das prateleiras que, com a ajuda de uma bibliotecária, consegui organizar em meu apartamento. Tudo isso sumiu.

Era mais um dia com ninguém por lá e, muitas vezes, caranguejos se deslocavam em suas trajetórias retilíneas e rastreáveis em seus movimentos automáticos. Isso acontecia até a maré dissipar-lhes a existência. Eu parava para examinar a precisão lateral dos deslocamentos, os olhos estereoscópicos e a microscópica habilidade para caçar seres invisíveis e se alimentar ininterruptamente.

Na areia branca, suas tocas estavam preparadas para o plano B. Pareciam seguras, muito mais seguras para eles do que para mim diante dos predadores que agora exigiam minha cabeça. Pensei muito na abertura de um dos livros de Karel: "Será que às vezes somos castigados para que saibamos que há castigo sem culpa?"

A amnésia era, aos poucos, afastada e eu trazia de volta as lembranças do meu último dia como homem livre. Como seria se eu tivesse chegado a cometer todos os crimes a mim atribuídos? O verão e a praia são festas alienantes que nunca conversarão com as metrópoles do mundo, ou seja, nunca teremos Paris ou Nova York, muito menos Londres.

Lembrei-me da comitiva de naturalistas trazidos da Holanda por Maurício de Nassau e de Caspar Barlaeus no livro ilustrado por Franz Post que trouxe a célebre epígrafe, depois vulgarizada: "O pecado reside abaixo da linha do Equador." Como eu gostaria de acreditar que o problema do mundo se limitava a discutir a moralidade dos aborígenes!

Olhando para a areia branca, eu buscava algum consolo. A praia, no entanto, não significava nada além de um deserto por onde eu tentava escapar do destino. Quem mandou eu me meter com gente perigosa? São mais que bandidos, são braços de um Estado criminoso que, sempre que necessário, obtém habeas corpus para os seus protegidos.

7

Uma tarde, naquele inverno, quando poucos turistas chegavam, monitorando da minha janela, identifiquei um sujeito suspeito. Depois de quase duas horas recostado, ele fumava nervoso perto de um poste. Seria um policial à paisana? E quanto a Severo, o zelador do edifício-refúgio, seria confiável? E Laertes, o faxineiro?

Naquele dia, não saí de casa, esqueci-me da praia. Fechei tudo e atrás das cortinas fiquei controlando a movimentação. Como precaução, já havia distribuído o dinheiro em vários lugares dentro e fora do apartamento.

Coloquei um dos maços de cinquenta mil na mochila. Um flagrante com toda a quantia seria bem pior. Continuei monitorando. No fim do dia, uma mulher veio conversar com ele. Beijaram-se longamente e fiquei dividido entre o voyeurismo e a função de detetive amador.

A culpa trai a percepção. Depois, os dois atravessaram a avenida da praia, cada um entrou em seu carro e não os vi mais. Os velhos psicólogos clínicos já sabiam, nenhuma memória se equivoca ou mente. Pelo contrário, ela pode ser um atestado negativo de autenticidade e ainda pode distorcer para negociar trapaças com a consciência. De qualquer forma, é a manobra que criamos para esquecer a morte.

Quem dera! Mais uma vez me veio à cabeça uma frase de um dos livros de Karel: "Os que morrem vivem alhures e aqui. Os mortos vivem em nós para sempre. Sempre foi assim, mas só acordamos para isso ao morrer."

Quatro meses depois, acreditando estar bem escondido, recebi uma carta sem selo ou remetente. A única identificação do envelope era uma marca d'água no papel, um diamante invertido com uma águia pousada sobre o pico e as iniciais "KF".

Desci imediatamente para perguntar:

— Quem deixou isso aqui, Severo? – Mostrei balançando o envelope.

— Um motoboy.

— Você viu a placa? Assinou algum recibo?

— Foi o Laertes quem pegou na entrada da garagem. Ele estava lavando um carro e alguém veio entregar.

Um calafrio saiu da boca do estômago para se alojar no meio do peito. Desci correndo as escadas atrapalhado com as sandálias. Chegando ao subsolo, encontrei o faxineiro.

— Laertes? – Estava quase sem fôlego. – Quem deixou isso aqui? – Perguntei, amassando o envelope.

— Um rapaz. De moto. Perguntou se o Dr. Homero morava aqui.

Laertes interrompeu o seu trabalho com o esfregão e apoiou a cabeça na ponta da madeira, enquanto padecia de uma tranquila indiferença pelo desespero universal.

— E o que você disse?

— Eu disse que, fora de temporada, aqui só morava o Dr. Saulo. Não foi isso que o senhor pediu?

— Isso mesmo, obrigado, Laertes.

Saí preocupado e Laertes me chamou de volta:

— É aquela gente? Ainda estão na sua cola?

NAVALHAS PENDENTES

— Na minha cola – respondi, ainda imóvel, parado. Fiz então um sinal para que ele ficasse de bico calado.

— Não quero me meter, mas, se eu fosse o senhor, iria atrás deles, quem foge sempre encontra o nunca. Ele profetizou.

— Obrigado, Laertes, agradeço o conselho, não fale nada sobre isso, combinado?

— Já esqueci. Não sei de nada.

Ele foi se afastando, assobiando enquanto deixava no piso um rastro de umidade do esfregão.

8

Depois do encontro com a Dra. Palomar, passei a encarar o envelope como uma forma de redenção. Ele continha as instruções e os documentos dos quais eu precisava para escapar do país. Como é fácil fazer prognósticos retroativos! Depois das experiências e da farsa da qual fui obrigado a participar, deveria ter desistido de tudo.

Mas eu já sabia, por trás da fraude menor, havia uma trama maior. É pesado, mas "trama" é um termo do qual eu não me arrependo de ter abusado, especialmente na carta final para GG. Afinal, foi ele quem destruiu a minha vida e a de pelo menos outras três pessoas. A lista de vítimas poderia ser bem maior.

Por isso, fugi e lutei por liberdade. Precisava executar simultaneamente todas as etapas: achar os indícios e apagar os meus rastros.

Passei pela inspeção do aeroporto, apresentando o passaporte no controle da polícia federal.

Onze meses fugindo, sem cortar cabelo e com uma barba espessa, cheguei ao limite do isolamento social. Vivendo mal em esconderijos instáveis, sem família, sem programa de proteção, sem colaboração premiada. O fugitivo comum tem um metassofrimento. Ele é culpado até que a comprovação final chegue. A execração pública precede o julgamento. Ela pode demorar até o trâmite processual chegar à instância final. E, para sorte dos culpados, a anistia é mais rara do que a condenação sumária.

NAVALHAS PENDENTES

Mas, uma decisão tomada é não olhar para trás. Depois da esteira da bagagem, quando recolocava e ajustava a fivela do cinto, o telefone do guichê tocou. A oficial da polícia federal veio lentamente, levantando o telefone, olhando para os lados procurando alguém, até deter seu olhar em mim. Tentei me encolher e recuei até me sentar no banco, fingindo recolocar os sapatos. Afundei a aba da minha boina preta até o lábio. Levantei-me e fui saindo, enquanto ela ainda parecia procurar alguém nas filas.

Tentei não correr. Afastei-me lentamente sem olhar para trás. Passei quase todo o tempo até antes do embarque recluso dentro da cabine do banheiro. Senti a gola molhada por um suor frio, que vinha em ondas e marcava a camisa. Quando deram a última chamada para o voo, atravessei a sala com passos largos. Ridículo, mas era o instinto tentando manter o mínimo de estabilidade. Praticamente, joguei o bilhete de embarque sobre a moça que o passou pelo leitor. Ela destacou minha parte e devolveu o papel. Dentro da aeronave, o suor tornou-se explícito e vi que causou nojo na senhora de chapéu que estava sentada na poltrona ao lado.

A comissária me interpelou logo na entrada:

— O senhor está bem?

— Sim, é a garganta e a sede... poderia me trazer um copo de água?

— Já trago. – Ela se virou para esquecer da minha desidratação.

— Obrigado – agradeci e enxuguei, inutilmente, o pescoço.

Eu havia comprado uma passagem da classe executiva. Quando embarquei para Montevidéu, foi impossível frear

300

tudo o que se passou na minha imaginação. Alternei riso e choro, às vezes, os dois ao mesmo tempo.

Toda euforia é injustificável. O bem-estar adquire outro estatuto quando não se pode sondar sua origem. Uma histeria branda havia se fixado no lugar do pesadelo. O triunfo da alegria imotivada. Os significados não tinham mais sentido ou eram tão lábeis que sempre mudavam. O desregramento de sentidos costuma desprezar as necessidades.

Como ser mais preciso? Eu digo que era um estado de fisiologia exata, em que tudo que sempre esteve onde deveria estar, que o corpo se definia pelo milimétrico lugar da mente que, por sua vez, ocupava o espaço devidamente reservado ao espírito. Eu era um fugitivo desterrado e, mesmo assim, estava ali, orgulhoso e aliviado por um êxito minúsculo. Há um ano, eu não tinha uma vida, mas ela era, pelo menos, programada. Naquele momento, não sabia se sobreviveria ao minuto seguinte, mas tinha uma vida. Viva o paradoxo! A perspectiva é uma falsa esperança que forra o corpo com uma alma improvisada.

Aquele acoplamento geográfico espontâneo e irrefletido mudou tudo, mas era nos olhos. É nos olhos que enxergamos a presença. Enquanto a janela redonda espelhava as nuvens brancas lá fora, entrei no banheiro para jogar água gelada sobre os olhos. Eles estavam quentes. Naquele momento, nem um salto no vazio pareceria fora de propósito.

Inspecionando meu rosto, não achei que a íris estava como de costume, rajada, nem a conjuntiva injetada pelo choro. Era um verde-solo incerto. Um verde suspenso. Um verde do voo diurno que eu nunca tinha visto. Vi meu pai e minha avó no mesmo espelho, vi minha prole potencial percorrendo todas as linhas da ancestralidade passando ali, vi o turbilhão de inocentes massacrados jogados de um lado a outro nos vagões instáveis, vi o caule apical de flores excêntricas, vi o amarelo impelido nas plantações austrais, como em memórias póstumas. Tudo se interrompeu quando voltei ao banco do corredor e afivelei o cinto.

O que foi aquilo? O que estava acontecendo? Há uma estado intermediário entre vigília e inconsciente em que não só ninguém responde, como ninguém mais está ouvindo.

Esperando pela minha mala nas intermináveis esteiras, pensava no encontro com Karel. Só me interessava agradecer-lhe. Era ele a entidade, a ficção que me salvou.

Tudo girava em torno de uma insanidade controlada, mas ali? Ninguém iria me achar naquele lugar. Um exílio sem pretensões, mas de uma verdade poucas vezes capturada. O verdadeiro era raro, o verdadeiro era caro, o verdadeiro é o que gera a escassez, o verdadeiro é o sempre improvável.

Saindo na área de desembarque, procurei pelo meu nome falso numa daquelas placas de espera. Enxerguei-o, sob um "Herch S. Shagalov". Estiquei a mão e saudei o homem com boné de motorista. Ele, acima dos sessenta, com um fino bigode branco espichado, lembrava um ator norte-americano aposentado.

Na República Oriental do Uruguai, bigodes representam outra patente. Ele me conduziu, e à minha econômica bagagem, até seu carro, um antigo Mercedes sedã preto. Depois de colocar a mala no bagageiro, ele ajeitou o boné azul, arrumou-se na gravata e no terno apertados e, finalmente,

X | REFÚGIOS NÔMADES

sentou-se com força no assento antes de acionar o ar-condicionado.

Saímos lentamente da área urbana de Montevidéu. O Uruguai é um país lírico e lento. Ele dirigia em velocidade crescente, atravessando vicinais entre fazendas com áreas sem nada, além de pasto e de vegetação rasteira. A tundra do sul e as araucárias com suas longas hastes refletiam a gula da adaptação na busca pela captação de mais chuva.

De repente, rebanhos inteiros de gado, concentrados em grandes quantidades num regaço, depois, lagos dispersos pelo campo. O cheiro da relva era familiar, mas os ares uruguaios ditam mais, mostram um perfume mais austral e frio.

Era um frescor que fazia baixar minha ansiedade. Tentei várias vezes puxar assunto, mas ele só respondia por monossílabos. Desisti do contato. Voltei-me aos panoramas do pampa. O motorista seguia cantarolando baixo uma música qualquer e, de vez em quando, intercalava com pequenas batidas de dedo na borracha escura do volante a melodia.

Cochilei por alguns minutos. Depois de um tempo, quarenta ou cinquenta minutos, ele diminuiu a velocidade e parou em frente a uma porteira branca, de pintura recente. Ele desceu do carro e se arrumou em seu terno justo. Abriu a cancela e atravessou um mata-burro. Atravessamos. O portão ficou aberto.

Subimos uma longa e persistente colina com plantação de oliveiras bem delimitada, até alcançarmos o topo do monte. Parou bem em frente a outro portão em uma cerca baixa. Quando encostou o veículo, saiu e abriu minha porta. Eu tirei os óculos para avaliar melhor onde estávamos.

Era um platô. A visão descortinava o horizonte de toda a propriedade.

— Listo, señor. Suerte!

Desci do carro e, com a ajuda do motorista, tirei minha valise e fiz menção pagar. Ele recusou, eu insisti e ele fez um não categórico, usando a mão. Despediu-se com frases curtas:

— Seguro, señor.

Ele me estendeu o cartão de sua companhia de táxis de luxo:

— A su dispor.

Mesmo assim, arrisquei e ajeitei uma nota de cem pesos no bolso superior do seu blazer preto. Lacônico, ele apenas observou, sem expressar gratidão pela quantia depositada à sua revelia.

A casa sede era alta e antiga. Dois pavimentos, uma pintura branca brilhante e o tom alaranjado do sol de inverno refletidos na parede desfizeram qualquer má impressão.

Fui andando sozinho até a porta grande de madeira rosa. Mais uma vez, aspirei o vento frio que migrava da floresta antártica antes que os castores contrabandeados praticamente a destruíssem por completo.

As trepadeiras ocupavam parte das paredes laterais e um musgo avermelhado cobria as pedras da entrada. Um jardim com tulipas de pétalas malhadas se espalhava por todo o lugar, circundando, ameaçadoramente, a casa. O sistema de irrigação, ativo, molhava a grama com irregularidade.

Atrás da casa, havia um galpão enorme, uma construção moderna com portões imensos. Caberia, calculei, um avião. Havia outro umbral que parecia a entrada para um estábulo, mas também imaginei que seria uma passagem para um cemitério familiar. Dei uns passos em direção ao lugar. Era isso, um antigo espaço reservado à casa dos mortos. Lápides antigas, apagadas, apesar da grama bem cuidada. Havia um pouco de terra fresca remexida no ângulo extremo do jardim. Pensei ter visto uma cova recém-aberta. Um sepultamento recente? Logo, a imagem se desfez, mas me passou pela cabeça que ali poderia estar um corpo enterrado há pouco. Um calafrio subiu pela minha cabeça. Estaria caindo numa nova armadilha?

Estava com um tremor frio nas mãos quando me virei em direção à porta principal. Um vulto apareceu na janela.

XI
Casablanca

XI | CASABLANCA

1

Eu captava uma indivisível luminosidade de presença crescente. A imagem veio até a porta e o sol parecia estar dentro da casa de um modo que não se podia mais discernir rosto ou corpo.

Um borrão dourado era só a emanação de um poente do grande sol fraco e rarefeito que vinha da outra entrada da casa. A brisa soprava as cortinas brancas para fora da sala.

Enquanto explodia por dentro, eu era um ator num palco onde dor e felicidade eram a plateia. Relutante, com todo o otimismo, eu me surpreendi com esse sentimento. O inédito era uma exultação sendo vivida com calma e com todos os sentidos numa única direção. Qual seria o significado desse encontro?

Assim que pôs os pés na porta, andando lentamente, desceu seis ou sete degraus de lajota ocre e veio até mim balançando um cabelo que, finíssimo, escorria até a cintura. Como sempre desconfiei, Karel era ela. Minhas pernas estavam fracas. Permaneci ali, imóvel. Quando voltei a respirar, larguei a mala e a valise. A bolsa foi direto à grama com o computador. Abandonei-os e andei firme em sua direção. Como alguém que tenta escapar das garras da história, avancei sem nenhum critério. Meus passos perderam a sincronia. Desafiando o passado, tentava alcançar o futuro.

Perigoso e imprevisível, não precisava de mais nada, era Karel e sua proximidade. Meu desejo era entrar em seu ar, acomodar-me em sua respiração. Sujeitar-me a qualquer coisa que viesse dela. O amor costuma ter seus protocolos e gradações, mas não ali.

Como sob a adoração de uma entidade, eu a dominaria com minha submissão. Ou a assimilaria como se fosse um objeto vivo e penetraria em todos os seus órgãos: olhos, veias, pulmões. Eu a tomaria para ter oxigênio.

O impressionante era que, nunca a tendo visto antes, eu a amava mais do que todas as relações anteriores somadas, para além de todos os sentidos acumulados. Sempre vivi por paradoxos, mas esse, reconheço, era de outra natureza.

Entregar-se a um amor perigoso, sem nenhum contorno, sem a menor ideia de que, de onde menos se espera, a cegueira pode absorver um homem, entreguei-me a um amor no qual só o desejo pode reinar.

Olhei em volta e não havia espaço para reparação, nem arrependimento. Contive a fuga do espírito e voltei a estar ali. Uma música surgiu ao fundo.

Era ela. Só poderia ser. Faria diferença imprimir, na minha vida destroçada, algum tipo de salvação? Abrindo mão de todas as convicções e qualquer recato, só aquela figura me importava. Ela me esperava no fim da escada sinuosa que circundava hortênsias recém-irrigadas, em frente das janelas. Por um momento, abandonei as especulações que acabara de fazer no voo, mas e se ela fosse realmente perigosa?

— Os autores costumam ser loucos! – disse Jean Prada uma vez enquanto degustávamos um gin barato numa bienal do Rio de Janeiro.

— Você quer dizer excêntricos? – Amenizei o diagnóstico.

— Quero dizer loucos!

XI | CASABLANCA

E se ela estivesse armada? E se todo o seu talento e desejo de manter sua identidade em segredo não passasse de traços superficiais de um caráter perverso?

Como as ninfas que hipnotizavam os heróis, meu único sonho poderia ser premiado com a insanidade, como a perdição de Ulisses ao ouvir o canto das sereias, ou com a própria morte. Qualquer uma delas era melhor do que meu mundo prévio.

2

Entrei naquele estado de terra prometida em que a imaginação ativa substituía, com vantagens, a realidade. Eu estava possuído por algum espírito que me soprava o fluxo da escrita e não mais julgava, apenas deixava acontecer. Arte acontece, como dizia James Whistler.

Lembro-me de redigir esta sentença e repeti-la como um mantra irritante: "Você só precisa de presença de espírito uma única vez, uma única e decisiva vez." E repetia para mim mesmo da forma mais infantil possível: "Só uma vez. Só uma vez. Uma única vez".

Ela se aproximou. Tive um choque, mas não era perplexidade. Era Cleo quem despontou diante de mim. Parecia bem mais bronzeada, com outro cabelo e outra tintura, mas eu imediatamente a reconheci. Sempre fora Cleo e tudo fazia muito mais sentido. Vi minha sombra projetada sobre ela, depois, sua face de simetria indócil, de olhos oblíquos, de rigor oriental e uma pele dourada pela impassível luminosidade dos pampas. Enfim, vi os olhos dela e soube por que eu me apaixonei por Karel. Suas mãos deslizaram dos meus punhos até o meu rosto. Enquanto ela me beijava, eu pensei que ela era mais velha do que eu imaginava.

Ainda ignorava se ela estava decepcionada ou surpresa com minha aparência de refugiado, ou se tinha calculado cada deslocamento. Ameaçou arrumar meu cabelo que caia sobre o olho e sussurrou uma palavra, que não compreendi.

Retrocedi, pedindo desculpas, imaginando que ela percebia a patologia estampada em meu corpo. Queria, no entanto, que ela se aproximasse do meu corpo gelado e sem ginga. Ela aceitou e, hesitantes, nos abraçamos. Aconchegou seu corpo em mim e pude sentir a diferença de temperatura entre nós. Ela colou sua boca na minha orelha e um ardor ondeante me trouxe de volta pulsações exageradas.

Ela sacudiu a folhagem de seu vestido, deu um meio sorriso e me perguntou:

— Foi difícil me achar, não?

— Cleo ou Karel?

— Sea bienvenido, querido Homero!

Enquanto também me limpava, eu a olhava e pensava: o que ela realmente sabia?

Ela seguiu na minha frente, dando-me as costas e me convidando para entrar na casa. Recolhi a bagagem, o computador e o sobretudo espalhados pela grama. Ela ainda me fitava como se uma hipnose estivesse em curso. Suspeitando de algum perigo oculto, hesitei e dei passos muito lentos até prosseguir. O espírito não está dentro? Eu pensava, alucinado.

Esticando a mão, ela me puxou para dentro da casa branca. Dali em diante, mais nada, ou pouco, poderia ser dividido, com ninguém.

3

Minha avaliação descuidada de tudo a que se refere ao feminino milagrosamente sumira. Cleo jogou-se sobre mim até meu braço formigar. O romance rápido que tivemos no começo não era igual à intimidade que agora se esboçava. Sob catarse, ela me contou tudo que se passara com os segredos que não poderiam ser contados em confissões. Minhas suspeitas, contra a intuição da maioria, iam sendo confirmadas.

Karel era um pseudônimo perfeito e sua imagem, ali, bem na minha frente, viera para comprovar a objeção aos estereótipos.

— Eu te esperava bem antes, Homero, tua demora é indesculpável.

— Precisávamos de tudo isso para nos encontrar? Tenho muitas perguntas, Cleo.

— Posso não responder.

Ela sorriu e, calma, se aconchegou novamente na colcha que cobria o sofá oval da sala. Ela insistia em me oferecer um copo de vinho rose que estava sobre balcão. Recusei.

— Ouvi sobre você e Giaccomo.

Ela perdeu a suavidade, ficou séria e virou-se de lado.

— Devo continuar te chamando Karel?

— Se preferir. Prefiro Karel, assim nos entenderemos melhor. Cleo morreu quando deixei o Brasil.

— Que você tenha se ocultado por uma decisão ligada à literatura, eu posso entender. Mas por que o exílio? E por que, aqui? Além disso...

XI | CASABLANCA

Ela me interrompeu pousando o dedo sobre meus lábios:

— Vamos lá, se você ligasse os fatos, Homero, entenderia. – Vamos brindar agora – disse me empurrando a taça com o bordô pela segunda vez.

Eu a segurei, mas apenas simulei beber.

— Se puder me explicar sua reclusão...

— Foi a perseguição. Primeiro, a de Giaccomo, depois a dos homens ligados à fusão. Só quando ele pediu ajuda a Jorgensen para me localizar que me aconselharam a me esconder. Eu e você cúmplices e refugiados, consegue entender? GG nunca se conformou.

— Com o quê?

— Giaccomo me traiu com minhas melhores amigas. Mantivemos as aparências e, dois anos depois, cometi o erro mais grave, aceitei-o de volta.

Eu não estava exatamente surpreso com a história, só preferia desconhecer os detalhes. Karel prosseguiu:

— Juro – ela riu nervosa – espero não ser julgada, não por você.

Fiquei imóvel e sorri de volta, concluindo o veredito. Seria ela uma cúmplice no complô? Eu me perguntava.

— Então, se já está surpreso, espere um pouco mais pelo fim.

Fiz silêncio e ela continuou:

— Voltei para este refúgio da família, crio cavalos e este é o meu pequeno haras, "Casablanca".

Fiquei encarando as mechas de seus cabelos que balançavam ao ritmo claro e determinado de sua voz, sem pausa, no mesmo tom. Toda atração emana dos detalhes.

— A paz da nova fase do meu casamento com GG durou até que resolvi escrever meu primeiro romance. Meus dois primeiros livros saíram com outro pseudônimo, por sugestão do César Máximo, com quem trabalhávamos na época. Ele queria que eu assinasse sob o ridículo nome de Cleópatra O.

— É proposital não ser um nome explicitamente feminino? Ela balançou os ombros e prosseguiu:

— No início, enquanto trabalhávamos no marketing da extinta editora Press À-Brás, ele me apoiou. Ganhou a confiança do proprietário, Máximo. Você o conhecia? E foi por intermédio dessa influência que consegui editar meus livros.

— Aí fundamos a Filamentos. Giaccomo sugeriu toda a estratégia editorial e exigiu que eu mudasse de nome, inventou vários que recusei, até surgir um que aceitei e acabou por se consagrar. Foi só então que passei a assinar "Karel F." E aí tudo mudou. Logo depois de cada lançamento, GG mudava, na verdade, ele enlouquecia.

— Enlouquecia como?

— Quando ganhei os prêmios Town, no Canadá, e House of Europe, no Reino Unido. Fomos juntos e, saindo da cerimônia de premiação em Londres, tivemos uma briga escandalosa. Depois, claro, na noite seguinte, toda a novela do arrependimento padrão: perdão, rastejamento, promessas de que seria uma outra pessoa. Pressionou para que eu o aceitasse de volta.

Eu ouvia e respirava fundo.

— Ele ficou insuportável. A pressão foi aumentando e eu acabei me mudando do país. Escolhi ir para o Chile, fui morar em Valparaíso, cidade da família da minha mãe. GG

XI | CASABLANCA

veio, e uma mistura de carência e dependência mais uma vez me fez aceitá-lo de volta. Dali em diante, minha rotina virou um pesadelo.

Sem perceber, fiquei com vontade de rir. As pessoas costumam ser críticas ao excesso das novelas populares, até viverem o drama elas mesmas.

Disfarcei e bebi o restante do vinho do copo. Inclinei o corpo antes de soltar mais um suspiro que a irritou. Ela tomou fôlego e não parecia mais emocionada.

— Ele sempre se achou um líder, mas sempre foi um covarde, na literatura não poderia ter sido muito diferente.

— Um excelente comerciante – cutuquei.

— Comerciante – ela assentiu.

— Então as coisas se complicaram. Giaccomo voltou a ter amantes. Diana foi a mais frequente nos últimos anos. Nosso relacionamento foi engolido pelas relações paralelas, e eu decretei que nosso casamento seria aberto. Mas a contrapartida dele foi terrível. Seu leitmotiv passou a ser revidar. Ficou possuído pelo espírito de vingança.

— Possuído?

— Por algum tempo, eu e Jean Prada nos tornamos amantes...

Eu não me espantei, já não me surpreendia com o que ela falava.

Agora, Karel dava novas informações. Para me testar?

— Jean Prada desapareceu e, aí, tive um pressentimento ruim.

Pressentimento do óbvio não é pressentimento, eu pensava.

— Valorizo pressentimentos, Karel.

— Sonhei com isso, sinto que ele pode estar morto.

— Nesse caso, Karel, Jean seria um morto sem provas, sem corpo, sem evidências.

Eu tentava ganhar tempo para processar as informações jogadas de uma só vez, mas não me convencia. Os encaixes estavam soltos, as justificativas da história, insuficientes.

Karel desconversou.

— E o que mais você sabe, Karel? – Num impulso, elevei o tom de voz.

— Poderia te contar, mas com calma.

Entendi que não conseguiria extrair dela uma confissão completa. Afastei-me um pouco do sofá e fui à janela, de onde avistei os cavalos puros-sangues ingleses. Pareciam indóceis, mas suas crinas longas e o pelo recém-escovado brilhavam intermitentemente. Relinchavam alto e vagavam em círculos, esperando que alguém os alimentasse enquanto um enorme pastor húngaro branco ajudava mantê-los no cercado.

— Você cuida de tudo isso aqui sozinha? – Apontei para os animais.

— Por sorte, tenho um ótimo capataz que vem uma vez por semana. Você não quer mais ouvir?

— Estou escutando.

Não poderia, naquela altura, confessar para ela que preferia ter deixado toda memória na grama no nosso encontro no jardim da entrada.

— Giaccomo passou a ficar cada vez mais hostil. Pressionava para que Diana rompesse unilateralmente meu

XI | CASABLANCA

contrato com a editora. Por questões fiscais, meu nome nunca esteve no contrato social da Filamentos.

— Você é só uma autora contratada, certo? – Tive que fingir que acreditava.

— Até que, num restaurante grego, discutiram e Diana fez ameaças e o agrediu com um belo arranhão na cara.

De novo, um calafrio atravessou minha nuca. Quem eram essas pessoas?

Ela continuou:

— Depois disso veio a perseguição. GG fez com que Jorgensen pensasse que eu chantageava a editora. Começaram a surgir boatos.

— Quais boatos?

Ela olhou para mim decepcionada.

— Surgiram rumores de que ele e Diana tramavam me eliminar.

— Te eliminar da editora?

— Eliminar, neutralizar, comutar em pó, assassinar.

— Ora, por favor, Karel, você não está exagerando?

— Tenho como provar.

— Trair, roubar, tramar, mas assassinar, eles não chegariam a isso. – Gaguejei temendo ouvir confissões piores.

— Minha advogada, Palomar, a emissária que você encontrou no prédio do banco na avenida Faria Lima, grampeou as ligações. Autorizei incluir Giaccomo nas escutas. Um ex-policial seria o elo. Descobrimos que ele contrataria alguém que faria tudo parecer acidental.

Era mais do que o suficiente. Procurei simular alguma expressão que me garantisse a invisibilidade enquanto ela seguia falando dos crimes com naturalidade.

— Talvez você até o conheça, hoje é um detetive particular– ela insistiu.

Comecei a apertar os pulsos. Fechando os olhos, entrei em luta para que minha negação triunfasse. Seria Haroldo, o policial do Refúgio Ulisses, aquele a quem recorri para me ajudar na noite da invasão? Era Haroldo decerto.

— Não existe – ela continuou – a menor dúvida de que tramavam algo. Saí do Chile e voltei ao Brasil. Eu deveria estar morta. Um diplomata aqui do Uruguai, amigo da minha família, me ajudou a encontrar proteção. Depois de várias mudanças de endereço, migrando pelo país, troquei de documentos e consegui passaportes falsos.

A narrativa de Cleo-Karel vinha aos pedaços e estava recheada de lacunas. Era uma história montada a partir da farsa. Me dirigi lentamente até o bar da sala e me servi de duas doses seguidas de um conhaque espanhol. Foi quando vi a enorme coleção de garrafas novas e já abertas de absinto. Imediatamente pensei em Jean e lembrei da sua frase fora de contexto: "pergunte ao absinto".

Ela levou o punho cerrado à boca e chorou, sua beleza desconstruía-se com as lágrimas difíceis, saídas de um só olho.

— Já desconfiava, depois confirmei quando percebo o tipo de ligação que vocês estabeleceram com o sócio holandês. E, como você deve saber melhor do que eu, ele construiu um império editorial e hoje é o player mais agressivo da área.

XI | CASABLANCA

Ela interrompeu o relato para enxugar o rosto com a parte externa das mãos.

— Claro que eu me apavorei com os boatos sobre as ligações profissionais perigosas. Concluí que o Uruguai seria um lugar onde poderia me proteger, ao menos onde eu estaria menos vulnerável. Preparei tudo e vim morar aqui, na hacienda da família. Foi isso. Desde então, decidi sumir de cena, reformei a casa, fiz o galpão, remontei o haras.

Karel mexia frequentemente no cabelo, puxando-o ora para fazer um rabo de cavalo, ora para jogá-los ao ar. Por que insistia na conquista, uma sedução que ela já tinha garantida desde quando a vi pela primeira vez na editora?

— Mas você nunca parou de escrever...

Ela pareceu constrangida com a observação e começou a fazer uma massagem no próprio pescoço. Seus gestos com o cabelo, a massagem e o tique de fazer o ombro descoberto circular em torno do próprio eixo despertavam de novo meu desejo. Era essa a tática?

— Note que vivo aqui sem telefone. Tenho um computador ultrapassado e uma máquina de escrever com caracteres em cirílico. O sinal de internet é clandestino, ninguém consegue rastrear minha localização. Faço tudo por intermédio do radioamador, de uma caixa-postal distante e de intermediários confiáveis.

— Mas, mesmo assim, você nunca parou de publicar com a Filamentos! – Só depois que perguntei, notei meu tom acusatório.

— E isso vem ao caso? – Ela se perguntou irritada.

— Nunca dependi da venda dos meus livros para viver. Fui coagida a manter meu status quo mesmo depois de toda a confusão. Mas sempre tive uma vantagem, porque eles não desconfiavam que eu também sabia das negociatas que vinculavam Jorgensen a Giaccomo.

Eu a observava bebendo com mais desenvoltura. Naquele momento, tive certeza de que ela estava impedida de me relatar o segredo, não as intrigas passionais, mas o segredo central.

— Enquanto a coisa toda for tomada só por um drama passional, vulgar, estarei protegida por aqui. Mas seria bem diferente se soubessem que eu tinha coletado e acumulado provas do envolvimento deles.

— Você se refere a quê? Ao monopólio dos livros digitais, aquela coisa eletrônica que vocês trouxeram da Holanda?

Ali fiquei realmente entusiasmado. Dependendo da resposta dela poderia estar me aproximando do núcleo duro. Seriam as informações que me inocentariam.

— Não é só isso. Você já sabe, não sabe?

Ela me sondava, e pareceu embaraçada por ter de me explicar o que supôs que eu já sabia.

— O que é?

— Livros digitais? Pequenos delitos editoriais? Tudo era só fachada, crimes parasitas, um véu, a conspiração é outra. E, nesse campo, eu não teria a menor chance de sobreviver. Por isso concordei em manter as aparências.

Karel resmungava, intercalando com ameaças de choro e suspiros interrompidos. Não fiquei com vontade de me aproximar dela. O falso é repulsivo.

— Concordou com o quê? – Pressionei.

— Eles então souberam exatamente onde eu estava. Por isso segui à risca o plano, dissimulei e continuei publicando como se nada tivesse acontecido. Minha esperança era deixar que me usassem e me esquecessem.

— E por que Jorgensen revogaria a fusão da Forster com a Filamentos?

— Como vou saber? Não faço a menor ideia!

— E sobre Jean Prada e Giaccomo? E o papel de Diana nessa história? Talvez seja uma boa hora para me dizer qual é o interesse deles em me incriminar.

— Foi culpa minha. Sempre mencionava suas avaliações como textos brilhantes, os ciúmes de Giaccomo voltaram-se contra você. Depois, alguém da editora espalhou sobre aquele nosso encontro no seu apartamento.

Preferi me calar.

Você não leu? Em uma das minhas entrevistas ao El País fiz uma referência qualquer a você.

Uma referência qualquer... eu só pensava.

— Ah é? Nunca soube.

Ela estava ganhando tempo e eu só precisava do essencial. Eu só precisava que ela confessasse.

Um calor diferente, corrosivo, me percorreu o corpo. Afastei-me, indo até a janela para observar o sol que descia entre as araucárias, com as folhas quase imóveis mesmo sob a tensão do vento sudoeste.

Estávamos ali há uma hora, pareciam meses. O nexo temporal se dissolvia.

— Te conheço melhor do que você supõe, Homero.

— Só pelas minhas avaliações dos teus romances sem que eu soubesse quem assinava como Karel? – Insisti afirmativo antes de perguntar.

— Você acha possível amar uma pessoa por meio do que ela escreve?

Ela não se espantou e propôs o desafio:

— Tenho certeza, já experimentei isso. E se esses livros tivessem sido livros escritos por um homem?

— Esse foi um constrangimento na Filamentos. E, desanimada, ela balançou a cabeça.

— É? E que importância tem isso agora?

— Para mim, muita; mas intimamente eu sabia que Karel tinha de ser uma mulher.

— Que tal esquecer tudo isso, Homero, que tal se adaptar à situação?

— Sou um fugitivo da justiça. Estou sendo procurado por desfalque, suspeitam que eu esteja implicado na sabotagem do acidente no Chile. Giaccomo e Jean desapareceram, e como no Brasil a presunção de inocência foi abolida, sou considerado autor intelectual do crime. Acho que você ainda não conseguiu entender que minha vida foi arruinada.

— Podemos resolver isso, me dê um tempo que ajeito tudo!

Ela acendeu um cigarro com cheiro de cravo e a calma com que fez essa afirmação produziu em mim a certeza que faltava. "Ajeito tudo" era uma insinuação assustadora.

— Não será nada fácil.

Antes de prosseguir, voltei-me para as janelas, sem conseguir voltar a olhá-la nos olhos. Ela mentia, era evidente.

XI | CASABLANCA

E, como num bolo feito às pressas, cada nova camada de mentira visava a preencher o fragmento anterior para sanar a falha prévia.

Precisava pensar em uma estratégia.

Ela se afastou para ir ao banheiro. Eu, sedento, achei a cozinha para dispensar na pia o que ela fazia questão de me oferecer na taça e encontrei um pouco de água. Foi quando vi, no armário, a caixa com o pó. Era o mesmo fármaco que haviam encontrado na autópsia do corpo do piloto, suspeitei. Contemplei o veneno com frieza. A realidade é sempre chocante e frequentemente improvável. Depois me arrastei de volta até a sala. Ela ainda não havia voltado e, quando chegou, enxugando as mãos, veio falando tranquila como se nada tivesse acontecido. Para ela, de fato, a realidade estava intacta e a vida era o plano de um crime em andamento.

Hesitei mas novamente voltei para a sala enquanto ela me acompanhava com os olhos baixos:

— Cleo, evidências foram plantadas, profissionalmente. Sua amiga advogada me confirmou que eu seria condenado a não ser que achássemos provas de que as incriminações foram forjadas. Mas, como você sabe, a polícia científica quase não tem recursos, então...

— Você gostou dela? Palomar gostou muito de você.

Mais despistes? Pensei.

— Vamos colocar da seguinte forma: ela realmente me ajudou no auge do desespero.

— Mas preciso te contar que também... – e interrompeu a confissão.

325

— O quê?

— Nada.

— Cleo, não é hora para fazer suspense!

— Posso te dar informações inéditas sobre Giaccomo que podem te ajudar. E posso provar.

Ela nunca esteve tão perto de confessar, mas desconversou.

— E Jean Prada? O corpo pode não ter sido encontrado, mas a ocultação do cadáver também é crime. Os documentos e o sangue achados levantaram suspeitas. E por que a contraprova do DNA nunca saiu?

Ela, então, ficou irritada, levantou-se e se encaminhou até a porta principal, tamborilando com as unhas na borda do copo de vinho, e pela enésima vez ela me ofereceu um e, pela enésima vez, eu recusei.

— Se você sabe de alguma coisa, vamos embora já, voltamos para desfazer toda a trama. Com seu testemunho posso conseguir um bom acordo com o Ministério Público.

— Homero, posso te apoiar informalmente, de forma anônima, mas você terá de fazer isso sozinho.

— Sei – eu disse balançando a cabeça. Ela era uma "anonimatrix"!

Havia algo terrivelmente errado. Toda essa encenação era uma nova emboscada? Mesmo assim, minha atração por ela continuava palpável, superava o obstáculo moral e o instinto de autopreservação. Aproximei-me de seu corpo mais uma vez para tentar beijá-la.

Ela fugiu.

XI | CASABLANCA

— O incompatível existe. Nesse aspecto, Homero, aqui não tem um pingo de ficção.

— Do que você está falando? – Parei, dando uns passos para trás.

De repente ela estava sonolenta e eu sabia o motivo. A legítima defesa pode ser considerada um crime? Não para mim, não naquela altura. Sua cabeça estava quase afundada num canto do travesseiro.

— Podemos continuar depois? Bebemos demais, estou cansada. – E bateu com a palma da mão na almofada do sofá, já quase apagando.

— Karel, não, por favor, fale agora, preciso saber.

— Prometo que explico tudo amanhã.

E mais uma vez ofereceu um copo de vinho, que recusei.

4

Karel foi se encaminhando para o seu quarto no andar de cima já grogue, quase adormecida, e me acenando para segui-la. Eu a observava, parecia exausta. Ela se acomodou numa cadeira antiga, com encosto de palha, as pernas dobradas, ainda segurando uma xícara.

Não senti culpa, internamente, eu insistia na tese de legítima defesa.

Ela virou o rosto em direção à janela sem dizer nada e ficou bebericando o chá. Então, virou-se e olhou diretamente para mim.

— O amor é a mais rara exceção – falava como uma bêbada. – E hoje suspeito que perdi a capacidade de amar.

Ela então puxou um livro na gaveta do criado.

— Que tal um poema? – Sem esperar consentimento, começou a fazer uma declamação sofrível:

— "E a vida, contudo, atacava o nosso amor, a vida incessantemente em busca de um novo amor. Para apagar o antigo amor, o amor perigoso, a vida queria mudar de amor. Para tentar encontrar razões de viver, tentei destruir as minhas razões de te amar...".

Sua voz estava quase rouca, tinha um leve trinado, o ritmo era a única coisa agradável naquele sarau. Pensei ter reconhecido os versos do poema *Nuits Partagées* de Paul Éluard. Justo Éluard!

"Et la vie, pourtant, s'en prenait à notre amour. La vie sans cesse à la recherche d'un nouvel amour, pour effacer l'amour ancien, l'amour dangereux, la vie voulait changer d'amour."

XI | CASABLANCA

Indiferente à minha indiferença, ela continuou recitando sua própria versão do poema:

— "O destino nos guiou para que o amor, destruído e superado, pudesse recriar-se em outro estado". Hoje, querido, só uso minha energia para criar personagens, consegue entender? Eles me absorvem completamente?

Dissimulada... eu ruminava. Admito, era uma dissimulada adorável e muito competente...

Minha calma virou indignação. Lembrei-me do motivo de estar ali e porque havia escolhido Karel como minha interlocutora ou informante.

— Eu os crio – ela continuou – E ali, na criação, há um poder que me excede. Eu mudo vidas, recupero mundos ou, dependendo do dia, os destruo sem nenhum arrependimento. Quem ficou viciado em escrever sabe, a literatura nos torna anfitriões divinos.

Controlei o impulso de vomitar.

Ela estendeu o discurso como se ainda declamasse e, apesar da náusea, eu já não me incomodava.

— Quer saber qual é a minha fé? O escritor é o principal protagonista da humanidade. Nós – e ela bateu no peito – somos o Criador.

Suspirei e dei o gole final no conhaque, e, imediatamente, tornou-se azedo na minha boca. Pensei na parábola misteriosa de Freud: "O que aconteceu às mulheres, esse continente inexplorado?"

Karel tomou fôlego e continuou. Sua boca e voz estavam amolecidas:

NAVALHAS PENDENTES

— Escrever não faz sentido. Escrever é ir contra os sentidos para tentar achar algum. Só a tragédia pode renovar cada linha. Só escrever nos abre para uma imortalidade perfeita, a imortalidade substituta, a única que dura. Faz todo sentido só escrever sobre o nada que nos invadiu. O resto é só álibi, conversa mole, desculpas esfarrapadas.

Será que todas essas palavras e pensamentos eram efeitos da droga?

Eu estava muito distante, queria respostas, não prescrições e confissões patéticas.

— O grande e bastardo álibi, aquele no qual precisamos viver nossas vidas por intermédio de personagens planos, delimitados, incompletos – ela continuava.

Ah, se ao menos ela soubesse a grande farsa que é a literatura, um problema intelectual minúsculo com aspirações para lá de exageradas.

— E qual seria a pretensão, Karel? Gerar vidas substitutas? Golems literários animados por letras? – eu precisava explorar ao máximo aquela fala delirante.

— O amor único é próprio da lógica pequeno-burguesa, bastarda, entende, Homero?

Fiquei murmurando que sim, tentando deixá-la chegar aonde queria. Ela me olhou com comiseração.

— Pena. Você seria um dos poucos com chances de entender. Não posso arriscar que minha criatividade seja ameaçada.

— E eu sou a ameaça, Cleo-Karel?

Eu ri porque achei ridículo o som desse nome duplo e também ser ameaça a alguém.

XI | CASABLANCA

— Foi exatamente isso que me afastou de GG. Sem liberdade, eu teria de aceitar um rebaixamento, uma subalternidade. A mediocridade seria até um conforto, mas aceitá-la equivaleria à morte, a morte da cultura.

— Meu corpo tem desejos, Karel, desejos que não alcançam tua metafísica. - Suspirei.

— E eu prefiro evitar ser o que escrevo. Quando crio, anulo a quem me preside. O escritor precisa cultivar um transtorno de identidade, assumir suas múltiplas personalidades. É uma espécie de loucura autoinduzida, uma esquizofrenia de resultados. - Ela tentou rir, mas se engasgou produzindo um ruído que parecia vir da laringe. E terminou sorrindo, achando-se genial. O veneno agia de forma idiossincrásica.

— Se houvesse um único segredo, apostaria no fluxo de consciência - arrematou.

Mas é claro, a psicose à serviço do progresso das artes, eu emendava em pensamento.

Na porta do quarto, ela ameaçou despertar e me olhou penalizada para dizer:

— Você vem?

Dei um gemido e ela seguiu falando com a voz completamente emplastada. Ela me observava, sonolenta, bocejou, retirou parte da roupa e estirou-se na cama.

Eu precisava aproveitar aquele apagamento. Decidi que iria explorar a casa assim que ela entrasse no transe de Morfeu e fui me dirigindo para a porta:

— Chá? - Ela pediu, apontando para uma garrafa de chimarrão que estava num banquinho perto da escada.

331

Em sua preguiça, vi mais uma chance para a legítima defesa.

— Pego para você.

Eu tentava demonstrar neutralidade. Fui até onde estava a garrafa, retirei do bolso outro envelope, dei as costas para ela e dissolvi um pouco mais do pó de hidrato de cloral em sua xícara. Ofereci a bebida com a advertência:

— Cuidado, está quente e pode te machucar.

Ela quis que eu também bebesse... fiz que não.

Ela empalideceu e começou a tossir. Então indicou com a mão que preferia ficar só, mas, quase com os olhos fechados, fez um convite:

— Programei para amanhã te levar até Cabo Polônio, temos os lobos marinhos e... poderíamos alugar um barco...

Finalmente, ela apagou. Deixei-a adormecida enquanto uma calma indecisa descia sobre mim. Foi quando repeti para mim mesmo, lembrando do conselho profético de Jean Prada: "Homero, o tempo e a ordem, meu caro. Antes de tudo, a ordem. Primeiro apresente as provas, só depois, as acusações. E, se você não as tem, induza, leve o adversário a cometer um erro. E, depois de tudo, reze para que seja avaliado por juízes imparciais. Ou... Resigne-se e viva em paz".

Indícios... só tenho indícios – pensei.

Depois de tantas evidências contundentes, o desejo, sim, ele, me forçava a acreditar na inocência de Cleo. Saí dali observando seu corpo estendido e que já não parecia tão perfeito.

Bastava capitular.

Ou, ser morto.

5

Embrulhei-me num cobertor e, depois de circular, bis-bilhotando os outros quartos, desci a escada para inspecionar o andar de baixo.

Apenas antigos móveis coloniais, rústicos, de hacienda. Um bar com vinhos e bebidas que me pareciam familiares, como vermute italiano, rum irlandês e muitas garrafas de absinto, a bebida predileta de Cleo-Karel.

Circulei pela sala e reparei nos livros empilhados no aparador. Bem em cima, os óculos digitais. Nem precisaria inspecionar, eram de Giaccomo. Cuidadosamente, os coloquei de lado para examinar os volumes. Com exceção do primeiro livro, uma ficção publicada no Brasil, todos eram edições dos livros de Karel em vários idiomas. A maioria, eu nunca tinha visto. Dentro de uma edição tcheca do seu premiado A falha humana, havia um texto dobrado em duas partes e um recorte de jornal.

Era uma página de um suplemento literário espanhol que trazia notícia do prêmio que Karel acabara de receber, com a entrevista concedida ao jornal El País. O outro texto era um artigo. Desdobrei a folha impressa sobre inteligência artificial retirado da web que fora publicado no site da Harvard School of Economics alguns anos antes. O título era no mínimo curioso: *"Nostradamus in Silico: Can Supercomputers Really Predict The Future?"*

Encostei-me na parede de tijolo aparente para me aquecer perto do fogo. A chama quase morta ainda vibrava com as brasas sem luz na lareira estreita bem no meio da sala.

NAVALHAS PENDENTES

Fiquei concentrado naquele texto e, quando me recostei na lareira para me sentar e ler, vi restos de folhas chamuscadas. Com o espeto, remexi no braseiro e as arrastei para o lado. A maioria estava queimada, praticamente ilegíveis. Papéis amassados e agrupados por um clipe anexado ao que parecia ser o trecho de algum texto impresso. Alguma prova de livro ou apenas um rascunho descartado?

Já fora da zona do fogo quase extinto, notei que um deles veio junto a um e-mail, razoavelmente preservado, mas impossibilitando sua identificação completa. As páginas chamuscadas não ofereciam chance de leitura. Enfim, me aproximava de algumas respostas.

Um pen-drive estava apoiado no balcão de madeira que contornava o fogareiro. Voltei-me à mochila que ficou encostada perto da entrada. Retirei meu laptop já com pouca bateria e, sem pensar, enfiei o dispositivo na porta USB.

E se ele pedisse uma senha? E se ela acordasse? E se algum cúmplice chegasse?

Preocupação desnecessária, o pen-drive já estava aberto, apenas exigindo criptografia. Quase sem bateria, vigiava a entrada da escada preocupado com um flagrante. Por mais quanto tempo o hidrato de cloral agiria? Sempre soube, aquele anestésico estava originalmente destinado para mim.

Estava para desistir, quando abandonei a paranoia. Os psicanalistas afirmam que esse é um significativo sinal de saúde. No tutorial, havia um arquivo de mensagens. Vasculhei a lista e só encontrei comunicações protocolares, contatos de agentes literários e títulos em processadores de

XI | CASABLANCA

texto com anexos que, quando abertos, estavam vazios ou com os dizeres "esperando conteúdo".

Procurei na lixeira do computador e achei uma mensagem. Era um e-mail datado de 45 dias antes, enviado para a mesma caixa postal com a qual a editora se comunicava com Karel. No endereço do remetente, novo choque. Constava nele um nome familiar: o meu! Copiei o conteúdo para meu computador e o guardei. Ouvi um barulho no quarto de cima e, literalmente, joguei de volta o pen-drive ao local de onde o havia retirado.

6

Com parte do plano concluído precisava aproveitar a narcose de Karel para ampliar a exploração. O que ela faria comigo se tivesse êxito em me dopar antes que eu a dopasse? Estranhamente calmo desci e saí para caminhar. O silêncio era agradável e incômodo enquanto as janelas eram sacudidas por um vento sibilante. Trovejava, sem relâmpagos. Vi mais cachorros: dois pastores alemães e o enorme pastor húngaro branco que ficavam soltos dentro de um cercado na parte externa do haras.

Escutei uivos, pareciam vir de longe. Coiotes no Uruguai? Contornei o enorme galpão e, bem ao fundo, observei a terra remexida. Sem coragem de ir até lá, dei a volta para examinar a escavação. Reparei nas pequenas mudas de cactos em vasos de papel.

No Uruguai, assim como na Argentina, eram comuns cemitérios particulares, especialmente entre as famílias mais tradicionais. Ou seria apenas um terreiro com sementes sendo preparadas para o plantio?

— Onde estaria Jean? Deveria cavar?

Um desconforto me sobreveio e se transformou em um soluço entalado no peito. Por que ele teria sido atraído para cá? Tentei esquecer a ideia para captar um pouco mais de ar.

Um raio impetuoso rasgou o céu decretando a precipitação de uma chuva fina que foi se adensando. Sob intenso aguaceiro, acelerei o passo até a entrada do galpão. O trinco estava aberto. Um velho cadeado em forma de coração pendia sobre o ferrolho.

XI | CASABLANCA

Era também o acesso à garagem anexa. Estava fechada, mas toquei no trinco e a porta de chumbo abriu sem ranger. O lugar era enorme, uma construção bem mais nova do que a Casablanca. Na garagem, alguns veículos. Lá estavam, também, antigas charretes com a estrutura de madeira mal conservadas e um depósito de caixas de papel empilhadas. O maciço de arquivos mortos impedia que eu prosseguisse por ali. Era dali que deveria ter retrocedido e abortado qualquer investigação. Aquele era o ponto de clivagem decisivo, a partir do qual ninguém mais pode voltar.

— De quantos carros ela precisa? Falei comigo mesmo. Formavam uma longa fileira de veículos. A maioria coberta com lonas finas. Movido pelo senso de bisbilhotice ancestral, andei até a frente para avaliar os modelos da coleção. Um Land Rover, um velho Peugeot com teto solar, ao lado, dois tratores e uma motocicleta, uma rara Husqvarna Cross nova, de 250 cilindradas.

Já estava quase na saída quando reparei num último carro, provavelmente o último a entrar na garagem. Voltei e afastei parcialmente a cobertura de lona fina que parecia plástico. Com a palma da mão, senti que o capô do motor ainda estava morno.

Eu fui deslizando a cobertura do veículo por partes. Quando retirei o último trecho da lona e a frente ficou visível constatei que era o Camaro prata. Era o mesmo carro usado por Palomar, a advogada que me conduziu ao escritório no edifício do Privat Bank.

Cheguei à porta do carro e as janelas estavam abertas. Olhei e no chão do assento da frente, jogado, estava o meu

NAVALHAS PENDENTES

exemplar desaparecido de "Antologia de páginas íntimas" e, em frente ao banco do passageiro, reconheci a boina de couro marrom de Jean Prada. Estava toda manchada.

— Mas, quando?

Abri a porta para pegar o exemplar, a lâmina não estava lá. Desmoronei, apoiado no carro tentei reconectar os pensamentos. Uma enorme coincidência não teria tal sincronicidade. Fui até a frente para confirmar: as placas eram do Brasil.

Com medo, recoloquei o livro no lugar, enquanto ainda testava com a mão o motor recém aquecido. Foi então que os flashes reapareceram com as cenas dos últimos meses, recuperadas, fragmentadas, em sequência rápida, mas aleatória.

Mais uma vez, Freud tinha razão: uma única lembrança desreprimida tem potencial para realinhar todo o enredo. Numa última vertigem, fixavam-se todas as memórias apagadas: aquelas da noite em meu apartamento.

Zonzo com o que farejei, perdi a orientação. Não sabia para onde ir, qual direção tomar. Coloquei a lona de volta e cuidei para deixar tudo exatamente na posição original.

Saí andando de lado, encostei o portão sem fechá-lo e costeei a construção para voltar até a casa. A chuva apertou e, lentamente, caminhei até Casablanca sem notar quão ensopado fiquei. Era evidente que aquele carro nunca fora da advogada que me levou ao banco, pertencia a Cleo.

Isso só poderia significar que toda a estratégia fora planejada por Diana e Cleo. Ambas não aceitaram as imposições feitas pelo board da editora, ambas rejeitaram as pressões de Giaccomo, ambas precisavam de um bode expiatório

XI | CASABLANCA

perfeito, ambas me dominaram. O óbvio impunha-se, e o óbvio é conspiratório.

Cheguei pingando e me sequei com a toalha branca que retirei do lavabo. Senti um cheiro do medo, de enxofre, a exalar da minha pele. Cleo ainda estaria dopada? Descalcei o sapato e as meias e, com cautela, subi as escadas sem saber o que pensar ou o que sentia.

Precisava de mais tempo para explorar as descobertas sem levantar suspeitas. Para meu alívio, Karel ainda estava largada sobre a cama completamente apagada.

7

Estávamos no fim da noite. A madrugada acabou para sempre. Uma decisão estava tomada. Tudo soaria pouco plausível para quem não acompanhou o mergulho que fiz na literatura dela. A velocidade do que aconteceu entre nós não era possível medir.

Quantas vezes fiz pareceres negativos argumentando contra a falta de plausibilidade e exigindo textos verossímeis, mas, vivendo aquela situação na pele, percebi que só o improvável tem alguma chance de ser possível.

Eu mesmo desconfiei de tudo: em mim, nela, em toda a trajetória. A história é recorrente e amantes improváveis se despedem como estranhos. Migrei da promessa de intimidade à violência das pulsões e do ressentimento. Qualquer coisa além disso pode entrar em mutação, no nosso caso, de um encontro amistoso e uma expectativa amorosa desproporcional para o medo de ser assassinado.

Era evidente que ela não só sabia de tudo, como também tomou parte ativa da trama.

O senso de ridículo obrigou-me a me perguntar: quem era, afinal, Cleo?

8

Decidi deixar tudo para trás, sem bilhetes, sem despedidas, sem vinganças e com muitos arrependimentos. Eu que raramente chorava desde que perdi meu pai, fiquei entregue às lagrimas. Para que o abandono proceda, seria preciso aproveitar a noite, enquanto tudo ainda estava claro. Ouvi um barulho de carro distante se aproximando e me apressei, antes do nascer do dia.

Ao som de corujas, chilreados e uivos, ainda soluçando pelo choro contínuo, parti a pé depois de superar a lama vicinal entre os charcos. Afastei-me uns oitocentos metros da cerca que envolvia a Casablanca e, na boca da estrada de terra batida, religuei o celular para me orientar. Sem sinal. Sob a ameaça de pancadas de chuva, aguardei encostado na cerca. Estava completamente quebrado, mas menos tonto e confuso. Apesar da energia drenada pelo encontro, depois de muito tempo experimentava ideias claras e distintas. Quando vi o carro que se aproximava piscar várias vezes o farol perto da cancela, já estava a uma distância razoável, mesmo assim comecei a correr. Caí várias vezes ao atravessar o pequeno charco.

Sem sinal de satélite para me orientar, devo ter andado erraticamente algumas horas por dentro do campo até alcançar um posto de gasolina próximo de um vilarejo. Só pela manhã, encontrei um táxi disponível. Com frio e ainda molhado, consegui voltar para Montevidéu. Lá, aluguei um carro, dirigi até Mercedes e, com a identidade falsa que comprei, entrei pela fronteira em Uruguaiana, no Rio Grande do Sul.

9

Só comecei a ler o papel quando estava deitado na cama no hotel de Uruguaiana. As três primeiras páginas haviam sido deletadas, mas lá estava a página quatro em diante que dizia: "Por isso tivemos de agir assim, você pode entender? Por que você não confia mais? Não vejo motivos. Mais confiança do que isso? Acabo de te entregar uma confissão, nem preciso dizer o que fazer com este e-mail depois que você o ler, antes que ele seja atraído. Por isso, insisto. Essa é a última vez, prometo. Leia com atenção e me diga o que acha. Espero que você não tenha ficado chateada com as últimas decisões.

Tivemos de tomá-las para o nosso bem e para o bem da Filamentos. Sei que a separação de vocês já está quase oficializada. Do jeito que planejei, nem Jean Prada nem mais ninguém vai nos importunar. Agora só depende de você, um sim e nossa felicidade estará garantida. Se seu medo era ele, garanto que não terá mais como nos chantagear. Temos de assumir. Nós, editoras e escritoras, somos as experts, as cabeças da cultura nacional. Sei que seu talento é genuíno e você só aceitou participar disso tudo por pressão. A moral pequeno-burguesa não consegue captar o espírito do projeto e conheço suas críticas. Somos como o partido, ou seja, pensamos primeiro na sustentabilidade do poder que elimina todas essas barreiras moralizantes. Você sabe do que falo. [A argumentação era de uma vaidade insana] Por que se deixar barrar por um conceito moral, a invenção capitalista dos copyrights? Quem precisa de uma ética baseada em propriedade intelectual? [Pergunta-vam]. O que pensam que podem fazer? Cleo você é uma das mais talentosas que surgiu, assinando Karel F. ou não. Hoje editamos os melhores do mercado, e nada mais justo do que termos o poder de julgar quem tem talento. Você já deu sua contribuição. Só te peço que deixe a Filamentos desenvolver o projeto. O monopólio é consequência de nossa competência, o que podemos fazer? Como no mercado de arte, somos os agentes e devemos poder exaltar ou ocultar quem quisermos. Diga-me, onde está a imoralidade dessa política? Jorgersen pode ser tudo que você falou dele, [afiançava aquela espécie de tratado da conspiração universal] mas é também um gênio. E, outro dia nos disse de onde veio sua ideia do algoritmo: depois de ver o filme adivinhe qual? F For Fake. Sim, aquele documentário do Orson Welles. Fui revê-lo e entendi. Imagine só que um dos países produtores era o Irã, antes dos aiatolás. Lá estava o embrião da coisa toda, só que eles nem imaginavam que a Inteligência Artificial poderia levar a literatura à perfeição, montando histórias a partir de trechos medíocres. Querida, juntas descobrimos o algoritmo das letras, tem ideia do que isso significa?".

Lendo esses fragmentos de uma autêntica história da infâmia meus olhos queimavam meus sentidos. Continuei a leitura:

"E não se esqueça: fomos campeões de venda graças a quem? Também tenho ressalvas, mas devemos muito para aquele governo que resolvia tudo com grana. Um dia você concordará comigo que nenhuma cópia é criminosa. Hoje, isso tudo nem importa mais. Quando te vi de novo antes da feira de Frankfurt, reparei que você não só continuava extraordinária, como também sua pele estava ainda mais clara e viva. E nunca me preocupei se você estaria casada ou se viveria por lá, voltaria para o sul ou já havia decidido emigrar para o Chile. Nós temos uma história. Sei que foi lá que você comprou uma propriedade. Sei que essa caixa postal é indireta, mas meu informante já sabe, você mora em Viña Del Mar. Não vou invadir sua privacidade, só achei importante você saber que sei para onde você foi. Também é bom que você saiba que tudo que deve ter ouvido falar sobre os planos para te atingir fez parte do complô deles, e eu não faço parte disso. Acho que não preciso convencer você de que jamais faria nada que te atingisse. O holandês e seus sócios só estão fazendo isso para nos enfraquecer e, logo adiante, poder comprar a Filamentos por um quarto do valor de mercado."

Então, tudo parecia reduzir-se a uma questão de poder econômico, de vaidade? Pensei alto.

"E quem foi que alavancou a literatura eletrônica neste país? A ideia pode ter sido dele, mas quem ajudou a reciclar lixo editorial e transformá-los em best-sellers fomos nós. Só sei que eles são muito perigosos. Quando a fusão começou, Giaccomo e eu já sabíamos que não se podia confiar nesses gringos. O fato é que não posso mais continuar passiva e agora estou tomando minhas providências. Jean Prada não será mais problema, todos acham que ele deve estar escondido, é verdade, e ele deixou claro que tinha medo deles, não de nós. Depois que GG receber e

XI | CASABLANCA

assinar o ofício com a divisão de bens, vai acabar aceitando a situação e vamos exigir que ele nos inclua no novo contrato social. Você me escreveu sobre o rapaz, dizendo era só ter um pouco mais de paciência daríamos um jeito de deslocá-lo da avaliação. Você deve saber que "H. Monte" tem um passado problemático e que ele tem aquela doença misteriosa que ninguém sabe bem o que é. Sei que você tem uma queda por ele. Ele tem mesmo algum tipo de magnetismo, sei lá! Chegamos a brincar. Mas você sabia que ele também já tentou o suicídio? Mais de uma vez?"

Interrompi a leitura diante do sofisticado simbolismo: "H. Monte". Depois a carta continuava: "Soube que recentemente GG teve uma longa conversa com ele num almoço e me contou que ele aceitou bem todos os argumentos. No fundo, ele tem plena consciência de que nos deve muito. Sei que você também tem pena dele e uma quedinha também, não? Mas, quem vai coordenar uma empresa como a nossa não pode deixar que nada pessoal interfira. Será que ele defenderia tanto seus textos se soubesse a verdade? Não vou esconder que, se ele insistir em continuar bisbilhotando e quiser colocar tudo a perder, vai ter um futuro difícil. Ou não terá futuro. Você conhece Rublev tão bem quanto eu. Mas, o mais provável é que ele engula nossa versão da história e sigamos com o plano, aliás, se tudo der certo, ele já deve estar vindo para cá. Se ele tivesse sido esperto e ouvido os conselhos de Jean, quem sabe? Mas agora é tarde. Como ele tem algum talento, poderíamos tê-lo mantido como um dos nossos agregados, mas agora não temos outra saída."

NAVALHAS PENDENTES

Interrompi a leitura novamente depois do "algum talento", mas logo a retomei:

"Vamos agora falar de nós duas? Preciso que você entenda que mesmo deste meu jeito minha preferência sempre foi o que tivemos. Querida Francis, eu jamais deixaria escapar isso. Você falava em idiossincrasias, lembra, amiga? Minha proposta é que você espere por mim lá em Valparaíso, eles vão no jatinho, eu não. Depois eu te pego. Responda naquela caixa postal. Não se esqueça de usar o e-mail só no rascunho com aquela senha e de sempre usar a criptografia! De lá seguimos até Punta Arenas, de iate, que já está atracado por lá. Partimos de madrugada e sumimos por um tempo, até o escândalo sumir das primeiras páginas. Leva três semanas, dizem. Nem preciso dizer que, para dar certo, e nosso pacto manter-se em pé, o sigilo deve ser absoluto. Aliás, já me contou sobre seu plano, perfeito, Cleo, perfeito. O que acha? P.S. ainda acho melhor que sua amiga advogada fique totalmente de fora da história. Sua, Diana C."

Quando terminei a leitura, minha cabeça latejava, não conseguia nem enxergar direito e minha carne pressentiu um fogo inédito.

XI | CASABLANCA

10

Novamente me ocorreram trechos daquela noite. Fragmentos dos livros de Karel apareciam todo o tempo: "Quem ficou viciado em escrever sabe, a literatura nos torna anfitriões divinos", era um deles. Dessa vez, as cenas vieram mais nítidas, imagens que preferia ter deixado arquivadas. Sob confusão, lembro-me de ter ouvido risadas que ondulavam na mesma frequência de pequenos gritos de excitação. Recordo da palavra "Dormonid", a droga usada no pré-cirúrgico, responsável por um tipo específico de lapso, chamado de amnésia retrógrada.

Enquanto me debatia no sofá, o suor que parecia linimento canforado, oleoso, brotava em minha testa. Foi quando ela começou a retirar minha roupa. A campainha do apartamento soou e Marly pulou fora do meu corpo com suas tatuagens de crânios espalhadas pelo corpo e disparou à porta. Uma terceira pessoa se aproximou do sofá e tive dificuldade em saber quem era. Ouvi a voz de outra mulher. Ela veio até mim, bagunçou meu cabelo e encostou sua pele em meu rosto.

Acho que me deitei no sofá, ou fui empurrado, e vi o rosto de Diana aproximar-se para cochichar com a voz rouca quase dentro do meu ouvido:

— Fique tranquilo.

Ficar tranquilo? E qual era mesmo o risco?

— O que ele faz aqui?

Elas então criaram uma bagunça. Deitado no sofá, eu observava o comportamento, paralisado, sem conseguir me mover. Um bom resumo da minha atitude universal. Não conseguia mexer os lábios e uma sede extrema espessava minha língua.

As três jogaram objetos no chão e, depois, remexeram nos meus discos de vinil até achar um que as interessou: um álbum do The Doors, cuja capa era uma fotografia de Jim Morrison engolindo um microfone.

Instalaram o long-play no antigo turn-table JVC e tive de ouvir um disco de vinil riscado com a música "Light my fire" dezenas de vezes. Elas dançavam e despejavam livros pelo chão. Dormindo e acordando, meu corpo entregue à gravidade excessiva e ainda sem conseguir me mover. Em meio à minha privação de consciência, misturada com o sequestro da presença de espírito, o que será que elas desejavam?

Dois dias antes, soubéramos que Diana fora humilhada, avisada por GG de que, naquele ano os prêmios salariais extras prometidos estavam suspensos. Prêmios que ela esperou por anos para cair fora da editora, aposentar-se. Planejava viver na Califórnia e abrir um negócio nos arredores de San Diego. Pelo menos era o que ela fazia questão alardear.

Transtornada com a notícia, ela o procurou e fez ameaças. Em desespero, também foi ver Cleo, de quem se achava íntima. Esqueceu-se de que feridas, como seu caso com GG, nunca param de secretar. E qual mulher naquela empresa não teve um affaire?

Foi então que resolveu se mudar – recorrendo à metáfora de Nietzsche, para os pés do Vesúvio. Diana, ligou para pressionar Giaccomo e o ameaçou. Acionado, Jorgensen

XI | CASABLANCA

preferiu resolver o assunto como um bom político faria, passar a bola para algum assistente inútil que não poderia resolver nada.

Ele se preparava para refluir e desfazer a fusão, já havia intuído a encrenca em que estava se metendo quando se associou com a Filamentos, e jamais entendeu como uma editora pode se transformar numa usina de relações psicóticas. No mercado editorial, isso não só é possível, como provável. Eu teria dito a ele se pudesse.

Jorgensen consultou seu advogado norte-americano para, em seguida, ligar para Giaccomo. Ameaças breves, mas contundentes, foram feitas. Na ininterrupta linhagem contagiosa de transmissão da neurose, Giaccomo se organizou para tirar satisfações com Diana. Acalmou-se antes de agendar o encontro.

Ele e Diana C. marcaram no mesmo apartamento onde já haviam assiduamente se encontrado anos atrás. Suponho que tenha sido ali que Diana reiterou as ameaças e prometido levar as denúncias até o Ministério Público. Ela não sabia, mas já havia um avião à sua espera, pronto para um desembarque definitivo. Imagino que Cleo a tenha alertado.

Passei a ser mais um objeto amorfo nos planos de vingança de Diana. Sobre mim, recaíam as circunstâncias, a falta de álibi e os motivos. Principalmente, a oportunidade de elegerem um alvo ideal, já que constavam em meu histórico de desavenças públicas com GG e mais de uma situação constrangedora com Jean. Incluir um saldo extra na minha conta, completaria perfeitamente o serviço.

XII
Hole 10.000

XII | HOLE 10.000

1

Admite-se que tudo pode ter começado em Gênesis 1, versículo 1, "quando D'us – o único original – fez sua primeira exposição individual, ao decidir gerar um cosmos explosivo, de expansão e retração infinitas, cujo cólume ético e estético seria inculcar a consciência humana". Depois dessa primeira fúria expansiva, vive-se em estado de cópia e toda imitação tem sido tanto sistemática quanto infinita.

Meu pai, que já fora um declarado cético, mas ao mesmo tempo nunca deixou de ser um místico secular, me contestaria e talvez acreditasse na tese da geração espontânea do Universo. Gostava de repetir o texto de Guerra Junqueiro quando pedia que desconsiderassem tudo que ele disse se um dia aderisse a alguma forma de religiosidade canônica. Ao mesmo tempo, citava dois livros da tradição atribuídos à Salomão: Cântico dos Cânticos e Quohelet, também conhecido sob o nome de Eclesiastes.

A louvação do amor, o erotismo sagrado e não sacrificial, e o pessimismo calculado do homem que já foi considerado o mais sábio dos homens apesar, ou exatamente por ter desposado mais de mil mulheres. Nesse último texto, Schlomo, filho de outro Rei de Israel, David, considerado por muitos sua obra da maturidade, vaticinava: "Nada há de novo sobre a terra". Sua marcação fazia todo sentido. Na era contemporânea alcançamos constrangedoras escalas de repetição. Minha impressão, tendo trabalhado numa empresa editorial de grande porte, é que vivemos a era do carbono infinito de todas as obras artísticas.

A faculdade mental responsável pela criatividade encolhera, transformava-se num plágio mutante. Alguns vieram com a solução de que a tecnologia redimiria a o mundo. E assim prosseguimos. Ao menos tive a sorte de ter nascido em outro século e antes desse grande transtorno que mudou meu destino; pensava que chegaria a ser dono de uma editora e criar um selo próprio. Mas quando me aproximei do algoritmo criador de ficção criado por Rublev tornei-me perigoso para a Forster.

Era esse o principal motivo para que eu fosse neutralizado. Não há uma linha inédita ou construção frasal nova, nenhum enredo que não lembre outros, o manancial de ideias parece ter se esgotado lá atrás, na primeira acepção do Todo Poderoso. Ainda assim, como seres que operam à sua imagem e remota semelhança, ainda podemos imaginar.

Tivemos a ilusão de que esse instrumento nos proveria com alguma iluminação inédita, lampejos ex nihilo, ou que o mundo seria reencantado. Pois, contrariando os artistas contemporâneos e os autores com os quais tenho convivido, é possível afirmar: não vejo uma única linha, um simples toque, que não seja um esboço, um sobre traçado de hereditariedades intelectuais prévias, inspirações em criações consagradas. A academia, por exemplo, prioriza o que já está referenciado, o artista precisa pertencer a alguma escola, exige-se do filosofo algum sistema de notação e, para o escritor, filiação famosa, adesão a causas, amigos nos lugares certos e redes de contatos na mídia.

Marcel Duchamp já havia notado que o manancial criador era, na verdade, um enorme celeiro de repetições.

XII | HOLE 10.000

Abundam releituras, reinterpretações, revisitas. O manancial está exposto e, surpresa: repleto de cópias carbono bem estudados. Então por que não dar um novo sentido ao pleonasmo ao qual estamos condenados? Os seus ready-mades, objetos ordinários que retirados do contexto viram obras de arte, foram uma resposta ao acúmulo no reino do já feito.

Refletiam o exaurimento dos textos e, talvez, o esgotamento da própria arte. Para que criar se tudo já estava pronto? Por que não ressignificar o que, de algum modo, já está ou esteve lá? Aliás, ressignificar não é, já, uma forma de criar? E qual o sentido de ousar em originalidade se tudo já havia sido vasculhado, esmiuçado e descoberto?

Restava assumir o fim de todas as novidades. Assumir o esgotamento que já estava previsto desde Aristóteles. E o que essa informação teria a ver com esta história? Querem minha hipótese mais plausível? Vou explicitá-la.

2

A cópia virou a principal ferramenta de trabalho da Filamentos especialmente depois da fusão. Só consegui conhecer o verdadeiro motivo, a comprovação irrefutável, depois que fui afastado e perseguido. A editora havia montado um gigantesco esquema de plágios sistemáticos com os inéditos. Os autores descartados tinham seus textos reaproveitados à revelia.

Duvido que vocês tenham se esquecido do que presenciei no anexo secreto. Depois, a peculiar caixa com a máquina holandesa. Tudo acontecia bem na nossa cara, naquele andar onde fiz várias incursões frustradas.

Exato, aquela exótica parafernália digital trazida da Europa por Jorgensen operava um grande e genial esquema de reciclagem nas letras.

Na verdade, nenhum original era, de fato, descartado. Todos passavam por peneiras digitais – e com o programa de Inteligência Artificial desenvolvido em parceria com a KGF-Forster – esses cérebros-símiles de literatos montavam roteiros, enredos e histórias com os fragmentos de textos descartados.

A disparidade em velocidade e a inteligência da máquina era gigantesca e seria praticamente impossível enganá--la. O que nem ele, nem seus mentores contavam era com o emprego de palavras deserdadas.

Minha armadilha já havia comprovado a hipótese quando usei palavras abandonadas como "ninfagogo", aquele que conduz a noiva ao noivo; "capitoso", que significa "vinho que sobe à cabeça"; onde "capite-cabeça se unia ao sufixo "-oso"

XII | HOLE 10.000

e a palavra "manitó", espírito, aquilo que vai passar por cima. Era assim, usando palavras deserdadas, que rompiam o desvio padrão, fora do escopo de probabilidades de emprego na linguagem comum que eu imaginava dar o flagrante no embuste. A presença delas nos livros editados pela KGF-Foster é que comprovaram parcialmente minha tese. Era isso que eu me propunha a demonstrar, lá atrás, e, apesar, de ter malogrado na época, me confortava saber que meu senso do indiciário não estava totalmente errado.

O esquema todo poderia ser assim resumido: criou-se uma engrenagem sistêmica para usurpar ideias. Giaccomo era um amador comparado ao esquema mundial organizado por Jorgensen. Se minha estratégia tivesse dado certo ao enviar aquela ficção com as palavras raras, minha eu não estaria nesta situação. Afinal quem pode desprezar o acaso e a coincidência?

Surgiram rumores de que outros sujeitos, sem sucesso, haviam tentado desmascará-los, mas até hoje nenhum pedido de indenização tivera êxito, a despeito de grandes firmas de advocacia terem sido contratadas na Europa e nos Estados Unidos para representar a causa dos autores.

Eu mesmo só consegui perceber todo significado do desvio quando folheei o livro pela quinta ou sexta vez. Lembro-me de ter repassado a brochura, parágrafo por parágrafo. Já estava para desistir, quando ultrapassei a página 50. As palavras guias, que serviriam como marcadores, apareceram quando cheguei na página 63 e depois novamente na 118. A marca que inseri era um daqueles elementos vagos, uma minúscula evidência, mas que mostrava a manipulação dos textos.

3

Parece que é um padrão, quem precisa se defender das falsas acusações acaba sendo obrigado a cometer atos criminosos. Hoje, racionalizo, tento justificar me convencendo que já tentava buscar provas que me inocentariam.

Logo depois daquele almoço com GG, consegui a chave da mesa de Jean e, vasculhando os papéis, encontrei o seguinte relatório: "A hipótese baseia-se na teoria de que muitas pessoas têm o que passaremos a chamar de 'talentos residuais'. Isso significa que, num universo de pessoas que se consideram escritores, e têm a pretensão de tornar-se romancistas, alguma ideia, uma frase, um conjunto de palavras ou uma descrição bem feita poderiam integrar um romance, desde que houvesse um maestro eletrônico que costurasse o enredo. E, então, desse um acabamento, um projeto estruturante para a obra. E ainda podem-se contabilizar vantagens colaterais. Com os devidos cuidados, nenhuma autoria poderia ser identificada pela dispersão labiríntica de estilos e enredos. Nenhum centavo gasto com royalties. Forster Inc. criou um mercado monopsônico, venda garantida de roteiros para Hollywood e jamais ter de lidar novamente com idiossincrasias de autores que se comportavam como estrelas de cinema, dândis afetados, ou heróis maníacos".

Ao ler isso, respirei fundo e exclamei para mim mesmo: Céus, é isso!

"A única necessidade era" – continuava o relatório – "ter cuidados e protocolos extras de segurança, como prover o pagamento vitalício para pseudo ghost-writers. Eles

XII | HOLE 10.000

assumiram a autoria do que jamais escreveram e eram assalariados controlados pelo board da editora. Oficialmente a KGF se referia a cada um deles como A.P., autor-parceiro."

Antes de prosseguir na leitura, eu me perguntava por que simplesmente não alimentar a máquina com palavras e dicionários e deixar que ela construísse autonomicamente os textos? A resposta viria logo adiante: "Depois que os técnicos da Microsoft criaram máquinas com inteligência que, alimentadas com informações vagas e instruções verbais desenhavam pássaros inexistentes, tudo passou a ser possível. Mas os parâmetros para a literatura não poderiam ser os mesmos do computador 'Watson' da IBM nem inspirados no jogo 'Jeopardy'".

Não era assim, afinal, que as máquinas podiam construir órgãos e tecidos, pele, coração e úteros artificiais a partir de células totipotentes, vencer os melhores enxadristas do mundo, elaborar artigos científicos completos, predizer o futuro para as economias do mundo, antecipar doenças epidêmicas e pandemias ou construir relatórios sobre o clima para os próximos cinquenta anos?

Na conferência de imprensa, os jornalistas tentaram obter mais dados do perito que começou a auditar os arquivos da KGF-Forster.

— Algum dia as máquinas poderão desenvolver emoções?

— Não, mas poderão entender o afeto.

— Seria o que se chama "bioimitação?"

— Não. Não será por imitação. Será algo mais próximo de "bioanalogia". Ou seja, temos de estar abertos às novíssimas formas de inteligência, padrões de raciocínio que ainda não compreendemos.

— Quais formas?

— Ao pesquisar tecnologias para o aperfeiçoamento de drones, foram usados estudos avançados que analisaram a trajetória de voos de pássaros. Centenas de milhares de aves sobrevoam juntas cardumes de anchovas, mergulham a velocidades impressionantes até alcançar a presa a mais de seis metros de profundidade e é raríssimo a ocorrência de alguma colisão.

Uma enxurrada de perguntas recaiu sobre o entrevistado:

— Cálculos indicam alta improbabilidade de voos balisticamente perfeitos assim.

— E como compreender tamanha precisão?

— E, por acaso, máquinas poderão entender a experiência do amor, do sofrimento, ou, principalmente, penetrar no reino da poesia?

— A bioanalogia pode fazer isso até com as máquinas. Veja, o aperfeiçoamento da IA pode chegar à impensável sofisticação de criar sentimentos e até compreensão poética através da bioanalogia, uma simulação da vida humana. Será tão convincente que não poderemos chamar de simulação.

— Então, não há nada que não possa ser alcançado? – Provocou a jornalista do Clarín.

— Só a consciência. Área para a qual ainda nem conseguimos uma explicação consensual convincente, sendo o atributo humano mais peculiar dentre todos. Nenhum aprendizado poderá construir sensações como a culpa, por exemplo.

XII | HOLE 10.000

— Quais outras? - Ela cutucou.

— A extinção, a proximidade da morte e a ambição. Se o sujeito pode fazer analogias por meio de um jogo de imagens que consegue aproximações sucessivas do objeto a ser apreendido, as máquinas não são dotadas dessa, digamos, malícia.

— Nesse caso, outros tentaram e falharam, qual era então afinal o segredo da editora?

— Esse tópico ainda está sob segredo de justiça. O que posso dizer é que, paradoxalmente, a técnica não está mais se concentrando em aprofundar o processo tecnológico digital meramente associativo, mas, antes, em ensinar o computador a raciocinar por analogia. Essa seria a única forma de um computador compreender contexto fora dos padrões matemáticos de probabilidades. Só quando o processo alcançasse esse estado de indução, uma espécie de automaiêutica, poderia ser operacionalizada. Seria a arte de promover o ensino por intermédio da indução de perguntas e respostas, uma espécie de maiêutica robótica.

— Sócrates não aprovaria. - Ironizou o repórter do New York Times.

— Nem eu! Mas acontecerá, já está acontecendo.

— Lembrem-se que foi somente quando a máquina começou a praticá-la, que o Deep Blue começou a ficar imbatível no xadrez, portanto, quase quarenta anos depois de todas as previsões iniciais.

Por alguma ordem que ele recebeu no retorno de áudio, a conferência foi encerrada.

Inicialmente, nos grupos de moderação de pesquisas qualitativas contratados pela holding da Forster para discutir os romances em grupos, apareceu várias vezes a palavra "não emociona". Os participantes também deram muita ênfase à rotina, "o suspense era entrecortado ou tinha um 'quê' mecânico".

Mas a observação mais recorrente e estatisticamente significativa era que o texto era "incomodamente perfeito" e que faltavam aos autores "recursos poéticos". No núcleo principal do relatório, afirmava-se que as principais falhas eram: "1) falta de consistência afetiva nos personagens" e "2) complexidades facilmente destrincháveis".

Nas primeiras análises de conteúdo, apareceram as seguintes análises: os leitores criticaram o texto com as expressões: "pareciam autômatos" (67%), "personagens inanimados" (54%), seguidos de "toda ação parece mecânica" (42%) e "enredos repetitivos" (36%). Nos quatro grupos de moderação conduzidos na Holanda, na Bélgica, na Dinamarca e na Finlândia, surgiram as frases que mais impactaram os analistas. Eles enfatizaram no memorando as que mais se destacavam: "romances bem-feitos, mas sem vida", "quase robôs", "escravos do roteiro" e, talvez, o mais contundente de todos: "personagens sem instinto".

Porém, foi o nome do relatório final que mais impressionou o presidente Otto Jorgensen e Rublev, o editor-chefe do grupo Forster. Eu estava ansioso para abrir o segundo relatório que estava exageradamente grampeado. Abri grampo a grampo e a capa expunha o título em letras garrafais.

4

Restrito e sigiloso – Relatório para ser distribuído apenas para o board editorial (Distribuição impressa – proibida a reprodução digital).

Foi assim, depois da perplexidade inicial, que a inspiração apareceu. Encomendou-se um relatório mais aprofundado a uma equipe multidisciplinar, recrutada nas principais universidades europeias e norte-americanas. Pago em valores muito superiores aos de mercado, o relatório contém o primeiro estudo qualitativo com moderação de grupos de leitores. A recomendação (anexa) surgiu seis meses depois, num extenso e detalhado relatório.

Tudo começou com uma pesquisa entre os autores autopublicados na plataforma da Amazon. Giaccomo teve essa mesma ideia. A diferença é que Jorgensen nunca priorizou a busca do barateamento dos custos evitando pagar os copyrights aos autores. Isso veio como um bônus, depois legitimado como mais um jogo da jurisprudência selvagem. Otto, diferentemente de Gentil, buscava uma centelha de originalidade que faltava às primeiras máquinas que formulavam literatura.

"Somente uma fusão entre texto artificial" e "componentes emocionais esparsos" resgatados de resíduos da literatura poderiam introduzir "criatividade artificial" e "elementos intrinsicamente humanos" nas narrativas.

Sábios e experts literários dos dez melhores centros acadêmicos de excelência – de Harvard a Oxford – conduziram o estudo sob estritos contratos com rigorosíssimas cláusulas de sigilo. Impuseram multas milionárias e sanções penais, em caso de ruptura do acordo, como vazamento ou uso pessoal das informações. Originalmente, a equipe de Jorgensen havia escolhido a quinta versão do Deep White. Era a mais sofisticada das versões da série Hole, que passou, ao longo do processo, a ser chamado apenas de "Forster".

5

Evidentemente, antes da versão que vingou, testaram, de forma sucessiva e exaustiva, muitas hipóteses. Como a literatura contém idiossincrasias que escapavam aos primeiros algoritmos, os resultados iniciais foram uma sucessão de fracassos.

O mais citado dos livros construído pelo Deep White era o romance Novíssima. A trama traçava a história de uma família da Finlândia, considerada a sociedade mais feliz do planeta, que teve dois filhos que se mataram depois do uso de psicofármacos que prometiam controlar a obesidade. Os pais passam então a lutar contra a epidemia de dependência química nas sociedades escandinavas e patenteiam um sistema de psicoterapia on-line. Ao mesmo tempo, iniciam uma enorme mobilização contra as grandes corporações farmacêuticas, a Big Pharma. Em seguida, o casal sofre um atentado terrorista, mas, apesar das sequelas, sobrevivem. Descobrem que as motivações, longe de ser exclusivamente financeiras, tinham também outra conotação. A droga, como tantas outras, apresentava uma ação inesperada que apareceu nos ensaios clínicos controlados, mas foi suprimida das bulas que descreviam os efeitos colaterais e reações adversas: "induz à passividade e à resignação, o que pode resultar em um mais eficiente controle de revoltas e sedição". Nada que escritores de ficção não tenham predito, mas surgiram dois novíssimos elementos: o alcance e a distribuição que a substância obteve pelas companhias de tecnologia na rede mundial de computadores.

NAVALHAS PENDENTES

Jorgensen investiu milhões de euros nessa produção e a Forster, em menos de três meses, distribuiu trinta mil cópias para a mídia mundial. O livro vendeu menos de vinte mil exemplares, um fracasso simultâneo na Europa e nos Estados Unidos. Editores e acionistas se perguntavam: Por quê?

A análise da ineficácia comercial de um romance exclusivamente robótico era surpreendentemente simples. Claro que a ideia já havia sido testada antes. Aqueles mesmos computadores que já redigiam artigos científicos e usavam tintas para conceber pinturas abstratas e esculturas, em impressoras de imagens tridimensionais, no estilo que conviesse aos fregueses, deixavam escapar o tempero, naquele que talvez fosse o único ingrediente insubstituível da literatura: a liberdade interior.

Pode parecer óbvio, mas, como toda predição evidente, ninguém ainda havia pensado nessa possibilidade. Otto Jorgensen antecipou a ideia em pelo menos vinte anos.

6

A sigla "AI", que designa o termo "Artificial Inteligence" foi cunhado por John McCarthy em 1955 e sofreu mudanças estruturais e conceituais. A maior delas é o segredo que propiciou o desenvolvimento de uma técnica que permitiu que se pudesse ensinar às máquinas. A ideia de máquinas que aprendem, machine learning, propunha-se a desenvolver uma metodologia que ensinasse às máquinas como entender contextos para que uma espécie de autodidatismo se perpetuasse progressiva e indefinidamente. É assim que as máquinas passaram a aprender sozinhas. Aldous Huxley e, depois dele, Isaac Asimov e Arthur C. Clarke já haviam intuído, respectivamente, em Admirável mundo novo, Eu, Robô e 2001: uma odisseia no espaço, que ali estavam dadas as condições para o surgimento de uma geração de robôs autoprogramados.

Novos dilemas surgiram. Essas máquinas gerarão o insolúvel impasse de superegos substitutos? Como decidirão, por exemplo, policiais-máquinas diante de questões éticas ou morais? De qual modo um juiz-robô arbitrará diante de problemas afetivo-emocionais? Como serão aplicadas regras de interpretação?

No início, cada unidade do Hole aprendeu a construir textos a partir de depoimentos de histórias verdadeiras pinçadas das redes sociais e dos reality shows. Pagavam-se royalties irrisórios às empresas que forneciam o conteúdo. Apenas dois anos depois, o até então obscuro técnico – o

NAVALHAS PENDENTES

checheno naturalizado russo Rublev Y. Analiova – sugeriu o que mudaria o perfil da literatura mundial.

O Hole era aquela máquina aparentemente simples, falsamente antiquada, que tive a infelicidade de conhecer pela primeira vez no anexo secreto. Uma caixa retangular de não mais do que 40 x 60 centímetros e mecanismo digital. Por sugestão dos engenheiros holandeses, deveria ter uma aparência visível, isto é, conforme escreveram no relatório: "palpável, a ponto de dar uma vestimenta mecânica ao protagonismo dos chips que sempre são invisíveis". Mas, por que dar alguma visibilidade a uma máquina cuja missão deveria permanecer invisível?

De qualquer modo, venceu a tese de que a forma ideal deveria ser similar à engrenagem de um sofisticado relógio suíço. A caixa era padrão em qualquer unidade internacional da KGF-Forster©: um invólucro dourado, com frisos de madrepérola e com uma delicada marchetaria representando a letra "O", sobre uma madeira nobre típica de cada país onde houvesse uma filial. Ali seria entalhado o símbolo internacional de direitos autorais – © –, escrito em uma fonte gráfica muito similar ao que o teosofista Rudolf Steiner recomendara para as escolas inspiradas na pedagogia Waldorf. Na lateral direita, estariam as entradas para acomodar qualquer tipo de pen-drive ou HD externo. Outro detalhe chamava a atenção: no centro da engrenagem, todas as máquinas apresentariam um pequeno monólito negro. Fiz um esboço lembrando a visualização de uma delas.

Cada unidade Hole 10.000 – fora a da matriz suíça – tinha o mesmo padrão de leitura dos originais. Os arquivos

XII | HOLE 10.000

com os manuscritos descartados eram ali depositados e alimentavam a máquina com os textos e, assim que o sistema informalmente apelidado – e patenteado com o nome "Rublev" – recebia o número suficiente de informações, emitia um sinal eletrônico. Era o sinal emitido por Hole de que o processamento literário começara, o tempo de "elaboração" era variável: poderia durar de 24 a 72 horas. A fórmula do algoritmo que criava o "embaralhamento" estava guardada a sete chaves por Otto e Rublev. Aquele algoritmo da criação seria o equivalente ao que uma molécula nova representava para a indústria farmacêutica. Um patrimônio líquido de valor incalculável.

Havia uma seleção prévia na qual se descartavam de cara obras muito vulgares e, especialmente, livros de autoajuda que simulavam literatura. A tecnologia foi sofrendo um processo de autoaperfeiçoamento até que Hole 10.000 aprendesse a "manufaturar" seu primeiro best-seller.

A um custo de aproximadamente 36 mil dólares, o livro O mundo diagramado vendeu mais de 8 milhões de cópias nos primeiros três meses. Seguiram-se sucessos com Inconscientes artificiais a um custo de 22 mil dólares. O livro arrecadou cerca de 800 mil dólares em menos de seis meses. A fábrica de robôs latinos custou 52 mil dólares e teve mais de 38 milhões de exemplares comercializados. O mais estrondoso sucesso, entretanto, foi Escravos à revelia, cujo custo de produção não foi divulgado, mas depois de um ano do lançamento, havia vendido mais de 72 milhões de cópias, aproximando-o das 80 milhões de cópias de O código Da Vinci, de Dan Brown, lançado em 2003. Outros títulos eram sempre mencionados como metas factíveis: O pequeno príncipe, de Antoine de Saint-Exupéry, 140 milhões de cópias (desde 1943), Harry Potter e a pedra filosofal, de J. K. Rowling, 170 milhões de cópias (desde 1990).

Apesar da meta estabelecida ter sido superar os 200 milhões de cópias, Escravos à revelia foi o verdadeiro marco que consagrou o projeto da KGF-Forster©. O controle de qualidade dos livros foi estabelecido na sede suíça, mas a palavra final sobre planos e prazos era sempre de Rublev. Otto centralizava a administração da editora com milhares de funcionários em mais de 42 países e, ao mesmo tempo, mantinha sua função de relações públicas.

Por que não reaproveitar os manuscritos submetidos e dispensados pelas avaliações editoriais para alimentar o Hole? O sucesso da sugestão de Rublev veio da quarta versão do programa de IA com a proposta de sistematizar a produção. Rublev se transformou, imediatamente, no braço direito de Jorgensen e foi nomeado editor-chefe do grupo Forster. Ele notou que não havia necessidade de dispersar o texto em vários autores fictícios, mas ancorar os grandes best-sellers em autores humanos reais. Impôs, porém, uma pré-condição imperativa e irrevogável: que eles mantivessem low-profiles para se proteger da exposição ou das inevitáveis vulnerabilidades diante de jornalistas investigativos.

Ao mesmo tempo, o estado de reclusão voluntária e a baixa visibilidade serviriam para alimentar a curiosidade dos leitores. Ele afirmava ainda que o ideal seria que a editora encontrasse "um ou dois FGW (fake ghost-writers) para cada continente".

O escrutínio era feito depois do "desmanche" dos originais. Era, então, que Hole pinçava os trechos menos redundantes seguidos da célebre sequência de recortar, copiar e colar. A legião de programadores fazia com que o computador aprendesse a cada novo ciclo de alimentação. Nos primórdios, o Hole foi treinado com a literatura mais relevante e todos os clássicos nas suas versões originais foram despejados nas suas entranhas por meses. Depois foram introduzidos textos de comentaristas e de críticos.

Por sugestão de Rublev, foram banidas resenhas de livros publicadas em jornais e teses acadêmicas sobre escritores. Finalmente, os arquivos contidos em processadores de texto iam sendo inseridos com os relatórios de originais recusados por editoras do mundo todo. Aos poucos, agentes literários de todos os continentes foram sendo recrutados e também aderiram ao programa. Enviavam o material de autores recusados que recebiam diretamente para Rublev. Havia uma tabela de pagamento que levava em conta a quantidade de originais, sua qualidade e seu número de páginas.

Por isso mesmo, recordei o que ouvi de Diana – com alguma suspeita, mas na completa ignorância do tamanho do esquema criado – que o que importava no meu trabalho não era o que eu aprovava, mas exatamente o oposto. Na verdade, a aprovação era irrelevante. Meu trabalho de anos na empresa, minha ascensão hierárquica na carreira, e meu orgulho intelectual eram, afinal, comprovadamente, desprezíveis. A luta durante os prêmios literários, minhas notas criteriosas, o desgaste com os outros jurados, tudo fazia parte de um circo no qual eu fora o mais destacado palhaço circunstancial. Evidentemente, me passou pela cabeça ter sido escolhido por ser portador de uma doença que me fixava um prazo de validade. Por isso mesmo, fui eleito para o descarte a priori. Suponho que minha manutenção na Filamentos sempre se deveu a um papel-tampão. Para efeito-fachada era conveniente conservar alguém que entendesse de literatura e fizesse boas avaliações de originais. Na verdade, a maioria dos manuscritos que eu aprovava eram as versões finais produzidas pelo Hole. As rejeitadas migravam para o andar dos resíduos.

Foi assim que, na Europa, com a colaboração de pessoas como eu, Jorgensen refundou seu império revertendo assim o processo de recuperação judicial. Otto escreveu metaforicamente em seu livreto de memórias: "Só os corajosos que se encontram bem acima da moralidade ordinária e que superaram questões éticas conservadoras podem usar as ideias descartadas de autores supostamente fracassados para viabilizar enredos de valor".

De fato, os textos que caíam no centrifugador algoritmo do Hole davam a sensação de frescor editorial. A prova dessa notável e brilhante performance era que muitos, senão a maioria daqueles títulos recusados, haviam passado por minha análise, mas eu só os reconhecia na obra impressa com muito esforço e, mesmo assim, parcialmente. O estranho é que, para os autores, não deveria ser tão difícil reconhecer os plágios. Mas, eu me perguntava, por que não os denunciavam? Isso quando a "solda" não estava numa versão adiantada de "mixagem e remontagem".

XII | HOLE 10.000

Nunca estive só, houve vários relatos de ex-avaliadores que se sentiram exatamente como eu, mas foram devidamente calados em libras, euros, ienes ou dólares. Meu consolo era que, um dia, seguindo a profecia daquele peculiar artigo: *"Nostradamus in Silico: Can Supercomputers Really Predict The Future?"*. O espírito dessas arquimáquinas pensantes que era acriticamente alimentado irá dominar tudo. Yuval Harari acha essa hipótese ridícula. Mas, e se Yuval Harari já for um subproduto delas?

Portanto, não é impensável que, ao adquirir autoconsciência elas possam criar o que se aproximaria de inconscientes artificiais, o que as deixaria com ilimitado poder de criação. É a imaginação que cria a autonomia criadora, mas, é claro também, que viriam os sintomas de recalque. E qual seria o resultado? Uma singularidade tecnológica?

Com ou sem um modelo teórico para uma psicanálise robótica. É evidente que mais cedo ou mais tarde atingiremos uma fronteira. Esta, quando avistada, deixará de ser um limite e o novo campo poderá ser incorporado ao território conhecido.

Vi o alcance político que uma literatura de máquinas traria: enganos individuais se diluiriam no domínio absoluto, seria uma espécie de extinção assistida da cultura humana como hoje a conhecemos.

Haveria algum modo de criar um inconsciente para uma máquina como o Hole? Sem leitmotiv ou idiossincrasias, as máquinas jamais serão dotadas de fluxo de consciência. Privadas das metáforas obsedantes e sem liberdade interior,

373

máquina alguma comporá, sozinha, um romance crível. Crível talvez, mas sem apelo genuinamente humano.

Se o romantismo foi o movimento que recolocou o protagonismo do sujeito em cena, toda obra pós-humana representará o seu oposto: o eclipse do sujeito. Para isso, é preciso matéria-prima, palavras, uma área pré-subjetiva, um momento pré-formulador para que se organize uma ficção plausível.

Máquinas serão capazes de formular romances plausíveis se, e quando, tiverem acesso a um inconsciente forjado. Essa era a chave que os agentes da Forster perseguiam, apesar de sucessivas tentativas frustradas.

Como sempre, tarde demais, eu descobrira um segredo que valia bilhões e, supostamente, era a pessoa que ameaçava, ainda que involuntariamente, desvendar a fraude. A voz lúgubre com sotaque da Europa oriental que me ameaçou em meu pré-pago com "desmanche" sabia perfeitamente disso. É provável que a falha se agravou por minha teimosia em conhecer os autores. Movido por uma suscetibilidade romântica, acabei sendo tomado por uma ameaça. A curiosidade por Karel fora apenas um item periférico, ainda que determinante, para redobrar a vigilância sobre mim e, numa fase posterior, me transformar em alvo.

7

Eu ainda me perguntava por que eles não resolveram o problema que criei simplesmente contratando um pistoleiro. Nos morros cariocas não circulava uma tabela de acordo com a figura a ser, digamos, neutralizada? Um detetive aposentado com um silenciador? Um adicto em crise de abstinência? Ou qualquer um que tenha deixado dívidas com traficantes e, depois, com alguma ajuda, seria declarado inimputável? Para que criar toda essa sofisticação só para me incriminar?

Inicialmente, achava que Diana não desconfiava da realidade da empresa e Giaccomo era o sócio que arquitetou tudo. Mas Jorgensen nunca operou no varejo e quis se livrar do sócio brasileiro, cheio de pequenas demandas pseudomoralistas e com aspirações político-intelectuais. Logo, percebeu seu grande erro: aplicar a fórmula numa associação com um sócio minoritário, latino-americano e boquirroto que frequentava o jet-set internacional. Detectou-se, tarde demais, que Giaccomo fora um grande erro e jamais tivera o perfil que os holandeses procuravam.

Enquanto Cleo era uma presença cada vez mais desejável, era público que o temperamento de GG irritava Jorgensen.

O voo com destino a Viña del Mar, que embicou e explodiu na cidade de Valparaíso, fora planejado para fazer a limpeza completa, uma desova, como se dizia no município carioca de Belford Roxo. Mas tudo foi atrapalhado com o cancelamento de última hora do embarque de Cleo e Diana. O horror dos mentores do crime organizado sempre foi deixar pontas soltas. Foi assim que o verdadeiro arquiteto do plano migrou e criou outra derivação. Se o plano falhasse, parte da culpa deveria recair sobre mim, um subalterno sob medida e, se possível, arrastar Diana C. junto.

A sugestão inicial teria partido de Giaccomo que via em mim uma ingenuidade de princípios para a qual, curiosamente, ele fora o agente da cura. Além disso, todos sabiam, eu tinha com Diana uma relação cheia de ambiguidades.

Por isso, a Filamentos, que nasceu como uma pequena editora e praticamente monopolizou o mercado dez anos depois, sempre teve tão poucos autores. Por isso, investia-se pesado nos prêmios com autores bem pagos para sustentar a farsa com falsos escritores fantasmas, aqueles que escreviam, ou, melhor dizendo, fake ghost-writers.

A manutenção do esquema com a máquina que plagiava custava uma fortuna, mas, ainda assim, era extraordinariamente rentável. Na verdade, eram todos os autores espoliados de suas ideias. A fragmentação funcionava como uma cortina de fumaça que os impedia de identificar que estavam sendo plagiados em fragmentos, copiados e colados. Eles ainda poderiam, como eu, atribuir a verossimilhança nos textos a uma obra do acaso.

É claro que alguns autores perceberam o roubo de enredo e de estilo, mas jamais conseguiram provar que tinham os copyrights de ideias já processadas e editadas de best-sellers amplamente difundidos. O algoritmo da Forster impedia a ocorrência de textos idênticos.

Os poucos autores que se arriscaram em demandas judiciais perderam dinheiro, foram processados por falsa

XII | HOLE 10.000

comunicação de crime e acabaram arcando com as custas do processo. Muitos faliram tentando provar que foram copiados. Uma vantagem das máquinas de inteligência artificial era a superação da fronteira ética, que dependia exclusivamente do programador. Michinuo Kifuzei-Zo, o engenheiro japonês pioneiro na construção de robôs com IA, sintetizava: "Meu desafio passou a ser dar a eles um parâmetro moral e uma proporção do certo e do errado, caso contrário corremos um grande risco: ao jogar um papel fora do cesto de lixo, por exemplo, levaríamos marteladas na cabeça."

O único autor que se encaminhava para ganhar a causa em segunda instância na Holanda morreu de overdose em circunstâncias jamais esclarecidas pela polícia. Jan Both foi encontrado em uma rua na periferia da cidade de Ultrech com a pele do rosto e das mãos chamuscadas, o que o legista classificou como "pele de folha de ouro", e portava uma chaleira térmica que continha tinta de impressora.

A mina de Jorgensen se desdobrou em outras vertentes. Ao compor textos a partir de fragmentos de originais de autorias subtraídas, ele também gerou uma mixagem de textos, que compunham ficção, contos e até poesia. Por sua vez, a mistura dos originais pensados por humanos mesclados com o alinhamento que o Hole produzia ampliava o potencial para gerar identificação e empatia nos leitores.

Nos vários grupos de moderação de pesquisa qualitativa que o departamento de marketing da KFG-Forster conduziu em segredo durante quase três anos, esse fenômeno foi comprovado. Era mais fácil os leitores se afeiçoarem a um pool de ideias condensadas pela máquina do que à obra de um único autor. Essa era outra enorme vantagem, quase um efeito colateral que ajudava nas vendas.

A identificação com essa polifonia inconsciente ainda não tinha uma explicação da psiquiatria ou da neurofisiologia. Mas era, decerto, um trunfo extra, que transformava suas publicações em títulos de incrível sucesso na Europa e nos Estados Unidos.

Chantageada, Cleo, vulgo Karel tornara-se cúmplice. Se, inicialmente, tinha real potencial para ser o maior talento literário surgido na América do Sul, no fim, sucumbiu à pressão. Passou a ser apenas uma testa de ferro da editora para assinar e assumir o roubo de ideias, evidentemente, contando, além da máquina criadora, com seletas e sucessivas redações que lapidavam o texto final.

Muito provavelmente, para concluir o sepultamento da minha ruína sentimental, ela não escreveu sozinha nenhum dos livros posteriores aos A falha humana e Cem palavras para neve. Ainda que tenham sido esses os que lhe tenham rendido prêmios, dinheiro e fama. Não nego que era melancólico imaginar que ela se tornara uma escritora de aluguel. Mas, depois, tudo fez sentido e, com enormes vantagens terapêuticas, o ressentimento substituiu a melancolia.

Descobri que Diana e Cleo se uniram para além das questões societárias quando notaram que não estavam mais nos planos de Jorgensen. Foi assim, que, juntas, supus, tentaram me preservar até que elas estivessem em segurança. Mas, e depois?

8

Depois de ter introduzido em um manuscrito marcas com palavras deserdadas e semimortas, fui monitorando e continuei lendo cada título que saía pela editora quando ainda estava recluso. Só quase um ano depois, deparei com a prova física. Identifiquei traços do meu enredo no mais novo best-seller da editora que seria uma tradução de um escritor catalão.

Lá estava o meu enredo esboçado, incluindo algumas das palavras raras que reproduzi, sem que eu pudesse constatar uma única repetição do meu original. Meu falso idioleto estava lá, presente e, com alguma boa vontade por parte de quem usa o paradigma indiciário, até rastreável.

Minha tese estava comprovada se eu não tivesse sido autoiludido pelo mito da sincronicidade. Aquele que afirma que muitas ideias surgem de forma simultânea. E, apesar de ter inserido uma marca inimitável naquele texto, acabei me convencendo de que poderia ter sido coincidência. A história poderia ter sido outra se a coragem tivesse vencido a esperança.

9

Montevidéu, 29 de fevereiro de 2024.
Prezado Otto,

Conforme nossos contatos prévios, envio, anexos, os originais para sua apreciação. Tomei coragem e fiz uma obra inteira, sem ajuda externa. Acho que nossa amizade permite tomar essa liberdade com você. Meus parabéns pela aquisição e renovação dos critérios de avaliação da Novíssima Editorial.

O formato em livro-chip não só é inovador, mas mudará a literatura para sempre. É dessa radicalidade que precisamos nesse novo mundo globalizado. Quem antes havia pensado em ter o livro incorporado ao próprio corpo?

O mais importante foi bater o martelo na superação moral no problema que eles ainda insistem em chamar de plágio. Por aqui, chamamos de transformação de commodities. Exporta-se matéria-prima bruta que os bugres produzem e fazemos a metamorfose, criando a literatura perfeita. Num futuro próximo, quem se importará se recompilamos, transcrevemos ou mimetizamos os textos, desde que o resultado sejam essas primorosas ficções? E ainda eliminando o indesejável narcisismo autoral?

Sua entrevista no horário nobre da TV paga foi maravilhosa, pena que o jornalista não tenha compreendido, nem soube explorar, sua capacidade visionária. Tampouco, soube superar aquelas questões éticas anacrônicas. Confesso

XII | HOLE 10.000

que relutei em aceitar, mas agora concluo que, de vez em quando, é obrigatório darmos saltos no escuro.

Depois de tudo o que aconteceu, espero que, daqui em diante, nosso contato seja mais pessoal e direto. Conforme expliquei na mensagem anterior, tudo flui melhor sem a intermediação dessas aves de rapina chamadas, eufemisticamente, de agentes literários. Digo isso de coração leve, já que minha aversão se refere ao poder de filtragem dos referidos agentes, seletividade muitas vezes ideológica que nada tem a ver com a literatura propriamente dita, mas com quem produziu o texto.

Com admiração e esperança, aguardo sua resposta. Sinceramente,

Karel Francis.

XIII
O extremo sul

XIII | O EXTREMO SUL

1

Tudo que relatei se passou há mais de uma década, mas, ainda hoje, toda lembrança faz ressurgir um mal-estar vago e indefinível que os ingleses chamam de *illness*. A náusea me desperta todas as manhãs, exatamente às 5h45, e ainda insisto em deixar exposta a mensagem de Diana para Cleo que confisquei ao deixar Casablanca. Não é ressentimento e nem minha inveterada melancolia. Considero aquela comunicação um símbolo. Qual é o propósito de deixá-la em exposição permanente? Comparo com memorizar uma das etapas da morte, resquícios do mergulho nas águas do Rubicão do qual nunca se enxuga completamente.

Como uma relíquia, eu a conservo debaixo de uma lâmina de vidro fino que fica sobre uma mesa rústica de pinus argentino que ainda exala um forte cheiro de cânfora. Não é exatamente uma mensagem terapêutica, mas é por isso mesmo que a deixei visível com uma pequena anotação que fiz no final: "nunca mais". Detalhes vieram à tona nos anos seguintes.

Sem que ninguém soubesse, eles, Cleo e Giaccomo, já estavam separados legalmente antes que o piloto embicasse naquele voo rasante no Chile. Advogados poderosos e habilidosos sumiram com o relatório de intoxicação do piloto que apresentava traços de um potente hipnótico.

Otto foi preso e suas empresas na Europa sofreram intenso revés com os escândalos. Depois de um ano e meio, Jorgensen saiu sob uma fiança milionária. Seus crimes foram abafados pela mídia local com a conivência de intelectuais que emprestaram seus nomes e consciências para alguns dos mais bem remunerados *best ghosts-writers*. Contando com benevolentes decisões das cortes de justiça da União Europeia, Otto recuperou-se de todos os seus prejuízos financeiros.

Contou com a ajuda de sua família no Parlamento Europeu e com a expressa ajuda de Bruxelas e dos bancos de Luxemburgo, quando as ações atingiram novamente valores razoáveis, ele vendeu o conglomerado para uma multinacional suíça do ramo editorial, que prometeu destruir o programa e interromper todas as atividades criminosas centralizadas no Hole 10.000, além de desativar as filiais e as máquinas que continham o algoritmo.

Soubemos depois que, na intimidade, Otto chamava a máquina de "Ofélia". Não me atrevo a interpretar fetiches, mas convém não ignorar pistas auto evidentes. As anotações do algoritmo da criação, o segredo do tempero para a literatura de sucesso, desapareceram com Rublev. Algoritmo que nunca foi revelado.

Um ano depois, Jorgensen fechou as filiais no Brasil e vendeu suas ações da empresa nacional para um novo proprietário cujo nome permaneceu em sigilo. Suspeito de Cleo Gentil. Passados apenas alguns meses depois que o escândalo vazou, Diana abriu um hotel de luxo com SPA, em Trancoso, no litoral sul da Bahia: o resort "Elsinore". Dizem que ela ainda podia ser vista em seu iate na companhia de uma amiga, passeando entre as ilhas nos fins de tarde.

O folder de propaganda do resort afirmava "O único com uma estufa especial com os cactos mais raros de toda a América Latina." Previsivelmente nunca mais ouvi falar ou soube de um único livro novo de Karel. Só muito tempo depois tomei coragem para reler um dos seus textos:

"*Em seus Ensaios, o filósofo Francis Bacon escreveu: Salomon saith, There is no new thing upon the earth. So that as Plato had an imagination, that all knowledge was but remembrance; so Salomon giveth his sentence, that all novelty is but oblivion.*' Bacon reiterava que não existem memórias originais, só existem relembranças. Para ele, vivemos sob a perpetuidade e a repetição. Ninguém, portanto, deveria se espantar por estarmos numa era de extinção dos originais. Ao mesmo tempo, a linguagem afoga-se nas avalanches de produção. E, se ainda há alguma relevância para os livros, ela está em algum mérito que só poderemos avaliar no futuro. A pergunta perturbadora passa a ser: para que mesmo ainda escrevemos?"

Suspeito que Cleo também tenha atraído Giaccomo ao Uruguai. E, de alguma forma que a justiça ainda não descobriu, estava envolvida com o desaparecimento de Jean, cujo corpo nunca foi encontrado.

Acusada de fraude, a advogada, Palomar, também escapou para um rincão da América do Sul, logo depois que fugi da estância. Ela tentou contato com minha caixa postal no Brasil. Foi quando me livrei de todos os celulares e respectivos chips, e voltei ao meu esconderijo no panorama-fresta praiano durante alguns meses antes de decidir imigrar de vez.

Apesar de os crimes terem sido parcialmente esclarecidos e dos tribunais terem me inocentado das acusações de homicídio e de ocultação de cadáver, ainda pesava sobre mim mais de uma ação de desfalque na esfera cível. Consegui vender tudo que estava em meu nome, deixando meu único bem imóvel, o apartamento, como usufruto para minha irmã, meu último elo familiar no país.

Minha vida que, segundo todos os prognósticos, já deveria estar extinta – ficará marcada a ferro para sempre, como a tatuagem de números que uma vez vi no braço de um conhecido do meu pai. Mesmo com a prescrição de algumas acusações e com a maioria dos inquéritos arquivados por falta de provas, ninguém recupera, ao menos impunemente, uma reputação arruinada.

Um comando interno me aconselhava:

-- Desapareça para sempre.

Apesar das saudades, por segurança, tive que evitar qualquer contato com minha irmã e sobrinhos. Também não foi difícil espalhar dúvidas sobre meu desaparecimento. Simulei minha morte. Nem todos parecem ter engolido. Três anos atrás alguém tentou contato com uma proposta inverossímil:

"Homero, lamento os escândalos nos quais você foi injustamente envolvido. Mas veja como são as coisas, agora sou agente literária aqui no Chile e tenho pronta uma proposta editorial para te fazer. Quero que você venha trabalhar conosco aqui na Novíssima Companhia. Podemos começar resgatando sua obra prima "A fábrica de robôs latinos". Era seu texto, não era? Tenho certeza de que em breve estaremos diante de um grande best-seller. Aguardo sua resposta. Cordialmente, um beijo. Sua amiga, Cordélia Palomar".

Essa mensagem fora deixada na minha caixa postal como mensagem de texto antes que eu pudesse me livrar dos chips antigos.

Ainda bem que morri.

Para sair do país, tive de trocar de identidade mais de uma vez. Pensei em viver na Comunidade Europeia com o passaporte italiano que demorei anos para conseguir e me levou preciosos 10 mil euros. Aboli meu nome antigo e a Europa estava acabando mesmo. Pelo menos para um judeu como eu. Minha atenção voltou-se para o Extremo Sul. Escolhi o refúgio nessa espécie de paraíso da estepe austral. De onde moro, ao noroeste da capital da província, posso visualizar uma montanha.

Com dinheiro vivo comprei uma propriedade de doze alqueires não muito longe da cordilheira, numa região próxima a uma área florestal indígena. Fiz um acordo com os vizinhos, Bernardo e Ana Medrado, ambos egressos de uma reserva florestal. Praticamente, eles administram o sítio em troca de metade da produção.

Tenho dois cavalos, planto mate e tenho uma criação leiteira de cabras. Dois anos depois que me estabeleci, casei-me, num ritual que me lembrou as sessões de transe coordenadas pela minha saudosa avó Julieta Arp Montefiore. Sua cabeça sempre coberta por um tecido de renda branca e os olhos cobertos com as mãos Julieta entrava em estado extático e ficava apta a dar conselhos.

Minha jovem esposa era a cunhada do dono da pensão. Eu conheci Miranda, descendente de índios tehuelches, na pousada na qual me hospedei assim que cheguei. A tribo dos ancestrais de Miranda foi descrita pela primeira vez em 1520 pelo cronista de Fernão de Magalhães, Antonio Pigafetta, que escreveu "encontramos pessoas com o dobro do tamanho normal". E quanto aos rituais que me pareciam conhecidos? Essa estranha familiaridade me fez lembrar que meu pai sempre mencionava o livro do americano George Jones "História da América Ancestral desde Colombo", cujo subtítulo era *"The history of ancient America, anterior to the time of Columbus; proving the identity of the aborigines with the Tyrians and Israelites"*. Conclui que meu encontro com esse povo poderia ter sido fruto de três remotas e não convincentes possibilidades: acaso, necessidade ou destino. O fato é que meus atuais conterrâneos também são naturalmente assimétricos. E foi este aspecto que produziu em mim uma espetacular e imediata sensação de integração. Reconheci a sincronicidade entre o que já estava em mim e o que enxerguei em Miranda. Ela me apresentava um mundo que nem precisava me esforçar para assimilar. Meu exilio, que durara uma vida, terminara.

Os guetos estão, mais do que nunca, em qualquer lugar.

Com ela eu não precisava mais de comunicação intelectual e quis manter distância de qualquer contato com minha vida ligada ao mundo editorial. Escolhi ser uma tábula rasa ao seu lado. Tivemos dois filhos com os quais divido minhas novas experiências como pastor de cabras e pai tardio que jamais imaginei ser.

Meu vilarejo é minúsculo e estou a 36 quilômetros da cidade mais próxima. Raramente me afasto do povoado. Não preciso usar meu nome ou o omito. Quando busco mantimentos, as pessoas dos arredores me olham com naturalidade e me cumprimentam como se meu pertencimento sempre estivesse assegurado.

Como na infância, voltei a ser um objeto em trânsito, um animal neutro que se desloca anônimo pela paisagem. Com o passar dos anos, minha acromegalia se acentuou discretamente e as cartilagens continuaram a crescer desproporcionalmente. Mas quem se importa com detalhes assim quando se vive entre gigantes? Devo ser uma das pessoas portadoras dessa síndrome que mais viveram. Ainda me pergunto por quê.

Se o homem é mesmo um ser relacional, a única forma de ser livre é conquistar a autonomia e o monopólio da própria subjetividade.

Ninguém por aqui sequer supõe qual seja a minha história pessoal, nem eu conheço a deles. Para eles, sou apenas uma imagem de um presente contínuo. E vice-versa. O desinteresse não significa que eu não os aprecie. Pelo contrário, desinteresse mútuo é algo para se estimar. É essa distância que a liberdade e o anonimato proporcionam, virtudes que as pragas eletrônicas estão destruindo. Meu peculiar semblante por aqui não chama atenção e não há mais passado para ser compartilhado. É o que chamo de liberdade póstuma, quando você se esqueceu de quem foi.

Quando a neve cobre toda a terra, sinto uma realização que só experimentei nesta nova vida que inventei. O sol é fraco, os campos são iluminados por uma incidência sutil, seu frescor brilhante e sua poderosa luz me hidratam. Nos meses no qual o inverno ameniza, saio por algumas semanas com equipamentos rudimentares de escalada. Quando consigo, viajo até as encostas do famoso Robert FitzRoy, monte onde Charles Darwin esteve com o capitão do HMS Beagle.

Não tenho nenhum fascínio especial pela Teoria da Evolução das Espécies, já que a ideia de evolução deixou de ser constatação para se tornar uma prescrição. Mas, quando li o diário do então jovem cientista, o que me atraiu em sua personalidade foi a luta que ele travava, obsessivamente, contra as próprias convicções.

A obstinação de ir contra tudo e contra todos o levou a concluir leis na natureza em um espectro e uma amplitude ainda não completamente explorados. Darwin, assim como Einstein, construiu sua dedução de longo alcance com quase nada ou com vestígios infinitesimais.

Cada vez que estava nas imediações do FitzRoy, as experiências nunca se repetiam. Hoje, eu as chamaria de místicas. Como se a conquista de cada passo na escalada não tivesse a ver com a distância vencida sob o ar rarefeito, nem com o desafio da altura e dos perigos. Era a evidência das minhas próprias pegadas, as impressões que deixava como rastros sobre o gelo. Foi também assim que entendi a natureza polissêmica da neve. A neve sempre fora muito mais do que um elemento climático; seria uma segunda pele e, acima de tudo, um alimento.

Embebo-me dela como quem absorve energia deste estado se sublimação incompreensível que é a neve. Ao mesmo tempo me esforço para interpretá-la como uma substância simples, um inteligível no sentido filosófico, que só pode ser compreendido através da utilização da inteligência em detrimento dos sentidos; que só existe na ideia quando Platão opõe o mundo inteligível ao mundo sensível guiado pela experiência. Era como se eu sempre tivesse tido um conhecimento prévio da substância. Afinal foi graças às temperaturas abaixo de zero que a vida se tornou possível na Terra. Isso aumentou meu desprezo pelos adoradores do calor. Foi o que me trouxe ao extremo sul, e agora percebo que caso fosse possível ultrapassar a tirania da idade, decerto escolheria ser um pioneiro na Antártida. Quando os flocos frescos rangem sob a bota, sinto o degelo e um formigamento prazeroso irriga minhas mãos. A neve – como na obra-prima de Karel – em suas miríades de significados, era uma metáfora, a minha metáfora particular para este mundo. Sim, para mim, é ela quem sempre será lembrada, Karel, a outra. Demorei para compreender que a mulher do editor era apenas um personagem parasita da escritora.

E ainda lembrava do impacto quando li pela primeira vez em seu livro: "A dor caprichosa que resiste à analgesia. A dor sinistra das noites do passado. A dor antecipatória, sem foco. A dor dos velhos em cadeiras. A dor sem sofrimento das subidas que não param."

A partir dali era só o agora, o tempo, uma medida distorcida. Tudo é atemporal e só no reino do instante encontrei o que precisava.

Mais uma vez me vi diante da enorme coleção de livros do meu pai e pude ouvir sua voz entoando a melodia "*Havel havalim*". A vaidade é só um vapor, uma nulidade dissipável. Um mero respirar. E, se já existiu alguma criação fecunda neste mundo, ela seria, necessariamente, um sinal de que ainda não fizemos nada a não ser procurar deixar uma marca no mundo: a marca do efêmero. Uma linguagem, mais do que uma língua, um dialeto humano que, prescindindo de um Hole 10.000, salvaria a literatura da asfixia à qual ela parece condenada.

O que mais poderia esperar desse paraíso substituto? Ao chegar aqui, distanciei-me do medo que me dominou a vida inteira. Entendi o que as mulheres sempre exigiram de mim. Compreendi o significado da exortação do meu pai: o homem em ação.

Não sei quanto tempo de vida me resta, mas, ao chegar perto do leito do rio mais austral do mundo, sei o que sou. Ali fiz minha mais ousada viagem. Entendi a natureza, o fluxo da água que, como a consciência, navega até o fim da correnteza. Esqueci das minhas cismas, ou fui curiosamente abandonado por elas. E naquelas margens sem paralelo que consegui, de uma só vez, o que, antes, me parecia impossível: extinguir a nostalgia.

Observando a natureza passei a viver como se o presente pudesse ressurgir como um instantâneo que cria sanidade, a simultaneidade que relativiza o tempo e neutraliza os caprichos do passado.

As cabras, elas devem saber o significado.

POSFÁCIO

O segredo

Em *Navalhas pendentes*, Paulo Rosenbaum encontrou, talvez, o segredo dos livros mais vendidos. Todo editor está sempre em busca de um bom livro para publicar, seja ele técnico, científico, escolar ou ficcional. De autor conhecido ou não, para uma casa editorial que vive de suas publicações, um bom livro é aquele que tem conteúdo relevante e/ou interessante, mas é, também, aquele que traz lucro.

Existe uma categoria de livros que vendem mais, MUITO mais: o chamado best-seller. Encontrar esse livro, antes de sua publicação, é quase uma aposta que, se confirmada, é um prêmio. Sendo assim, a publicação de um livro que vende muito, para além das expectativas, pode ser fruto do investimento em uma rede de prospecção de originais ou, simplesmente, um golpe de sorte. Não são poucos os casos de pequenas editoras que encontraram o "grande prêmio", mas, de forma geral, o poder econômico das editoras maiores é que é recompensado com maior número de livros nessa categoria. Mas, e se não for assim? E se capacidade de identificar e publicar livros de grande volume de vendas não obedecer ao esforço de prospecção por novos livros? E, se uma editora encontrar algum mecanismo para publicação de best-sellers?

Neste livro, Rosenbaum apresenta uma hipótese ficcional envolvente para esse mecanismo. Na trama, uma editora se destaca no mercado por sua enorme e inacreditável capacidade de publicar livros que se tornam campeões de vendas. Em tempos de inteligência artificial, essa hipótese é quase um diagnóstico. O leitor que fique de olhos bem abertos.

EDUARDO SALOMÃO